記念碑

Yoshie
Hotta

JN218971

堀田善衛

P+D
BOOKS
小学館

目次

音楽のおかげで、ほんのしばらくずつでも放心状態になれることが康子には嬉しかった。けれども、それもやはりほんのしばらくずつにすぎなかった。ふと気が付くと、音の波は眼の下の舞台から熱風のように盛り上って来て、康子の坐った急な傾斜の二階の座席を掠めて這い上ってゆく。堂に轟く大声で、何か痛烈なことを囁かれているような気がするのであった。大声で囁く、とは、異様な云い方であったが、音楽は、人々の耳許を擦過してゆくとき、人おのおのに異なったことを囁いてゆく。元来、康子はベエトオヴェンの音楽を好まなかった。フル・オーケストラの巨大な音の塊りを、次から次へと叩きつけて来る、ほっと一息つけたかと思うと、もう次の音塊が座席もろとも揺がすような力で押し寄せ襲いかかってくる。そういう何かしら押しつけがましいところがこのドイツの音楽家にあって、生理的なまでに厭なのだった。しかし、いつでもそうは思いながらも圧倒され捲き込まれて、いつかそのリズムに乗せられてしまうのである。そして、乗せられ感動させられている自分に気付くと、何か恐怖にも近いものが心臓を締めつける。生身《なまみ》の人間には抵抗も何も出来ない、ゲルマンの森の奥にいるという破滅的な運命神《デモン》が乗りうつって来るような気がするのであった。

音楽は、それを聴いている人を座席に釘付けにする。釘付けにしながら、自らの動きのなかに捲き込んでしまう。脇眼もふらずにいなければならない。演奏中に、ちらちらとあちらを見たりこちらを見たりする人は、音楽のなかにいない人なのだ。或は、いられない人なのだ。それは何も音楽だけには限らない……。

康子は疾風《はやて》のように吹き上げて来る音にさからって、思い切ったように身をのり出し、眼の下の、一階の中ほどの席にいる海軍少尉の服を着た菊夫と、いまどきまったく珍しくも、いや、大胆にも花模様の和服に、袖はいくらかつめてあるとはいえ、ともかくも羽織まで着込んで来た夏子の二人を見詰めた。彼女は自分に何かを納得させようとして、先刻から何度も、あれはわたしの息子だ、菊夫だ、そして横にいるのはその妻だ、夏子だ、と繰りかえすのだが、胸のなかに、どうしてもこの当然事を素直に認めまいとするものがわだかまっている。どうしたというのだろうか。一人息子の菊夫が兵隊姿になっているからか。そうではあるまい。なるほど、菊夫は御国に差し出したものですから、などとは、或る人々――或る人々、そんな或る人などというものがどこかにいるのだろうか――のようには到底口には出来ないけれども。……それとも、息子や娘を縁付かせた当座の母親というものは、誰でも、こうした一種の心寂しさと、思わぬ距離感に悩むものだとして、そのせいだろうか。いや、それだけではない。また、こんな寂しさや距離感が出来たとき、それをかたみに語り合い慰め合うべき夫、菊夫にとっての父親とは、五年前に、夫の自殺によって死別してしまっているせいだろうか。それもあるかもしれない。菊夫は、どうやら夫の自殺の原因が、母親たる康子の不行跡のせいという、出所は外務省ときまった世評を信じているらしい。康子はまた、ふと兄のことを考えた。音楽は一つのことを考え抜くことを許さない。音の波は耳許で泡を立てて砕けていた。飛沫は堂の隅々まで散りしぶく。康子の実兄の安原武夫は、ラバウルから命からがら還って来た報道班員の話によると、極めて僅かの生き残りの部下とともにガダルカナルから転進し、ブーゲンヴィル島にとりのこされている、ということであった。到底還っては来ないだろう。飢え、悪疫、砲爆撃、原住民の怒り——死のための条件がこれほど完璧にそろったところはない。昭和十九年十二月、日本を含めて、大東亜共栄圏といわれる広大な海と陸には、死のための条件の方がととのっていた。死が、危険が近づくと、あれはわたしの息子だ、横にいるのは妻の夏子だという、間違いのない事実までが、事実というもののあるべき次元から、ふわふわと離れ浮いてゆく——、そんな莫迦げたことがあり得ようか。それでは、わたし自身が果して石射康子であるかどうかさえ、あやしくなるではないか……。

いろいろに考えてみる。どれもみな少しずつあたっている。けれども、そのいずれもがすべてにぴったりするというわけにはゆかない。

——根本的には、

と康子は一歩踏み込むような気持で、思い切って考えた。

——いま（いまというのは、つまり三年前の十二月八日以来ということだ）起っていることのすべてが、その偉大さも悲惨さをも含めてのことだが、とにかくすべてがどうにも現実であるとは信じられない気がしているからではないだろうか。すべてについてこれは仮のことなのだ、という気がしている。菊夫は、仮に海軍の航空予備士官となり、兄は五十に近い齢であるにも拘らず、仮に召集されて、日本の領土とは到底信じられない、地球の裏側ではないにしても、赤道を越えた、地球の向う側の、ガダルカナルという、それまでは聞いたこともない島へ、仮にやられ、いまはブーゲンヴィル島にいる……。また菊夫は、仮に夏子と結婚をして、――と、ここまで考えて来て、康子はしかし、びくりと乗り出していた身をひいた。菊夫と夏子が結婚をしたということは、動かし難い事実であった。それが母親の眼から見ていかに危っかしく何とも無理な結婚であったにしても。彼女はこの結婚には賛成していなかった。しかし、いかに何でも自分の息子に向って、あなたにもしものことがあったら、夏子さんは、――などとは矢張り云えなかった。周囲の誰かが云ってくれるかと思ったが、誰もそのことについてだけは何も云わなかった。どうせ死ぬなら一度は、――という恐らくは菊夫同様のエゴイズムのようなものが、反対し切れぬ気持の奥底にこびりつき、いやな匂いをにおわしていた。彼が航空隊を志願する、いや、既にしたと云ったときも、彼女は詮ないこととは承知しつつも、あらわに賛成と口に出して云わなかった、また云えなかった。菊夫は正面から忠君愛国の論を説き、祖国日本の運命は我々青年の双肩にかかっているのです、と云い切ったときも、康子は黙って眼をあげ、菊夫の、骨ばった、頼りなげな肩を見た。その言葉に、誰も反対出来なかった。あらゆる論が、凄まじいエゴイズムを裏打ちとして大義名分をしか説かなかった。少年たちの肩は、心細げに、寂しそうに、痩せていた。

足が大地を離れ、身は方々へ游行《ゆぎょう》していた。音楽を聴いているせいだろうか。十年も、いや、もっと前から戦争という音楽は、国民生活の低音部に入り込んで来て不気味に一切を揺がせはじめ、次第に侵蝕し、音域を拡めていって、十二月八日午前七時に、フル・オーケストラで爆発的に鳴り響いた。

『帝国陸海軍ハ本八日未明、西太平洋ニ於テ米英軍ト戦闘状態ニ入レリ』

『天佑ヲ保有シ万世一系ノ皇祚ヲ践メル大日本帝国天皇ハ昭ニ忠誠勇武ナル汝有衆ニ示ス朕茲ニ米国及ヒ英国ニ対シテ戦ヲ宣ス』

名状し難いものが身体を貫き、――それは感激感動と云ってもいい、驚愕と云ってもいい、恐怖と云ってもいい、悲嘆と云ってもいい、怒りと云ってもいい、何と云ってもいい、――彼女を畳の上にうち倒した。腰をぬかした、と云ってもいい、とにかく、その頃高円寺にあった、いまは彼女の勤先の通信社の寮になっている家の、床の間の右隅に置いてあったラジオの前に、両手をついて坐り込んだ。涙がぼろぼろと、何かを無理にしぼったときのように滴り落ちた。

彼女はラジオに向って、或は宮城に向って、また前線の将兵に向って、或は参謀本部や軍令部に向って、或は床の間に向って、或は畳に向って、或は彼女自身に対して、何かを訴えていた。

訴えていた、――けれどもこれまた、感激感動していた、恐怖していた、怒っていた、悲しんでいた――何と云ってもいい、その全体であった。あの暗い、じめじめした、解決のあてどもめどもない、梅雨のような支那事変の憂鬱がいっぺんで吹き飛んだような気がした。姑の嫁いびりのような米国をはじめとする国々の圧迫から来る、文字通り隠忍自重の末の大爆発とも思えた。またその後の、間断ない軍艦マーチや抜刀隊の歌などを聞かされ、夜に入って八時四十五分、ハワイ急襲の大戦果を聞かされると、何かしら一線を、一つの限界を一気に飛び越してしまい、有頂天とはこのことかと思われ、それはとりもなおさず絶壁から思い切って飛び下りた、その墜落の真最中のような、解放されて、軽やかになった、と同時に眼には見えぬけれども重い重い引力にひかれてゆく、我にもあらぬ気持であった。あの時から、仮の、臨時の、そのときそのときの人間になった……戦果の発表は、いかにも何千何万哩もの彼方から地球の弧をなした表面を駈け上り滑り下りて、若者の声で、やったぞやったぞ、と叫びながら息せききって飛んで来る感じを伝えていた。あのときから、音楽は新たな楽章に入ったのであった。十二月八日は誰にとっても一つの劇の題名であった。

あの朝、菊夫は前夜から四谷の夏子の家へ行っていて、いなかった。夏子の試験勉強の手伝いにいったのだった。康子はたった一人で勤めに出る用意をしていた。彼女の勤先の国策通信社の海外局全員は、数日前から足止めをくい、ずっと詰め切りだったのだが、康子は疲労が甚だしくなったので、許可を得て休養のために帰宅していたのであった。従って、開戦、とまでは勿論知らなかったが、何かが近くあるらしいということは予感していた。けれども、午前七時の、開戦を報じた臨時ニュースのアナウンサーの慄え声を聞き、十一時四十分、出勤して全社員集合して勅語を聞き、勅語に続いて東条総理大臣の『大詔を拝して』というアジ演説を聞きしていると、あらかじめ予感していたなどということはついに何事でもなくなり、喜んだらいいのか、踊り出しでもしたらいいのか、また天に向って両手をさし上げ何かを叫びでもしたらいいのか、所詮はどう仕様もなく町々を小走り気味で歩いてゆく人々のそれのような、うかぬ顔にならなければならなかった。その日の、通信社のある日比谷公園や、銀座界隈をゆく人々の顔は、彼女には、うかぬ顔、と思われた。仮面をつけているような、とも思われた。町筋や公園の樹木などがどうかなったり、空気に常ならぬ色がついたわけでもなかった。事の重大さに比べて、どうにも現実感が稀薄であった。事と人々とのあいだにはひらきがあった。そのひらきを埋め、現実感を付与し、仮面に怒ったような花臉《くまどり》をつけるのが通信社をはじめとする報道業の仕事であった。人々は花臉のついた、信念と称し赤心とも称する、判断とはまた別な仮の顔を一つ用意しなければならなくなる。

床の間のラジオの前に額《ぬか》ずいて、このいくさは長くなる、とは思った。けれども、その長さには、菊夫までが出なければならなくなる、という長さは、或は入っていなかったかもしれない。入れたくなかったから入らなかったのかもしれない。——それまでにはどうにかなるだろう、と。そして、後日康子は、夏子の父にあたる枢密顧問官深田英人の秘書のようなものを兼ね、週末には国府津の別邸へ行って老人が口述する覚書を筆記しながら、『それまでにはどうにかなるだろう』というのが、このいくさをはじめるにあたっての、またはじめてからもずっと、最高の、そして最低限の、戦争指導理念であったことを知らねばならなかった。それまでにはどうにかなるだろう、と……。それは本質的には楽観でも悲観でもなかった、厳密な、各方面からする統一ある計算に基づくものでもなかった、何かそういう、いわば近代的な区分けとは別な、所詮は日本的なとでもいうよりほかに尻のもってゆきようのないものだった。それまで、とは、いつまでのことなのか、どういう時のことなのか、何が、また誰がどうした時が、どうなった時なのか、日本全体、最高の人にとっても最低の人にとっても、一向にはっきりしていないようであった。その漠然としたものが天佑というものかと猜《さい》された。既に大根おろし一回分ぐらいが三日間のための野菜の配給であり、魚は八日に一回、鱒の切身一切れ、婦人用長靴下は十五人につき一足ということで廻って来たのだが、この野菜と鱒の切身と靴下に対して責任をとるのではなくて、どす黒い水をたたえた濠《ほり》にへだてられ、巨大な石を組んだ城壁のうしろの、暗い森のなかにいる漠然としたもの、現人神《あらひとがみ》というものに対して責任をとることになっている以上、野菜と魚と靴下がどれまでになっているかということは、事実以上のものにはなりえなかった。事実は受け容れるより仕方がないということに、むかしからなっていた。受け容れ態勢ということばはあっても、主張をする姿勢というものは、ないということになっていた。

舞台は、へんに静かだった。音が落ちている、と康子は感じていた。絃だけがピアニシモで底深く揺れるような旋律を奏でていた。やがてその旋律を孤独なトランペットが、矢張りピアニシモで受けついだ。どういう聯想からか、康子はお濠の無気味に淀んだ水をわけてゆく水鶏《くいな》の姿を想った。あのお濠の向うの森の奥には、ゲルマンのそれとはまた違った、極めてはっきりしたような、また漠然としたような、デモンが棲んでいる。漠然としたということばは彼女の聯想を導いて、昭和のはじめに『ぼんやりした不安』ということばを遺して自殺した芥川龍之介の面影を想わせた。それは彼女の二十代の終り近い頃のことであった。トランペットに代ってチェロとバスが暗く重い音を漂わす。流れは重い。水鶏はぷくりと水に沈み姿を消し、五秒、十秒、十五秒……、やがて思いがけないところへ可憐な姿をあらわす。蘇満国境から突然姿を消し、ブーゲンヴィルの密林のなかにまだ生きているらしいという兄は、何を食べて、いや、果して食べて生きているだろうか。何かに食べられていはしないか。

なおも深く沈んだ、揺れてだけいるような音がつづいていた、地にめり込んでゆくような、深い淵に呑み込まれるような。ほっと吐息を一つつこうとしたとき、突然脅かすようにティムパニがとどろきわたり、それを合図に全楽器全奏で、人間をしぼり上げて人間以上のものを無理にもしぼり出そうとする苦しい努力が襲いかかって来た。絃もフリュートも何かを見出そうとして胸部をも切り裂こうとする。康子は眼も耳もそむけたくなった。それは人間には耐えられない、と。

終章の、第四楽章がはじまったのだ。暗緑色の国民服を着た楽員たちのなかに、黒の服を着た女性楽員の数が目立って多かった。楽員の後の雛壇には男声女声の合唱団が百人以上もぎっしりとつめかけていた。男の合唱団員は、矢張り国民服を着ていた。こうした服装が永遠絶対に続くのか。そうとは信じられない、また誰も心底ではそうは思っていない。仮の服装だ、これも。そして仮のものがつみかさなって戦いも生活も未聞の深みへとはまってゆくにつれて、何が一体、仮に起るか、自分自身までが仮に何を仕出来すか信じがたいというあやうさの中に、毎日を生きねばならなかった。しかも起ってしまったことはとりかえしがつかない、不可逆である。

音に脅かされればされるほど、また見まいとすればするほど、康子の視線は階下の、菊夫と夏子の二人の方へ吸い寄せられる。どうしようもなく息子夫婦の方へ吸い寄せられ、ともかくも彼女の眼差しはそのあたりにしばしたゆとう。それはしかし、たゆとうのであって、そこに落着くという風ではなかった。息子夫婦の将来を、その安全を祈りこそすれ、祝福するだけの余裕はない、許されない。康子も夏子も知らぬ間に、いつ彼が手を振って飛び立ち、それぎりになるか、わからないのである。それで、彼等の結婚生活は、あっけなく、あっという間もなく終る。康子にとって、聴衆のなかの菊夫と夏子の二人は、危険な、眩い、眼をそむけたい……けれども同時にどうしても見守っていなければならぬものであった。特攻隊員に向って、『諸君は既に神である』と訓示した隊長の話が伝えられていたが、その気持の表裏明暗は康子にも通じた。

しかし、音楽はいつの間にか一流《ひとなが》れずつ人々の身体をつつみ、内側に入り込んでささくれだった神経や、物の味も忘れ果てたような感覚を浸して一つのものに統一していった。なかには本当に涙を流しながら聴いている若者もいた。戦場から戻って来てこの日比谷公会堂に入る機会を得た人は、こういうものがまだこの辺に存在するということに先ず驚き、自分がいまここにいるということが本当のこととは到底思えなかった。そういう人は、音楽を聞いて楽しむというよりも、一層厳しい、忍苦ともいうべき表情を浮かべていた。会場の全体に、或る重い圧力がかかっていた。その圧力のなかで、音楽は鳴っていた。

だから、夏子が細い頸を曲げ頭をかしげて菊夫に、

「ね、これ済んだらすぐにホテルの義母様《かあさま》のところへ戻らない？　義母様はまだちょっとお仕

事がおありだというんで、社へ寄られるそうだけど、あそこの地下室のグリル、お砂糖入りのお紅茶出すのよ。グリル閉まらないうちにね。それに、帝国ホテルのおじいさまからもお土産が届いているかもしれなくてよ」

と話しかけたとき、菊夫は不快に思った。演奏中に、愚にもつかぬことを喋ったりして、と。おれにとって音楽会などこれが最後となるかもしれないのに、娑婆の奴等は人の気も知らないで、と思うのである。元来菊夫は、今朝十時に上野駅へ出迎えに来た夏子の和服姿からして気に食わなかったのだ。

「グリルで出すのよ、本当の紅茶よ」

夏子はしかし、へんに執拗だった。気分をこわされた菊夫は、

「あとで、あとあと」

と夏子の囁き声を抑えはしたものの、へんに執拗で、それに何だか浮き浮きしているらしい彼女が、『我が妻』ながら、何か異様なものに思われた。また、何かしら不吉な影のようなものが、場所柄も心得ずに、人の多勢集まるところへ派手な和服など着込んで来た彼女と自分との間に射し込んで来るように思われた。これは将来とも駄目かもしれぬな、矢張り重臣だ、枢密院だなどという、それもめかけの娘なんかは、と。

結婚以来、いや、交際がはじまって以来、決して口にすまいと思っていたことばが、ともす

ればこのごろ浮かび上って来るのだ。そしていま自分が思い浮かべたことばのなかに、将来、という一句があったことに気付いて、菊夫はぎょっとした。既に体当り特攻は開始され、神風特別攻撃隊は第五次隊までで百名を越える突入者を出していた。人生二十五年と自らも云い、身を純粋とも生《なま》ぐさいとも、愕くべき気軽さとも何とも云いようのない、次第に空気が稀薄になってゆくようなところに隔離してゆくにつれて、たとえば今日のように外出で上京して来て、外部の、娑婆の空気に触れると、心の平衡がとれなくなってゆくのであった。人生二十五年というう、そのような自分が可哀相であるとは思わなかった。世間の人々の方がむしろ気の毒だという、妙に倒錯したような感覚と意味の世界に彼等は生きなければならなかった。だから、外部の、いわゆる世間と接し、心を許すことの出来る相手、彼にとっては夏子や母といっしょにいると、気分が一瞬一瞬、自分でもびっくりするほどに変るのである。怒りっぽくなったり、わけもなく泣きたくなったりする。それを抑えようとすれば無口になる、人には不機嫌なのかと思われる。

それを、夏子は感じとっていた。だから、若い夫が第九交響楽の、不吉な、重々しい感動に浸り切っているのを見ると、何か空恐しくなり、同時に自分だけその世界から疎外されているような苛立ちを感じるのであった。彼女は何とかして菊夫のいるところへ自分も入りたいと思う。しかも、何か云うとなると、何ともぶざまなことしか云えない。今日、枢密院の会議に出る父と一緒に国府津から来るとき、和服を着て、モンペは風呂敷包みのなかに入れ、もってはいたが、つけずに来た。これについても菊夫はぶつぶつ文句を云った。上野駅からすぐに省線で新橋駅へ廻り、駅の近くの、義母の康子が通信社からもらっている新橋ホテルの五階の部屋を、康子の心づかいで午後だけまた借りをして抱き合ったときも、菊夫はへんにつっけんどんで乱暴だった。だから彼女は、和服に羽織まで着て来たことの本当の理由、

——わたし、妊娠したの、実はもう三カ月なの。

とは、云いそびれてしまった。迂潤な話だが、つい最近まで夏子は気付かなかったのだ。

また午後になってから、

「どうしても通えないからお勤め、やめたの」

と云って、その後へすぐに、実は身籠ったらしいの、とつけ加えようとしたのだが、菊夫が見違えるほどに節くれだった拳骨をつき出して、

「もうやめたのか。軍令部なんて滅多にない、お役に立てるところへ出たのに、国府津からじゃ遠いなんて贅沢いってやめるなんて非国民だなあ」

と、どうやら冗談ではないらしい、とげとげしい口振りで云ったので、ここでも彼女は機会を失ったのであった。しかし手紙や他の人の口を通してではなく、どうしてもわが口でそれを、先ず第一に菊夫に告げねばならぬ、と彼女は決心していた。

菊夫は、外出に際しての隊長の訓示、

『地方人の、娑婆の人たちの気持はまた別なのだから、貴様等はことばづかいに気をつけろ。貴様等は国民のなかから選ばれてここにおるのだ。誰もかれもが飛行機乗りではないぞ。近頃どうも、妻をもっておる奴等の中には、帰隊間際に喧嘩をしてくる奴がおるらしい。気をつけろ』

と云われたことを思い出したが、妙に胸にわだかまった不快さは、勿論消えはしなかった。夏子とは、どこかでかけ違ってしまった、精神生活がちっとも一致しない、どこでかけ違ったのか、それとも、はじめから一致点などなかったのに、戦争が追いたててくる生のいそぎにせかれて結婚したいという、もしそれだけのことだったとしたら、子供でも牛れたらこれは只事ではなくなりはしないか。そう考え出すと、音楽は耳に入らず、頬をかすめて通り過ぎてゆくものになってしまった。それがまた、菊夫には不快だった。

ホルンが音程をはずして緊張を一時に破ってしまい、聴衆は妙にぎくしゃくした苛立たしさの始末に困っていた。時間が溶け去っていたのに、また現実の時間が音楽の破れ目から場内へ忍び込もうとして窺っていることが肌寒く感じられた。が、やがてまた音ははげしい上げ潮のように泡立って高まってゆき、その頂点で眼鏡を光らせたバリトン歌手が立ち上り、

——Oh Freunde,……

おお、友よ、このような音ではなく、我々はもっと心持のよい、もっと歓喜に充ちたものを歌い出そう。

と、シラーの歓喜頌歌をうたい出し、激しい空襲の予想される現在、ろくに物も食わずに、既にスローガンと化した信念というものに追いまわされている人々の胸を衝いたとき、二階の、康子の席の左上に坐っていた男が、びくりと顎をひいた。彼は両股をひろげて床を踏みしめ、体を乗り出して左膝の上に肘を突き、右手の拳《こぶし》を左手の掌に押しつけ押しつけしていた。退屈することと、物を考える、或は考えないこととが同意義でしかない男の姿勢であった。井田一作は音楽を聴いているのではなかった。聴きに来たわけでもなかった。何かを観察し監視しながら、何かを突きとめようとし、かつは、はっきり云って誰かの顔や身体の恰好を覚え込もうとしてここへ来ているのであった。彼は別な意味で、こんな音楽会みたいなものがまだあったのか、と信じられぬ風であった。オーケストラの前面、背の低い貧弱な身体つきの指揮者の横に、楽器も何も持たずに腰かけた四人の男女は、恐らく歌をうたうのだろうとは、彼にも想像はついていたのだ。けれども、いつまで待っても男も女も、どいつもこいつも立ち上りもしないので、彼はじりじりしていたのだ。それに、このベエトオヴェンの第九なるものの何と長ったらしいことか。物を考えるには適しない。こんなことなら、わざわざ来るんじゃなかった。役所で書類固めでもするか、国民酒場へでも行った方がましだった。たかが田舎の、神奈川あたりの特高に鼻をあかされてたまるか、と発奮してかかった仕事を、井田一作は抱え込んでいた。神奈川の特高なんかがやっていることは、とにかくとうとうこの夏に長い伝統のある雑誌をとりつぶすところまでもって行きはしたが、その先は、要するに単純なでっちあげにすぎん、何がこの先出るものか、と彼は同僚にりきんでみせた。こっちはつい先頃処刑されたゾルゲや尾崎秀実の上をゆくようなやつを狙うんだ、ここだけの話だが、アメリカ人を嬶《かかあ》にもっていて、その嬶をアメリカに残して来た高級の記者から、ひょっとすると枢密顧問官までゆけるかもしれないんだ、しょっぴいたりは出来んにしても、とにかくこれで重臣の一角を爆破するんだ、だから軍の後押しもあるんだ、とも威張ってみせた。枢密顧問官といえば天皇のすぐ傍である。彼は、天皇、と考えると、身が自動的に一度は硬直するが、しかしそれと同時に、その反対のもの、何かしらひとりでににやりとして来て、脇の下あたりがこそばゆくなるような、一種の満足感をもつことが出来た。井田一作は退屈し切って眼鏡をはずしてレンズを国防色のハンケチで拭い、再び、実はもう見飽きた筈の、四十女の石射康子の小肥りにふとった首筋から肩、横顔のあたりをじろじろ眺めていたとき、突然、例のオーケストラの前に居並んだ男女のうち一人が立ち上り、歌い出したのであった。

——畜生、ドイツ語で歌いやがる。

彼は、男の歌手が手を前で組み、大口あけて首と上半身を左右にゆすぶり傾けながら、無理無体に舞台の天井に向って伸び上りせり上ろうとでもするような風を呆れて眺めていた。

——早くおしまいにしろ、糞ッ！

彼はどんなものを担当しようとも、おしまいまで行かないということはなかった。必ず行くところまで行かせた、獄までつきおとした。そしていまや戦局は苛烈、苛烈なればこそなおのこと思い切ってやらなければならぬ。が、今度の場合は、井田一作のことばによれば、今度の場合は、特例、であった。どこから、誰から入っていって、何をどう切り裂き、どうしておしまいまで、行き着くか、その目途《めど》がまだ決まっていなかったのだ。いやそれはまだ存在もしていない、と云ってもいい。直接のきっかけと云っても、福島県警察から、アメリカ、イギリス、ドイツ、イタリーなどのホテルのラベルのついた頑丈な大小のトランク類を、突然福島市在の農家に疎開して来たものがある。ホテルのラベルから、スパイの荷物ではないかと思って防諜上中身を調べてみたが、外国の風景を写した写真帳を除き、普通の疎開荷物にすぎなかった。このトランクの送り主は石射康子という。ところが受け容れた農家では、石射という女をまったく知らないと云っている、とたったこれだけしかなかったのだ……。

彼はまた右手の拳を左の掌に押しつけはじめた。

と、出し抜けに（と彼には思われた）、バリトン歌手が先刻と似たようなドイツ語、

——Freude！

歓喜よ！

と呼ぶと、すぐに百人にあまる男女の大合唱団がおっかぶせて爆発するように、

——Freude！

と絶叫した。

と、我にもあらず井田一作はへんな気がした、背筋がぞくぞくするような、とらえがたい抵抗感みたいなものが身に迫って来るのだ。奇妙な感じであった。が、それは彼には覚えのあるものに思われた。例の、思想犯がまだ頑張っているときに全身から滲み出させるものと、どこか似通っている……。それまでの計算、見込み、思惑を維持してゆくためには、こちら側にもそれ相応の努力が要るという瞬間……。それまでの、ほとんど見込みと結果だけで成立していた生活の底から何か処理しにくいものが盛り上って来るようなあやうさを感じた。まだ召集や徴用をまぬがれているらしい合唱団の青年たちの、あまりな真剣さ、異様なまでの真剣さが彼の拳と掌にまで襲って来て、手の動きをはたと止めてしまった。絶叫するかのように歌う青年や少女たちの顔つきや身体つきの真剣さ加減は、彼の生活ではあまりなじみのないものであった。意外なことに、それまで音楽の外にいた彼は合唱団や楽員たちから、いわば監視され観察されている、と感じた。それが彼なりの感動の仕方であった。井田一作は人を監視し観察することしかしたことのない男であった。

——歓喜よ！
たとえ一つでも地上でその心を自分のものと呼び得る人とともに。
これらのことに失敗した人は涙を流しながらこの団結から去れ！
百万の人々よ、互に抱き合え。
全世界の接吻をうけよ。
兄弟よ、星のかなたに愛しき父は必ずやいますなり。
星のかなたに神を求めよ。
星のかなたに神はいます。

ドイツ語の歌詞をはじめからしまいまで暗記している石射菊夫は、おれは矢張り死んでもいい、と思い、また、こういうものとこととがあるのだから死ぬのはいやだなあ、と思う、二重の気持が極点まで揺り上げられてその頂点で何かに激突するような昂奮に慄えていた。何かに——それこそがきらきら光る海上に散らばった敵艦船の、甲板の上の様々の突起物と看える、その幻影は払いのけ難かった。

夏子は、しかし、何か抽象的な（と彼女には思われた）ことに昂奮し感動しているらしい夫の傍で、合唱団のなかに立ちまじった二三の友人の顔をかわるがわる眺めていた。先月の十一日に私立音楽学校が廃校を命ぜられ、あの人たちはどこかの工場へ行ったという話だったのに……。彼女は菊夫とは反対に、何故か音楽に溶けこむのが厭だったのだ。

そして二階の石射康子は、既に前後左右から両の耳に押し寄せてくる合唱とオーケストラの音塊にいくらかなれて来たとき、相変らず一階の二人を見詰めながら、今日の午後、伊沢信彦が云ったことば、

「神風特攻隊って君、若い人には済まぬことで云いようもないことだが、まるっきりあたっとらんのだな、一割あるかなしなんだな、ああ――」

と云って、予備士官の息子をもった康子はもとより、誰の眼も見ないようにして革張りの椅子にどさりと腰を落したときのことを思い出していた。彼女のまわりにも、音楽を聞きながら眼にハンケチをあてている人が二三にとどまらず、いた。異様な風景であったが、それもまた戦争であったのだ。

そしてもう一人、ぷんぷん怒りながら聴いている少女がいた。井田一作のすぐ隣の席にいた鹿野邦子は、露骨に顔をしかめていた。邦子は何度も身を乗り出して斜め横から、この不作法な男を睨みつけてもやったのだが、男は洟《はな》もひっかけなかった。蛙の面に水だった。あまつさえ、男は自分の名も名乗らずに、右下の席にいる石射康子さんとお前はいったいどういうあいだなんだ、とさえ訊いたものだ。第二楽章と第三楽章のあいだの、短い休憩中のことだった。

そのとき、

「何ですの、失礼しちゃうわね」

と蓮っ葉に、口をとがらせてみはしたものの、暗い階段の下蔭から不意に太い声で問いかけられ、ぞっとしたので邦子は正直に白状しないわけにゆかなかった。

「わたしのこと？　わたしは新橋ホテルの五階付のウェイトレスなのよ。石射康子さんは通信社の海外局の方で夜中や朝早くの仕事がおありだから、ずっと部屋を借切っていらっしゃるのよ。外交官の方の未亡人なんですって、わたしはあの方から切符を頂いたから来たのよ」

とすらすら答えた。遮蔽用の黒い布切れをかぶせた電燈の光は、斜めに男の顔を切っていた。戦闘帽をかぶり黒いオーヴァーに駱駝の襟巻きをして、銀縁の眼鏡をかけた男は、影のなかから出て来ても、ポケットに手をつっこんだままだった。相変らず名も告げずに、

「いまおれがあのひとのこと訊いたなんてことを、石射さんに云うんじゃないよ」

とおっかぶせるように念を押した。念をおされて邦子はへんに癪にさわり、ウェイトレスの溜りで同僚とお喋りをするときのように、『石射さんをものにしようったって駄目よ。ちゃんといい方が、伊沢さんという方が、通信社の上の方においでなんだから』と云いかえしてやろうかと思ったが、ホテルに勤めるものの直感は、ひょっとするとこれはものにするとか何とかということではなくて、何か事件なのじゃないか、と感じとったので、いかにお喋り好きの邦

子とはいえ、きっぱり口をつぐんだ。何といってもまったく未知の男である。

それに、放送局と国策通信社の両海外局、外務省、軍令部と、この四つの官庁と法人組織が借切っている五階は、邦子らのあいだでは別名、化物屋敷と云われていたのだ。給仕たちの控え室には、ときどき鍵のかかった大きな木箱が持ち込まれ、従業員ではない背広の男が来てその木箱を使用するときには、給仕たちは何時間でも締め出された。

鹿野邦子にとっても、井田一作同様、大編成の合唱付管絃楽を聴くのは、或は見るのは、はじめてだった。彼女は雛段の中央で、小躍りするような恰好でティムパニを叩いている、まるまっちい頭の禿げた男ばかり眺めていた。また両手にシンバルをもったひょろ長い男が立ち上ると、いまかいまかとひやひやして眼をつぶった。そして鏘然《しょうぜん》たる響がすると溜飲がトった、と思った。ホルンが音程をはずしたときにはクスリと笑い、フリュートを吹く男の恰好が、まるで英語のFの字みたいだと思う。ベエトオヴェンはまったく受付けずに、女の独唱者が立ち上ると、あの控え目な電髪（パーマネント）はどこでかけたのだろう、また聴衆や舞台の人々の全体を眺めては、この人たちはどうやって召集や徴用をのがれているのだろうか、と考えた。

彼女自身は、五階の海軍大佐の人に遠まわしに頼んでみて、そうだな、恰好だけどこかに押込んであるということにしてみるかな、という返事をもらっていたが、その後音沙汰なかった。

何故か、人から暢気者だ、暢気者だと云われ、邦子をもじってホウコ、ポウコちゃんなどとニックネームをつけられていたが、それでもときどきは、こんなホテル勤めなんかしていていいのかしら、工場へ行って飛行機でも作らなけりゃいけないんじゃないかしらん、と思い、特に神風特攻隊が出て以来は、じっとしていられない気がすることもあったが、ポウコは自分で動いて何かをするというたちではなかった。中島飛行機の下請工場につとめていた兄を頼って上京し、兄のアパートに同居していたのだが、その兄が夏に召集されて以来、彼女はアパートに一人で住んでいた。彼女は、漠然と、兄が二人ともの生活を出征と同時に一緒にもっていってしまった、と感じていた。ホテルでは掃除や整理仕事には熱心だったが、兄のいないアパート暮しは、何か仮のものという感じがして、自分の部屋の掃除もろくにしなかった。すり切れた畳の上にはいつも皿小鉢がちらかっていた。それでも平気だった。兄はどこかの戦場から手紙をよこして、福島在の田舎へ帰れ、大人しくしていろ、と云って来たが、兄の出征当日、長く寝ていた母が、恐らくは衝撃で死に、二階ではお通夜、下では出征歓送会で村の人が酒を飲み、めでたいめでたいと云うという異相な光景を見、かつ父は葬式がすんで二月もせぬうちに、町場から若い後添いをつれて来たりしていたので、邦子はうつろなアパートでぼんやり夜をすごす方を選んだのであった。

非番のとき、特に夜になってから遊びにゆくところはまったくなかった、銀座も九時をすぎれば人影もない、だから石射康子が、

「本当はこの切符、深田のおじいさんの分だったのよ」

と云って呉れたとき、

「まあ勿体ない、枢密顧問さんの切符であたしがゆくの。わあ……」

と肩を上げ下げして喜んでみせはしたものの、邦子にとっては、実は映画の切符の方がありがたかった。音楽会の妙に固苦しい空気は、彼女にはなじみのないものだった。けれども、映画館へ出掛けて、『観客の皆様に申しあげます。其筋のお達しにより、映画鑑賞中は静粛に願います』からはじまって警報が発令されたら『整然と退避』しろの何のと余計なことを云われるのも不愉快だった。歌舞伎座も帝国劇場も、日本劇場も閉鎖され、産業戦士の人がときどき招待制で慰問されるだけで、日劇では女子挺身隊が秘密武器を製造しているということだった。秘密武器と云っても、第一次徴用にひっかけられたウェイトレスの一人の話によると、芸者や女給からなる挺身隊が、分厚い渋紙みたいなものをコンニャク糊ではりあわせる仕事、ということだった。だからコンニャクがない……。コンニャクはまた、敵の電波を吸いとるから飛行機や艦船に塗りつける、コンニャク漬けにするのだ、という噂もあった。だからコンニャクがない……。要するに、どこにも遊びに行くところがなかったのである。配給されるものは、音楽会の切符でも酒でも煙草でもかまわずに貰ってしまう。酒も煙草ものまない人が、配給されたが故に酒のみになり煙草のみになった。公園へ行けば、芝生は畠になり、樹木は機帆船用に切り倒されていた。切り倒しても運べないので、倒木はそこらここらにごろごろしている。

鹿野邦子がせわしなくあちらを見、こちらを眺めし、膝にのせた防空頭巾をとりおとしたり、それを拾う拍子に、座席の下に置いてあった井田一作の鉄兜に頭巾の紐をひっかけて醜い音をたてたりしたので、彼女の右隣にいた、工員服に下駄ばきでゲートルと配給の足袋のあいだから細い足首をのぞかせている、学生らしい男が怒ってシイッと云ったりした。工員服の学生は、膝に小型の、分厚い総譜をのせて頁をめくりめくりして指で拍子をとりながら聴いていた。邦子は、へん、すましてやがら、とは思うものの、可哀相でないこともなかった。音楽が好きで、ひょっとすると音楽学校の学生なのかもしれないが、男はいつなんどき召集令が来ないとも限らぬ。現に、先刻休憩に入ったときすぐに、

――吉祥寺の××さん、いらっしゃいますか、お宅から、召集令が来ましたからすぐお帰り下さい、と電話がありました。××さん、召集令が、……××さん、召集令が……。

という呼び出しがかかり、一階の最前列近くにいた猫背の、四十を越えたらしい貧相な男が立ち上ってとぼとぼと席の間を縫っていったものだった。人々は拍手を送り、舞台に残っていた楽員たちは、ヴァイオリンやチェロを弓でコツコツ叩いて送ったが、その男は見向きもせずにうつむいたまま脇ドアーの方へ向っていった。隣席の、頭の地が青く見えるほど短く髪をつんだ音楽青年も、いつひっぱられるか知れたものではない。

——そこへ行くと、

とそう思うと、邦子の視線はどうしても一階の中程に坐っている二人の方へ惹きつけられるのだ。演奏中もずっと、仮に時間にしてみれば五分に一回ほどは、避け難く二人を見たくなる。それに、薄紅い羽織を着ているものなど、数百人はいる男女の聴衆のなかでも石射夏子ただ一人だったのだ。邦子は夏子のこともよく知っていた。夏子は、傍で見たらすうみつこもん官などという想像もつかぬほどの重い役目の人とはとても思えない、気さくな老人の深田英人につれられて、よくホテルへ来たものだった。邦子のホテルでないときは、帝国ホテルへ泊った。邦子はしかし、夏子以上に、石射康子の一人息子である菊夫の方をよく知っていた。唾の味まで知っていた。菊夫が学生服ではなく、はじめて背広型の第三種軍装で長刀をもってホテルの母親に会いに来たとき、邦子はどんなにかその服に触ってみたかったことか。その彼が、邦子に云わせれば、知らぬ間に、夏子と結婚した……。だけど、菊夫さんもいつ死ぬかわかったものじゃない。いや、それとも義理の父親がすうみつこもん官だから——だから良いヒキが部内にあるから死ななくてもいいかもしれない。アパートで聞いた噂によると、特攻隊に出されるのは、大抵親なし子や特殊部落の出の人たちだという……。

そう考えてみても、二人を眺めていると自然に気持が滅入って、腹立たしくもなり、一向に慰まなかった。音楽も、それまでの独唱、合唱、管絃楽の三者の競り合いが終って、底深く揺曳する鎮魂曲めいたものに変っていた。一階にも二階にも、ぽつりぽつりと空席があった。大部分の切符が予約会員制になっているこの演奏会の空席は、ただ単なる空席とは思い難かった。空席のあるじたちは、邦子の兄のように一兵卒として、或は石射康子の兄のように老部隊長として南か北かの配置についているのかもしれなかった。休憩中の廊下でも千人針の布をもったひとが、二人三人ならずいた。邦子も幾針か縫った。左隣にいる気持の悪い男の質問をさけ、かつはちらちらと菊夫と夏子の二人を見るために。

ドイツ語の歌は、邦子にはさっぱりわからなかったが、大声をはりあげて人間が何かを呪ってでもいるかのような感じもした。

まだ髪に白いもののまじっていなかった頃、夫といっしょに外交官用の車で、ベルリンやローマでしばしば音楽会へ行ったことを康子は追想していた。そのことと何の関係もなかったが、歓喜頌歌後半の、動きのやや少いところは、漸く音に集中して聴き出した彼女に、とにもかくにもこの頃の自分は、何にあれ、集中すればするほど混乱が増してゆく、ということを確認させた。何か没入出来るものが欲しい……。

たとえば戦局の成行について、伊沢信彦は専ら日本の指導層の屈従と背任を非難していた。が、康子は単に日本の指導層だけではなく、はっきり云って人間というものが信用ならぬものだ、という思いに悩まされていた。日本だけではないじゃありませんか？　イタリーだってドイツだって、それから英国もアメリカも――、と伊沢に言葉を返したことがあった。

十月の十五日に台湾沖航空戦の大戦果が発表され、ガダルカナル、ブナからの転進、アッツ島玉砕、からっぽの内南洋、マキン、タラワ、クェゼリン、サイパン、テニアンの玉砕などで漸く沈滞して来た国民に一息つかせ、いやそれ以上に、緒戦のときの華々しさを思い出させ、東京ではこの日比谷公会堂前の広場で国民大会が開かれ、聯合艦隊は嘉賞の勅語をさえ貰っていたが、轟撃沈空母一一、戦艦二、巡洋艦もしくは駆逐艦一、撃破空母八、戦艦二、巡洋艦もしくは駆逐艦一、艦種不詳一三という厖大な戦果は、その後海外局の愛宕山傍受所の受信した敵側情報によると、まったくの幻にすぎなかった。敵側は巡洋艦二隻が大破したと云っているだけだった。しかもそのことをしるした海外局の限定番号入りの秘特情報は、海軍側とおぼしい干渉によって陸軍側への配布を禁止された。二十隻近くの空母を含めて三十何隻かの艦艇を一挙に失った筈の敵は、二日後の十七日には比島のレイテ湾口スルアン島へ上陸を開始した。伊沢はヒステリー気味になり、国民に対して無茶を発表するだけでなく、陸軍に対してさえ訂正も取消しもしないようにするとは何事だ、と怒った。伊沢もまた、伝説的な『海軍のインテリジェンス』なるものに対する信頼を消されたくなかったのであった。彼はその経緯と秘特情報の要旨をメモして、日頃ボケナスだ、中身のからのトウナスどもだと云っている重臣連に配布した。井田一作は、伊沢が敢えて何かを配布したらしいということを承知していた。が、その内容をつきとめるまでにはいたっていなかった。それが彼がこの音楽会へ来ていることの理由でもあった。細君をアメリカにおいて来た伊沢の戦争ワイフが、石射康子であるという噂があった。外国のホテルのラベルのついたトランク類は、ここで井田一作らの職業的構想に現実性を附与しはじめたのだ。

しかし、井田一作も実は悩んでいたのだ。だから彼は退屈からだけではなく、右手の拳《こぶし》を左の掌にうちあてながら、考え、混乱してゆく自分を空恐しく思っていた。神洲は不滅である、必勝は信念である、天皇は、国体は無窮である、と井田一作は、もしこれが考えるということであるならば、ともかく考えつづけた。敗戦思想の剿滅《そうめつ》一掃を彼は命じられていた。将来——それはそう遠いことではないような話であった——、戒厳令が布告され、警察権も軍の手に移るような場合、ぺしゃんこにされてぐうの音も出なくなることを避けるために、ここらで一つ大々的な実績をあげておかねばならぬ、とも云われていた。ありていに云えば、憲兵隊の活躍に対抗出来るほどの成績を上げろ、或はつくり上げろ、ということであった。かくて、その実績を上げることのための予備知識として、彼はかなりつっこんだ戦況の実相を教えられていた。開戦後わずか七カ月、十七年六月のミッドウェイ海戦は、敵空母二隻と我が空母二隻がさしちがえたというような発表があったが、本当は我が方の全滅的敗戦であって、海軍の感傷的演舌使いの大佐の云うように、〝太平洋の戦局此一戦に決す〟とは事実であったけれども、〝わが制圧圏は遂にアリューシャンより南濠洲にいたる全海域となった〟などとはまったくの駄法螺、どこかの海を大東亜地中海と命名するとか、なにしろおはなしばかりで、その後もろくなことがなかったことを知らされた。事実を教えられて、井田一作は失望したり悲観したりするよりも先に、一人の官吏として、迷惑至極、と感じた。そんな風な事実など、知りたくもなかったのである。的確な事実など、強力犯関係の者には必要かもしれなかったが、彼のような仕事をする者にとっては、さして必要なものではなかった。かえって行動意欲をにぶらす邪魔物であった。しかも、普通の、忠良な臣民とは別個の知識をもつことは、必勝の信念をこそ頭からふりかざさねばならぬ筈の、平和思想勦滅の仕事の原動力とはなりにくい。大本営発表の前奏である軍艦マーチを聞く毎に、例によって軍はまたやっていやがる、と思わねばならぬことは、彼がよってもって立つ足場を自ら崩すことでもあった。音楽は、こうした彼に隠微な作用を及ぼしていた。今日の午後、銀座でバスを待ちながら、柵のなかに入って並ぶ人々の顔を見て、不意にぎょっとしたことが思い出された。人々は我々よりも、陰に籠って荒んだ、各人が各人を監視し合っているような、鋭く尖った眼つきをしている、と彼には看えたのである。実際のところ、人間を監視したり、集めて来た人間を十把ひとからげにまとめて戦場や工場へ投入したりする仕事についている人間たちの方が、監視され投入される人間よりも余程多くの栄養をとっていたのだから、一般人よりは円満らしい顔をしているということは、ひょっとしてありうることかもしれない、そのうちいまのおれの漠然とした予感みたいなものが実現するかもしれないぞ、と何気なく考え、やがてこのとげとげしい視線の列のなかで並ぶのを諦めて二三歩歩き出し、井田一作は不意に歩みを止めた。これは！　と思ったのだ。

井田一作も、また別の意味では伊沢信彦も、各自が得た知識を人々とともにわかつ立場にはいなかった。一人は知識を得て却って迷惑し困却し、一人は毎日得る知識を限られた人々に配布するだけで、消化出来ず利用出来ず武器に出来ず、従って彼個人のヒステリーを昂じさせるだけの役にしか立たなかった。伊沢もまた没入出来るものを求めていた。

音楽会はあっけなく、(と、身に微震のようなものを感じはじめていた井田一作は思ったのだった が)——あっけなく終り、彼はとぼとぼと真暗な階段を下りていった。彼のすぐ前には、一見母子と見える石射康子と鹿野邦子が壁をさぐりながら一段一段踏みしめ踏みしめしていた。手すりは供出済みであった。邦子は隣席にいた無作法な男のことなど忘れてしまったのか、振りかえりもしなかった。

⁂

公会堂前の暗がりのなかに、康子、菊夫、夏子と邦子の四人がたたずんでいた。少し離れた樹の下に、井田一作が両手をポケットに入れたまま、憂鬱そうに立ちつくしていた。

「じゃ、あとでね」

これは石射康子の声だった。

「どうもありがとうございました」

はずむような若い声は、鹿野邦子のものだった。人々は続々と正面玄関横の石段を下りて来たが、子供は一人もいなかった。井田一作は学童集団疎開で釣竿や虫籠までもって伊東の宿屋へ行っている末娘のことをちらりと思い浮かべた。温泉に入って魚を食べて、いまごろはもう二人ずつ一緒に眠っていることであろう。しかし、沖縄にまだのこっている老母はどうしているだろう……。

鹿野邦子が挨拶のつもりらしくぴょこんと腰を落してみせて別れていった。大股で日比谷公園の出口に向って歩いていった。残った三人も動き出したが、石射康子の方は、すぐに折れ曲って同じ公会堂のなかにある通信社へ入っていった。一瞬、井田一作は迷った。この社の守衛ともう一度連絡してみようか。しかしとにかく、新聞社や通信社というものは、彼は苦手だった。特に、幹部連中となると、何の権力もない並の民間人の癖に、高位の軍人や政府官僚と往来があるため、一種独特な威張り方、彼には何ともいえず不愉快な、まざりもののある高飛車な態度に出る。彼等にどれだけの職権、権力があるか。皆無だ。権力をもったものだけが、これまでの井田一作にとっては人間らしい人間、というものだった。陰謀の巣の入口か、暗い穴のような社員入口まで行ってみて思いなおし、彼はその場の思いつきで菊夫と夏子の後をつけてゆくことにした。通りには街燈もないので、このごろの尾行はすぐ後をつけてゆかねばならない。夏子の腰のあたりに眼をつけて、いまどきモンペもはかないとは、これだから重臣などというものは、と彼は無理にも自分を励していた。

「あのオーケストラ、何だか元気がなかったわね。尤も、女の楽員をのけたら、男の人はみんな肺病か、なんにしても半病人みたいなもんでしょう」

夏子の声は甲高く、井田にもはっきりと聞きとれた。

「そうかもしれない。だけど、まあこうなったら身体の弱い人に文化を守ってもらうより仕方がないんだ」

「でもね、何だかだらしのない演奏ね、ラストに近いところなんか、栄養不良でおなかが空いていて、疲れていてね、まるで濡れた雑巾をぐしゃんぐしゃんとぶつけてるみたい……」

「………」

夏子は、こんな風に云ったのでは、音楽の意味するものを出来るだけ深刻に受取ろうとしているらしい菊夫が、不快に思うだろうことは、重々承知していたのだ。にもかかわらず、彼が深刻になろうとすればするほど、この硬わばったものを打ち壊したいという気持もまた昂じて来る。去年の五月、玉砕ということばがはじめて世に出たとき、すなわちアッツ島の玉砕が発表されてからしばらくした頃、まだ恋人同士だった二人は、四谷の深田の家で近所の人も入れてトランプをやった。そのとき、夏子が負けて、思わず、わあ玉砕だ、と云ってカードを投げ出したことがあった。菊夫はそれを聞いて顔色を変えた。何ということを、と云ったかと思うと、突然夏子の肩をつかんでふりまわした。座は白けた……。

菊夫があのとき何故怒り、またたとえそれが音楽であっても光源氏の恋愛であっても、何でもかでも日本の運命と光栄に結びつけて深刻に考えたがる気持は、夏子にもわからないではなかった。しかしそれはそれとしても、彼女は逆に反撥したくなるのである。そんなに深刻に考えたところで何になる、と云いたくなるのだ。彼女はまた、菊夫が口にこそ出さないけれども、自分のことを芸者の、めかけの子、重臣などというろくでもないものの娘ということがらを、いつも胸のどこかにつかえさせていることも承知していた。そうであればこそなお蓮っ葉な口のきき方をしたくなる。事の如何を問わず、云い辛く聞き辛いことにぶつかるごとに、二人の気持はかけ違ってしまうことは、夏子も既に自覚していた。二人は、半年近い結婚生活で、いっしょに暮した期間は二週間に足りなかった。

しばらく話題がとぎれたので、夏子は、

「義母様《かあさま》も忙しくて気の毒ね、夜働くのは身体に毒だわ」

と暗闇を歩く不気味さと、沈黙がもって来る気まずさをまぎらすために、云ってみた。が、菊夫は答えなかった。夏子は、いま話題にした義母のことなど忘れはてて、このひとは何を考えているのかしら、せめてわたしといるあいだだけでも皇国必勝の信念はやめてくれてもいいだろうに、と思い、

「なんだか悲しくなっちゃったな」

と口に出して云ってみた。

菊夫は、文字盤の青白く光る夜光時計に眼をよせて、

「八時二十分か。少し遅いけれど、おれ、品川の先生のところへちょっといって来る」

と云い出した。

これを云い出したらもう仕方がない、と夏子は諦めた。品川の先生とは、元来はドイツ語の教授だったが、漢学の家筋だとかで、戦争がはじまると、まったく国文学、それも幕末志士文学の専門家になったかの観のある教授のことであった。

「じゃ早く帰ってね、警報でも出るといけないから。義母さんのお部屋か、もしかするとお父さんが帝国ホテルから移って来てらしたら、そっちか、どちらかにいるわね」

場所は、ホテルと朝鮮総督府東京事務所が対角をなしている四つ角だった。夏子はうなだれてホテルへと向った。

だとすると、深田英人は帝国ホテルではなくて、こっちへ移るかもしれない、井田一作はホ

テルの裏にたたずんで考えていた、ところで、石射康子の方は社へ戻った、新しい海外情報を見に戻ったのだ、それを深田英人に報告するのだ、それからあの五階には放送局、外務省、軍令部などがいる。

「おい」

彼はホテルの守衛室へ首をつっこんだ。大抵の大ホテルの守衛は刑事上りであった。

康子が夕方の五時までに傍受した秘特情報をまとめて伊沢のところへもってゆき、海外局にいる二世たちの健康状態が思わしくなくなった、どうしたらいいだろうか、との相談をうけていたとき、廊下を歩く守衛の足音が聞えた。

「何分バターが一ポンド三十円から四十円もする。連中の給料じゃちょっと辛いし、それにろくに日本語の出来ぬ連中が闇を買おうったって無理だしな」

「矢張り」と云って彼女は近づいて来た足音に耳をすました。「あの新入りの守衛さんに頼むしかないでしょうね」

防諜のために新しく採用された守衛のなかに、闇の名人がいた。打出の小槌さん、とみなが呼んでいた。が、この小槌さんがチョコレートをもって来たとき、伊沢も康子も警戒しないわけにゆかなかった。いまどきチョコレートは、軍の相当のところと直接連絡がなければ手に入るものではなかった。伊沢は、チョコレートで二世を釣ろうというのかな、と云ったものだった。

伊沢との相談をおえ、康子は第二室の海外情勢調査室へ入った。外套を着たまま特配のコッペパンをかじりながら仕事をしていたソ聯班の男が、見ろ、という風に康子の方へ放り出した「ソ聯の対日論調」という資料の目次に、ざっと、しかし熱心に眼を通した。深田老人が近頃ソ聯の動きに何よりも深い注意を払っているからであった。先月、十一月の六日、革命記念日前夜のスターリン演説は、日本をはじめて侵略国と呼んで、政府にも統帥部にも予想以上の打撃を与えたものだった。

目次には、ジューコフ「新たなる難局に当面せる日本」(「戦争と労働者階級」誌より)、イリン「日本の北樺太利権の放棄と漁業利権の五カ年延長について」(「ボルシェヴィク」誌より)、トルチエノフ「太平洋戦争」(「プラウダ」紙より)等々の項目があった。

『戦争の初期段階に於て日本帝国主義者は東亜諸民族に対する解放宣伝によつて何人かを欺瞞することに成功したが、「東亜民族を他国の搾取から解放する必要」の宣伝は彼等にとつて危険な火遊びである。何故ならば東洋植民地の幾百万の人々の間に呼び醒されてゐる真の自由と独立への希求は、かかるデマ的宣伝の埒内に引き留めておき得ないからである。現在既に占領者自身が自らの言葉によつて刺激された植民地民族の積極性を恐れてゐるのである。これに不安を感じ、大アジア主義スローガンの利用、支那、フィリッピン、ビルマ、タイ等の「独立」

ゴッコによる政府的マヌーヴァー……』

歴史は正確にとらえられている、と思わないわけにゆかなかった。ソ聯は、日本を注視すると同時に、「刺激された植民地諸民族の積極性」とその将来に対して深い関心を払っている。英米両国は日本を注視していた、が、後者の方にはあまり気をつかわず、また気をつかうことを避けたいかに看えた。ソ聯班の男は、また無言で国内の地方事情調査資料のうち、ロシアについて、という綴込をどさりと康子の前に投げ出した。無関心、油断がならぬ、曲者、和平仲介を望むなどという文句がどの頁にもあらわれていた。枢密顧問官も工員や農夫なども、知識や判断力や希望的観測などについては、本質的にはまったく差異がないという、一種の国民的飽和状態が訪れていたのだ。この飽和状態の根柢に流れるものは、それまでにはどうにかなるだろう、というものであった。日比谷から一またぎのところの森のなかに、万世一系神聖不可侵というものがいる。その不変、不可侵、神、永遠を除いては、――しかし本当に除いては、だろうか？　――あとはすべて流動、それまでにはどうにかなるだろう、であった。森のあるじは支那語かと思われるほどのむずかしいことばをあやつってバランスをとっている。宣戦の大詔について「米英両国ト釁端《キンタン》ヲ開クニ至ル、キンタンだなんて日本語かね、まさかキンタマじゃあるまいね、忠良なる臣民にはない語彙だよ」と伊沢が云ったことがあった。

「あなたもお疲れになりませんように」

と云って康子は伊沢の部屋を出た。伊沢は腰に毛布をまきつけ紐でくくりつけにかかっていた。彼女は階段を下り、がらんとした編輯の大広間を通り抜けた。ところどころに電話送稿をしている人がいたり、将棋をしている組が二組か三組あるだけだった。社員の出入口に近い窓際では、七八人の男たちが軍用の縄や莚をなっていた。康子も屢〻これをやらされるので、掌にはタコが出来ていた。はじめは普通のマメが出来、ついで血マメになり、やがてタコになるのであった。通信社も通信業務だけに従事していればいいという時世ではなかったのだ。編輯局の一角は、農家の夜なべのような景を呈し、藁が山と積み上げられていた。この縄莚挺身隊の親玉は、コジキ居士、或はミソコギ居士と称される古手の報道班員であった。コジキは乞食と書くのではない、古事記、であった。ミソコギは、ミソギ、つまり禊のなまったものだった。出勤するとすぐにこの居士は、机の抽出しから文庫本の古事記をとり出して朗読するのである。人によっては、彼の将棋好きにひっかけてショキ居士とも呼んでいた。古事記のかわりに日本書紀を読むこともあったからである。海外局の二世たちは、ファナ、ファナと云っていた。ファナティク（狂信者）の略称であった。戦争は、一面では仮装舞踏会のようなところももっていた。酒飲みで将棋好きな新聞記者、誰もが古くから知っている平凡な人に、それらしくない仮装仮面をつけさせる。

足音もひかえ目に通ったつもりであったが、

「石射さん」

と呼びとめられた。急に立止った康子は怯えたような眼つきで居士の方を見た。居士は藁屑だらけのオーヴァーをばたばたとはたいて立って来た。

「実はね、今日陸軍大学校へ行ったんだ。そしたら陸大へ入学するんでブーゲンヴィルから大分前に戻って来た少佐がいてね、その人があんたの兄さんの、安原大佐の手記をあずかって来てたんだ。ところがその内容がね、あまり露骨で軍人らしくないものなんで、その少佐がいままで押さえていたんだが、いつまで押さえておくわけにも行かず空襲も近いというわけで、あんたの手から安原大佐の家族の疎開先へ届けてほしいというわけなんだ。但し、公開は絶対不可、戦争が終ってから、或は大佐が凱旋されてから包みを開く、という条件がついているんだ」

一つ二つならぬ仇名のついた報道班員は、自分の机の抽出しから破れた新聞紙に包んだ三冊のノートをもって来た。彼がノートをとりに行っているあいだ、康子はぼんやりと、陸大へ入るためならブーゲンヴィルからでも帰れるのか、と考え、呆れるよりも何よりも、何か悲しくなって来た。

「包みを開くなって、もう開いてあるじゃありませんか」

「うん、おれがざっと見たんだ。記事にはならんな」

康子は別の新聞紙につつみなおして、内幸町の通りを横断し、菊夫と夏子が歩いたと同じ道筋をとって新橋ホテルへ向った。そして二人が別れた朝鮮総督府の東京事務所前まで来たとき、突然背後からとんと突かれて舗道に片膝をついた。その拍子に、脇にかかえていた包みがずり落ちた。何者だろう、とふりかえりながら包みを拾い上げようとしたとき、再びつっころばされ、黒いオーヴァーに戦闘帽のひさしを深く鼻の上まで引き下し、襟巻きで口許をかくした男の手がついと伸びて来て包みをとりあげ、そのまま康子がいま来た方向へ駈け出した。

「何をするんです、それはわたしの……」

二三間追ってみたが、無理だとわかった。

結婚してすぐに夫に裏切られ、昭和十四年に、夫が世間一般には原因不明ということになっている自殺をして以来、康子はほとんど泣くということがなかった。が、五十近い兄の、恐らくは必死の手記を奪われて、彼女は唇を噛みしめ、両手で胸にハンドバッグを力一杯押しつけて、よろよろとホテルに近づいていった。燈火管制をしたホテルは、闇のなかに白く、凝然と建っていた。燈火も煖房もないホテルはホテルではなく、冷い長方型の、墓みたいなものにすぎない。菊夫が出征する直前から、高円寺の家は社の寮に貸し、既に一年以上も康子はこの墓石のなかで寝起きしているのである。本来ならば、何のうるおいもない、いまの日本でのホテル生活一年は、人から体温を奪い、かさかさにしてしまい、人間の乾物《ひもの》が出来上ってても別に不思議のないところだった。矢張り涙も流さずに、こつこつと靴音をあたりにひびかせながら、人一人通らぬ道をホテルの入口へと急いだ。胸に抱き締めた黒革のハンドバッグは咽喉もとまでずり上り、もち手の革紐が慄えていた。受付の電話でコジキ居士を呼び出し、例の包みを奪われた事を知らせ、居士が怒り出してつづけさまに憲兵隊だとか何々少佐だとか云っているのを聞き流して、クロークルームの時計を見た。九時三十分であった。

⁂

「もう九時すぎましたよ、あなたはまだ帰らなくてもいいんですか、お家はどこなんです？」と、あまり長いので邦子に胸を押しかえされ、唇をはなすとすぐに背の高い大学生が質問した。学生服にゲートル姿の男は、唇をあわせているあいだじゅう、ぶるぶる慄えていた。男の人って、何かしたあとすぐに道徳的みたいなことを云い出すのね、と、邦子は舌打ちでもしたい気持だった。出征している兄も、どこかのお女郎屋から夜遅く帰ってくると、途端に掃除をきれいにしろとか何とかと道徳的な説教をくわしたことだった。

大学生は、邦子が石射母子と別れて、頭上にもっさりと蔽いかかった木の茂みの下の、凸凹の煉瓦道を日比谷交叉点の方へ歩いていたとき、

「十二月に第九シンフォニイをやるってのは楽壇の年中行事だけど、来年はどうでしょうか？」

と話しかけて来たのであった。何故邦子は新橋駅とは逆の方向へ歩き出したのか。菊夫と夏子がそっちの方へ行くらしかったからである。あたりには音楽会帰りの人がぞろぞろ歩いていたので、邦子は、もとより話しかけられたのが自分だとは思わなかった。彼女は、別れ際に、複雑な片付かぬ表情を見せていた菊夫のことを、何となくザマ見ろという風に思っていたのだった。けれども、

「来年はどうでしょうかね、昭和二十年の十二月って、いったい本当にあるんでしょうかね？信じられないみたいですね、何だか……」

と、つづけて話しかけられ、暗いなかで顔までのぞきこまれてみると、気のいい邦子は返事をしないわけにはゆかない。

「ええ……」

とは云ってみても、第九が年中行事だなどということを知らなかった彼女は、話の前半には応じようもなく、

「でも、もう二十日ほどすればお正月ですわ」

と云ってみると、急に、アパートに帰ってもつまらない、お正月が来てもどうということはない、というものがこみ上げて来た。それで、邦子はこの大学生としばらくいっしょに歩くことにきめた。二人は、いかにも音楽会の帰りの二人づれ、というように並んで歩き出した。け

れども、音楽会の帰りだからと云って、つれ立って銀座へ出ても、銀座は暗いばかりで入るところも坐るところもない。二人は交叉点を横切って濠端へ出、濠にそって坂下門の方へ歩いた。大学生が雑嚢のなかをごそごそかきまわして非常食糧の炒米をつかみ出し、食べませんか、と云って邦子にもわけてくれた。この米をボリボリ噛むときだけを除いて、大学生は二六時中第九の合唱のメロディを口ずさんでいた。濠端を歩きながら、邦子はどこで例の最敬礼をしたらいいのか、と考えていた。バスや電車でこの辺を通るときには、坂下門附近で車掌が、最敬礼、と号令をかけてくれるのだが、こう近くを歩くとなると何分にも広いのだから、どこでしたらいいか間誤つく。

「二重橋のところまで行ってみましょうか」

「ええ」

真暗な宮城前広場には、案外に人の往き来があった。端の方からは、やけ気味の軍歌も聞えてきた。あちらこちらに三四人、七八人ずつの人々がかたまっていた。土下座している人々もいた。かたまりの中心には、必ず国民服にたすきがけの男がいた。応召の人々であった。東京駅から夜汽車に乗るのであろう。そういう人々の群れを避けて、一層暗いところへ入ってゆくと、二人づれの男女が寒さにふるえながらこっそりと抱き合っているのにぶつかった。何組かの二人づれのなかにも、応召の人がいたかもしれない。大学生は、橋の手前の柵のところで、邦子がびっくりしたほど長いあいだ頭を下げ、最敬礼をしながらも、また抱き合った二人づれにぶつかったときも、口のなかでぶつぶつ何かを呟いていた。

「ぼくもね、来年はいかれちまうんですよ、きっと」

「いかれる、って？」

「召集のことですよ」

「召集のことを、いかれる、って云うの。ははは。面白いわね、ははは」

邦子が笑い出すと、大学生は夜目にもはっきりわかるほどの、真面目そのもののような顔つきをつくり、

「ふざけてはいけませんよ、死ぬかもしれないんですよ……。ねえ」

と云って邦子の手をとり、ひきよせようとした。彼女は抱きよせられるままになりながら、大分前に、菊夫も康子の部屋で似たようなことを云ってキスしようとしたことを思い出した。そのときも、彼女は素直にさせてやった。どっちがふざけているのかわからなかったが、自由になる手で彼女は防空頭巾の紐を解いた。最初のキスを終え、背中に手をまわされ、あおむけにされると紐が咽喉に食い込んで苦しかったのだ。背の低い松のあいだにちらつく懐中電燈の光に怯えて二人は広場から逃げ出した。学生の口が臭かったので、走りながら彼女はそっと唾を吐いた。歯磨粉が手に入らないのだ。濠端の安全地帯まで来ると、学生はふりかえりふりか

えりしながら、〝天皇陛下万歳と、残した声が忘らりょか〟という流行歌をうたい出した。第九の合唱メロディはもう忘れてしまったのか、とにかくこの歌ならば邦子もよく知っていた。歌っていると、悲壮な感じになってうっとり出来るから楽しかった。うっとり出来るものが何もない……。それで彼女も声を出して歌おうかと思った途端、大学生が時間のことや、家はどこかなどと云い出し、それだけではなくて、

「あなたはいつもこうなんですか」

と訊いたのだ。

「いつもこうって、何がですの？」

と問いかえして、彼女はがっかりした。

「こうって、つまりその、誘われると……」

「さいなら！」

と云いのこして邦子は小走りに走り出したのだが、大学生は大股で追いかけて来た。そして、

「兄さんが出征してらっしゃるというのに、恥ずかしくないんですか」

とおっかぶせて来た。何のためにこんなことまで云うのか、彼女は立止まって、

「わたし、何かいけなかったかしら」

と正面切って云うと、今度は相手の方がへどもどして、

「ぼく、寮の時間がありますから失礼します、また……」

と後の方は口のなかでもぐもぐさせ、思い切り悪そうに有楽町駅の方へ歩いていった。若い男たちは、棒を呑んだみたいだ、宮城の前までゆくと、第九の音楽が急に天皇陛下万歳という流行歌に変ったり、何の関係もない筈のわたしの兄の出征までを引合いに出したりする……。十七の年、昭和十六年から三年間、ホテルづとめをつづけて来た邦子の経験によると、男というものは、同僚であると客であると問わず、おしまいにはいつも天下国家と関係のある、道徳めいたことを云って彼女を放り出し、支那や南方へ行ってしまうものであった。しかも行先からさえ、軍事郵便で極めて道徳的なことを云ってよこすものであった。

邦子は新橋駅へ向って、先刻二人で歩いて来た道を戻った。そしてホテルの近くまで来たとき、先の方の暗いところで、二人の男か女かわからぬ影がもみあい、そのうち一人が何かをひったくって駈け出したらしいのを目撃した。戦争になってから泥棒や空巣はほんとに減ったって云うけれど、そうでもないんだわ、だから夜は道の真中を歩かなきゃいけないんだ、追剝ぎでも道の真中を行く人には一目置くものだ、と兄さんが云ったっけ……。

仄暗い、寒々としたロビイの片隅に、禁制のガスストーヴを赤々とつけて話し込んでいる一組の男たちがいた。康子は黒大理石をはった柱に身を寄せてうかがった。屋外の暗さとは質の違う、洞窟のような淀んだ暗さに眼がなれると同時に、聞きなれた二三人の人の高笑いが聞えたので、その方へ元禄模様の絨毯を踏んでいった。

話の中心になっているらしい深田老人が眼ざとく康子を見つけた。

「夏子は僕の部屋にいる。菊夫君が先生に会いたいとかで品川の方へ行ったそうだ」

と深田老人はすぐ傍の席をすすめながら彼女の耳許に囁いた。老人はまだ何か云いそうだったが、康子のすぐ隣にいた、参謀飾緒をつけた海軍中佐が、

「閣下、それでいったいその勅選議員はいくら出したんですか、後半分は本当に出したんですか、どうなんです?」

と話のつづきを催促した。

「それがです」老人は自分で肩を叩きながら、「そこが面白い、勅選にしてくれたら二十万円出すと云っておいて、さて、なったが最後、知らぬ顔の半兵衛をきめこんで、そんな約束をしたかね、と云ったというんです」

一座はげらげら笑い出した。軍人たちは長い煙草を吸い、外務省の役人や放送局員は半分に切ったのをパイプで吸っていた。話題に上っているのは、深田老人の十八番の、貴族院改革論、或は華族侮蔑論であった。

「僕はね」七十歳に間近い深田老人が、僕、僕と云うのには、奇妙な新しさが感じられた。伊

沢信彦の、うがった云い方によれば、日常横文字を読みつけた老人の、へんに新鮮で若々しい魅力、があった。「僕はね、なにも貴族院の必要不必要を言っているのでもなければ、右翼や少壮軍人などの急進革新論に媚びてるわけでもありません。ただ、貴族院というものがどんなに不思議な、滑稽なところかということを、ことここに至っては少しは云わねばいけない、戦後経営のためにもです……」

戦後経営云々は、さすがに少し声を落していた。苛烈な戦局に、将兵がどんどん死んでいるのに、戦後などということは、矢張り憚られた。戦後などないのだ、と云わぬばかりの空気が、世の中には厳として存在していたのだ。すべてに於て、生きることではなく、死ぬことに、重点がかけられていた。一座の中には、乗馬ズボンにスリッパをひっかけた陸軍の将校もいた。坊主刈りのその将校が、不意に顔をもちあげて老人を注目したとき、康子は何がなしぎくりとした。亡夫とともに在外公館にいたとき、日本から赴任して来たばかりの陸軍武官に紹介されるときの、ある感じを思い出したのである。坊主頭の軍人は、満洲で事変を起して以来の日本の、生々しい、何処へ突込んでゆくともしれぬ生気と不安さとを感じさせたものだった。そして武官は髪の毛が伸びるとともに無口になってゆくのがつねだったのだ。スリッパをつっかけた将校は、

「貴族院と云いますと」と口を切った。康子はほっとした。彼女はこの頃、深田老人の身辺を

気づかわねばならぬ、と感じていた。そこへもって来て先刻の追剝ぎ事件であった。秘特の綴込みでももっていたとしたら、事は容易ならぬことになる……。「貴族院は、皇族華族の議員と、多額納税議員と、勅選と、これだけでしたか」

軍人はにこりともせずに云った。果して興味をもって云っているのかどうか、読みとれなかった。

「そうです。華族議員のうち、公侯爵は世襲です。戸主が丁年になればどんな莫迦でも国政に参与することになる。この方は鉄道パスは貰うが歳費はくれません、選挙、と云いましてもお手盛の互選ですが、この互選が伯子男爵と多額納税の方ですが、これまたほとんど姻戚関係と現ナマできまります。貧乏華族は毎朝新聞の死亡広告を真先に見ると云われているくらいなもので、先輩議員が死ぬと、やれやれ番が廻ってくるか、と思うのですね。年収二千円が、何の才幹もなくとも、海水浴場の小屋掛けみたいに会期さえ出ればばかせげる。あまり演説や政治が得意だと、かえって嫌われて次の改選では仲間に落される。莫迦なものです。互選のときに候補者が多過ぎるときには、——甲を当選させる、そのかわりに歳費二千円のうち半分の千円を甲は乙にやるという取引が出て来る。国民の血税ですよ、歳費と申しましても。先輩や爵位の上の議員からの推薦で特殊銀行会社の重役に据えつけられたら、月給の何パーセントかをその推薦者におすそ頒けする。一番の大問題は嫁取りと養子、いやはやですよ、華族の世界のさもしいことと云ったら……。その当の華族にも、公卿、大名、新華族の三つがあって、こいつが互にいがみ合い軽蔑し合う。公卿の方は近衛が親玉ですが、大名の方は御譜代会が握っています……」

どこかで時計が十時をうった。広いホテルのロビイを、一瞬、田舎家かさびれた港の倉庫でもあるかと錯覚させそうな、ガンガン……と、寂しい後をひく音であった。電圧が極度に低下しているので電気時計は物の役にたたない。康子は、もうそろそろお休みになっては、と老人の袖を引こうとした。が、軍人や役人には、貴族院というもの、あるいは日本というピラミッドの上の方にのっかって嫁取りや養子騒動、歳費のおすそ頒けなどに熱中している人々の、時代離れのした内実が面白く感じられたのか、今度は編上靴に革脚絆をはいた外務省の役人が口を入れた。

「そのゴフダイカイとか申しますのは何なんでございますか」

「それが君、御《ご》、譜《ふ》、代《だい》、会《かい》と云いましてね、徳川一門、外様《とざま》と譜代に分けまして、つまり三河以来の徳川譜代の臣下、その後裔の華族を集めてこしらえた会で、これが年一遍正月に徳川家達公の屋敷に集る。その席次が君、宮中席次や何かではなくて、当時の、というのはむかしの禄高できまるんですよ。禄高ですよ。十六代将軍家達公が上座、次は御三家、紀州、尾州、水戸の三人、次が御三卿という風に居流れる」

一座の人々の口からは、期せずして嘆声が洩れた。

「まあ、徳川学校の同窓会ですが、これの幹事役をやらされている下っ端の大名華族は、来年正月の用意で、いまから頭痛鉢巻きです。華族が、公卿も譜代も外様も一致団結したのは、若槻内閣のときに、十五銀行の騒ぎが起きて、皇室はもとより華族社会全体が非常な打撃をうけたときくらいのものです。皇室と華族の財産は、宮内省の慫慂《しょうよう》で十五銀行に集中、つまり一蓮托生になっていたんです」

「皇室とその藩屏としての貴族との、血統上のそれだけでなくて、何と申しますか、経済的な、利害の一致もはかったという……」

康子も顔見知りの放送局員が、老人の気軽さにつられて口を出した。

「そういうことになりましょう。皇室と経済的にも結びつけて割れないように、という。あなたのおっしゃり方だと、なりますでしょう」

深田老人は、みなまで云わせずにひきとったのだったが、小さな眼が奥深く、さらりと光ったのを康子は見逃せなかった。後で、老人はいまの男の名を聞くであろう。

スリッパの将校が急にすっと立ち上り、

「明早朝、比島へ飛び立ちますので、この辺で失礼させて頂きます。閣下……、結構なお話を伺わせて頂きました。冥土の土産になります」

と、結構な、というところに、刺すようなアクセントを置いて申告調の挨拶をした。

「武運を祈ります」

深田老人も立ち上った。切口上な口調であった。

軍人はしかし、すぐにその場を去ろうとはせず、何か思い詰めた風に老人の眼を見詰め、いや、ほとんど睨んでいたが、やがて一礼してスリッパの音をたて、まるい尻をつき出して階段を上っていった。

スリッパの男が立ち去ったあとの空席には、男の代りに、こんなふところ手をした老人、重臣と云われ華族などとも云われる複数の老人どもには、今更何を云い何を期待してもはじまらないという、怒りとも嘆きともつかぬ、或るとげとげしい感情が坐り込んでいた。眼に見えぬ微震に、ピラミッドの上の方からぼろぼろと石塊が絶え間なく崩れ落ちて最低のところに散乱する。低音部が揺れている。

「先生」と康子は小声で呼びかけた、彼女は老人のことをそう呼ぶことにしていた。「もうそろそろお引取りになった方が」

「そうさな」

ホテルの支配人の先導で、これも朝夕以外は禁制のエレヴェーターに近づいたとき、いまの座にいた海軍の参謀が遠慮気味に近づいて来た。

「遅くて甚だ失礼と存じますが、二十分ほど別室でお話を伺いたいのですが」

「ええ……？　困りましたね、僕は疲れましてね。で、あなたは？」

「申し遅れましたが、海上護衛総司令部の福井中佐であります」

「海上護衛と申しますと、船舶の方？」

「左様です」

「船の方の話ならば、僕も船会社をやったことがありますから、拝聴いたしたい。但し、このひと、僕の秘書ですが、このひと同席の上、ということにして頂きます」

老人は、士官が用意したという部屋を断わり、八階の自室へ案内した。自室とは云うものの、この部屋は、菊夫と夏子の今宵の泊りのために康子が用意したものだった。康子は夏子に意を含めて五階の自分の部屋へ行かせ、すぐに夜勤の伊沢と電話で連絡して、自分は自室の隣室にあたる伊沢の部屋を借りることにした。部屋の移動はうるさかった。康子は鹿野邦子が非番なことを思い出し、自分が一夜でも、たとえ伊沢が留守であり、息子夫婦を自室に泊めたのだったにしても、きっとうるさい噂が立つだろうことは、覚悟した。元来、深田英人は今夜帝国ホテルに泊る筈だったのだ。

部屋のことについて老人が済まながった。

「帝国ホテルのね、いつもの部屋まで行くには行ったんです。ところが廊下の角々に私服の憲兵が立っておる。何です、と支配人に聞いたらば、南方のどこだかの師団長が隣室におる、それが軍司令官から無理無体ないくさを強いられ、部下を思って途中から転進し、おかげで師団長は首になり、軍法会議にかけられるかもしれぬという、そんな人が押し籠められているのです。僕はそんな憲兵同伴の人と隣り合わせではかなわぬので、逃げ出しました。迷惑をかけます」

老人が話しているあいだ、福井中佐は部屋裡をじろじろ見廻していた。擬マントルピースの上の大きな壺をもち上げ、なかへ手を突込んだりした。あげくのはて、ちょっと失礼、と云って鴛鴦《おしどり》を描いた壁の日本画に手をかけた。

「ははあ、何か仕掛けてありますか」

「は、ないとは限りませんから」

「石射さん、あなたも手伝って上げて下さい」

康子も腰を折ってベッドや椅子の下をのぞいた。老人までが洋タンスをいちいち抽出してみたりした。

「ところで話と申しますのは」頤をひき胸を張って喋り出した参謀は、よく見ると眉の太い、栄養のよく廻ったらしいまるい顔をしていた。

「船舶の建造状況は、御存知でもありましょうが、現在のところ開戦以来最高水準に達しました」

「それはおめでたいことです」

「は……。しかし、それでも保有量全体は、開戦時の半分で、新造船も実は戦時標準船と申しまして、エンジンが殊のほか悪く、シンガポールまで半年かかってまだ行きつかぬものまで出る始末で、あまり故障が多いので我々はハライタ船と呼んでいますが……」

アクセントにかすかな東北訛りがあった。鹿野邦子のそれと似ている、と康子は思った。しかし何を云おうというのだろうか、腹のほどが読めなかった。参謀は、聯合艦隊の艦隊決戦主義思想が禍して海上護衛の任務が軽視され、士官たちはこれをドサ廻りと呼ぶとか、軍令部は聯合艦隊に押されてしまい、大本営の参謀たちも、先刻のお話ではないが、天皇の側近、新たな藩屛か新貴族気取りであるとか、ろくなことを口にしなかった。康子は老人が癇を立てはしないかと恐れた。

老人はしかし無表情で、それで、それで、と促すだけだった。八畳間ほどの広さのこの部屋に、照明はたった一つしかなかった。天井に、裸の防空電球がついているだけである。電球そのものを黒く塗り、下の方にほんの少しだけ塗ってないところがある、そこから出る光は、弱いスポットライトをあてたように真下だけを照らし出す。照らし出された円テーブルの上に、大前門という大陸の煙草が投げ出してあった。先週の週末に国府津へ行ったとき、『東条が首になってからつけとどけがなくなったので煙草に困っていたが、浮須伯爵が大陸から戻って来たときの、その土産です』と云って康子にもいくつか頒けてくれたものだった。煙草は十一月から配給になり、男一人につき一日六本、女には配給がないことになった。煙草をのむについても署名捺印の要る時世であった。

光の輪のなかへ参謀がぐいと頭を押し出した。横から見ると、まるまるとしていると見えた彼の頬は意外に削げて落ち込み、髪にも油気がなかった。康子は邦子がどこからか手に入れて来たポマードを菊夫にやったことを思い出した。ポマードや石鹸や歯磨その他のこまごましたものは、ほとんど邦子の世話になっていた。毎月邦子に払う金は百円に近かった。疎開の荷物も、彼女の好意に甘えて福島市在の田舎へ送らせてもらった。その際、ポウコちゃんのポウコちゃんたる所以を示す一つの事件が起きた。ポウコは、康子が何度も念を押したにもかかわらず、かくかくしかじかの人の荷物が行くという通知を出すのを、一月も忘れていた。

「実は十一月二十一日には戦艦金剛が台湾北方で、二十五日には六万二千トンの、マンモスキャリヤーと云われました航空母艦の信濃が南紀州沖で、いずれも敵潜にやられました。信濃は、十一月の十九日にやっと竣工したばかりだったのです」

突然、遮って、暗いところから声がした。暗いところから——、とそういう感じであった。しかもそのことばは、

「それは、陛下に上奏ずみか」

というものだった。

参謀は急に光の輪から出て暗闇に身をひいた。飾緒が胸に触れて幽かな音をたてた。

「は、大本営から上奏しておると思います」

「そうか。しかしそんなことは今日の本会議でも先の本会議でも海軍は報告していない」

「は……」

部屋の隅の闇で電話のベルが鳴った。康子は物腰に気をつけて、静かに立っていった。夏子のキンキンひびく声が、

「それが何という方なのか、名前は会うまで云えないとおっしゃるの、こんな時間なのに義母様のお部屋へ訪ねて来て、いくら云ってもお帰りにならないの……」

「そう。困りました。どなたかわかりませんが、明日、社でお目にかかると申上げて頂戴」

「何者です」

老人の声だった。

「わたしが代りましょうか」

福井中佐が云った。

「あ、いま菊夫さんが帰って来ましたから……」

受話器の奥から押し問答をする様子が伝わって来る。しばらくして、

「帰しました。何だか物騒ですねえ」

という、これも甲高い菊夫の声がした。

「僕の娘と、このひとの令息がめおとなんです。令息は、飛行機の方の少尉です」

「学徒出陣ですか」

と参謀がはじめて康子の方をまじまじと見た。その顔に、康子は微妙なものを読まざるをえなかった。同情か、憐れみか、称讃か、一種の憤激にも似たもの、一概に云えるような表情ではなかった。

「とにかく大分物騒ですな、このホテルも、ウェイトレス諸君が化物屋敷と云っているということですが、あなたが家《や》さがしをしてから話をはじめられたのも理由のあることですね。……それはさて措き」

「は……。船舶のことにつきましては、たとえば船団の出る門司港では、乗り込んでゆく若い人たちは、同じのるなら何々丸にお乗り、北はアリューシャン南はソロモン、たまと砕けてこの海に、不滅のひかりをあげるのだ、という唄をうたっていますが、責任者としては、若い人を徒らに見殺しにしてしまうみたいで、とにかく見ておられません」

「それでは船団護衛に関する限り、いくさは終った、ということですか」

老人がはじめて質問した。

「まだそうも云えませんが……。戦争全般をお考えの際、御考慮に入れて頂きたいと思います。飛行機があれば……」

「その飛行機をつくるボーキサイト、燃料を積んで来る船がない。漸次、破滅」

「船が一ぱいでも門司に入ると、勝ったような気がします」

「勝った？」

「は……。とにかく」参謀は虚をつかれたように云い淀んだ。「とにかく国民性というものだと思うのです。いまにいたっても艦隊決戦主義思想が根強くて、海軍歩兵大佐とでも云いたいような人たちが、丸裸の艦隊で、〝殴り込み〟をかけるという言葉で作戦を考えています」

「お言葉ですが、国民性というものではないでしょう。軍がおっしゃるようなものだとしたら、それは軍にやくざ根性が滲みついているということでしょう。殴り込みや斬り込みということが、国軍の長いあいだの思想的帰結なのならば、一億特攻とか一億玉砕とかということは一億やぶれかぶれのやくざになれということになる。軍ばかりではありません。民間でも国士といわれ右翼といわれる人たちは大部分ばくち打ちです。ドイツのナチスもそうです、末端はばくち打ちです」

空気は極度に緊張して来た。康子はメモをとりながら、いつか矢張り国府津で、別の重臣といわれる人が老人を訪問して来て、物資不足を嘆じたあげく、いまの軍人や官僚は下層階級出身が多いから、このくらいの不自由さ加減は何とも思わんのかもしれんね、と云ったことを思い出した。

「それで、実は今日の枢密院会議でN顧問官から戦局の将来について重要な発言があったと聞きますが」

「それは申せません」

参謀は押し切ろうというつもりであるらしかった。

「何でも、米英撃滅という声が軍民ともに高いが、撃滅というのは御詔勅に背反している、という趣旨だったと聞きましたが」

「…………」

「これに対して外相が、外交は作戦と異なる。いまは勝てる場合を主としていて、戦後体制のことなどは立案しない、と答え、別の顧問官の方が、米英撃滅は可能か、と……」参謀はちょっと間《ま》をおいた。自分で口に出してみて、顧問官たちの談義がいかに現実ばなれのしたものであるか、いっそもてあそぶとでもいいたいほどのものであることが実感されたのかと想像された。「とにかく可能か、と問われ、これに対して外相は、御詔勅にあらわれた戦争目的は充分外国に宣伝されているから、米国の一部には対日戦を喜ばぬ気分が生じている、とかと云ったというのですが……」

「……」

二分ほども沈黙がつづいた。沈黙のなかにこそ戦争があった。喋っているときには話題という主人公がある。けれどもいまの、沈黙の主人公は国民であった。

老人が低い声で話しはじめた。

「先般、教育に関する戦時特例についての審議があったとき、文科系統や外国語の減廃について、ある顧問官が、秦の始皇も書を焼くとき技術上のものは残した、今日の措置はこれに似ると心得てよいか、と質問したところ、文部大臣は、同感です、と答えました。このような政府や大臣に希望をもたれず、直接僕らにあたろうとして、察するところ様々の人を歴訪されているようですが、また、陸軍水兵大佐（と申されましたか）、いや、海軍歩兵大佐か、そういう殴り込みの、根本はやくざに近い人々のなかで、海上護衛という勇気だけではかなわぬ仕事をされているあなたの苦衷は察しますが、僕らに出来ることにも限度がある。というのは、憲兵隊が、散歩のついでにお立寄り下さいませんか、という風に云って来る。いったい、散歩のついでに憲兵隊へ立寄ったりする人が誰がありますか。日本は内側から金縛りです。お話は承っておきます」

お話は承っておきます、というのが老人の会談終了の合図であった。この合図があると、康子が間髪を入れずに立上って、どうも失礼をいたしました、と口上を述べるという段取りになっていた。参謀も一瞬あっけにとられたらしかったが、それでもそう手ひどく不満という面持ちではなく、一礼してドアーを排し、廊下の闇に消えていった。老人はベッドに入ってから口述をはじめた。銀行出身の彼は、数字の記憶力実に無類なものがあった。

「ラバウル周辺に我軍残存、十万。……次、船舶喪失、四月十万七千噸、五月二十三万七千噸、六月二十三万噸、七月十九万噸、八月二十二万五千噸、九月四十二万四千噸、十月五十一万五千噸、十一月三十九万一千噸。……次、スターリン声明につきては、抗議、黙殺、民間論議の三途につき、いずれとも決せず、……次、外務省は対外言明宣伝に於て、米英撃滅の言辞を用いしことなし。汪精衛の死によって南京放府は崩壊せん。占領各地に於て軍政を廃し、独立せしむと云いつつ、ついにはかえって軍政強化に立到る。……次、ユーゴスラヴィアに活躍しあるソ聯側のチトウなるもの、個人名にあらずしてThird International Terrorist Organizationの略号、Titoなりと云う、コミンテルン類似のものか……」

口述筆記をおえて、ノートをもったまま立ち上ると、老人は床のなかからつと腕をのばしてノートを取った。康子は先刻の出来事を思い出して背筋が寒くなった。

「あなたまでが散歩のついでに立ち寄れ、などということになっては困りますからね。気をつけて下さい」とノートを枕の下に押し込みながら独りごとのように、「いまの福井という中佐、別にどういうつもりはなかったのですね。一種の高級訪問病患者ですね。不安で堪らなくなったのでしょう……」

菊夫はひどく疲れた様子でR教授のところから帰って来た。夏子は憂欝そうな大の顔を見て、思った通りだ、と思った。品川からの電車の乗客たちは、いずれも膝の上にのせた荷物や股のあいだにはさんだ荷物にしがみつき、或はその上に伏せて眠っていた。下車駅につくと、びくりと機械的に眼をさまし、荷物にひきずられて大儀そうに降りていった。第三種軍装の菊夫を見ても、誰も際立った反応を示さなかった。じろり、と、複雑な、しかし動物的なと云いたいような眼つきで見るだけだった。何かの意味を含めて見るものは、彼と同年代か、一つ二つ年下の男だけだった。少女たちもひたすら眠りこけていた。世代の分裂がはじまっている、同じ世代のなかでも、いくつも罅《ひび》が入っている、と彼は感じた。訪ねていったR教授は、つぎだらけの、ハッピを改造したモンペをはいた夫人といっしょになって、何ももてなすものがなくて、とそればかり繰り返していた。また教授は、彼が属している言論報国会の内情を低い声で話し、世界の明日の文化のためにアングロサクソン・イデオロギーを撃滅しなければならぬという彼の論は次第にいれられなくなり、そういうのは文化主義者だと難ぜられ、祝詞みたいなことを云う天皇主義者でなければ活字にもならない、僕のようなあわて者の出る幕は終ったのですね、と云った。書物も何も疎開してしまい、家はどの部屋もがらんとして汚れた畳と壁しかなかった。天井板もはがしてしまってあった。そこに、火のない火鉢をかこんで二人の顔色のわるい中年者の夫婦が坐っている、それだけだった。生活がなく、使い古された生の人間だけがいた。帰りがけに教授は袖珍版のゲーテ詩集とパスカルの瞑想録の薄い抜萃版をもち出して来て、どちらがいいか、と云った。菊夫はいらない、と云った。教授は断わられて驚いた風だった。菊夫自身も、ちょっと驚いた。彼には、もてなすものがなくて、という云い訳だけが実意のあるものとして聞かれた。玄関に、二重にはりめぐらされた黒い遮蔽幕は、何かみみっちくあさましい陰謀を企んでいるかのような感じを与えた。外へ出たとき、彼は何がなしがっかりし、また一面、ほっとした。あれでいいのだ、と思った。外国について、外国文学について新しいことを云いつづけて来た人が、新しいことがなくなったので日本について新しいことを云ってみた、が古い日本について亡霊の語のようなことを云う人たちに怨ちのり越されてしまい、萎《しぼ》んでゆく――こういう姿の人間としてR教授が見えたのであった。人間なんて大したものではない、そういう、微妙なものを見くびり踏みにじり、不敵に構えたくなるようなものが心の底からもり上って来る。彼は重い気持で、しかし何か生々しく露骨なものの匂いを自分のうちに嗅いだ。ホテルへ戻ると、夏子と見なれぬ男が母の部屋にいた。菊夫は荒々しく、軍刀の柄に手をかけて追い出した。もう少しぐずぐずしていたら、本当に抜いたかもしれない。夏子は、しまいにはむしろ菊夫に対して眼をそむけたい気がする自分を不思議に思った。

後日、夏子は康子に向ってこの男の印象について、奇妙な説明の仕方をした。

「あの人、顔をあげてね、わたしの方を見ると、銀縁の眼鏡のすぐ裏でパタリと戸がしまってね、うつむくと、どこかで気味わるくぬるっと戸があくような感じなのよ。刑事か何かよ。義母さん何かあるの？」

と。あの追剝ぎは銀縁の眼鏡をかけていたかしら？　康子には記憶がなかった。

康子の部屋で、三人で話していても、三人が三人ともちっとも落着けなかった。菊夫は無意識のうちに、長く離れていた母と子のあいだに立ってくれる筈の、親しい家具や古くからの習慣といったものを求めていた。が、ホテルの一室は家ではなかった。その上、彼は今日の午後、夏子と二人で過したとき、この部屋の洋タンスの中に見慣れない部屋着《ガウン》を見出していた。それが隣室の伊沢信彦のものであろうことは容易に想像された。その部屋着から、隣室に通じるらしい壁にはめこまれた内ドアーについての、厭な想像までをさせられた。彼はそのドアーに押しつけてある洋タンスを動かして、鍵がかかっているかどうかを確めようとして夏子を驚かした。母の孤独な生活については、隊にいるときでも彼は深く気に懸けていたのだ。人間はあんな風に、時間からも季節からも、角ばったコンクリートで切断されたホテルなんかで暮すべきものではない、少くとも日本人の精神にいい筈がない、それにあの年で一週間のうち半分も夜働き、二六時中横文字を相手にするなんて、と思っていた。彼は要するに、こんな時局には人間は心身ともに、純粋に日本的な何等かの隊伍のなかに入っていなければいけないものだ、と思っていたのだ。けれども、あの年で、とは云うものの、母がそうひどく年老いた女性、——いや、女性、というところでもう彼の考えはつっかえてしまう。父は彼の幼少の頃に、亡くなっていた。自殺の理由としては、外交文書の紛失ということは聞いていたが、遺書は役所に保管されて見ることも出来ず、母の不行跡のせいだという世間の噂を半ば信じていた。母の面差しのなかに消えずにのこっている、或は蘇って来ている若々しさが、それを信じるについて一役果していた。悲しみは人を老けさせるというけれども、それと同じほど若返らせるということを、青春の形式論は許そうとしなかった。

康子は夏子に遠慮しながら、それでもときどきはちらりちらりと菊夫を、見ていた。ちらりちらり——、康子にとってもホテルの一室は、たとえ一年そこにいても、緩衝物の何もない、裸の部屋であったのだ。何か母子の気持の一致する対象物がそこらにあったなら、彼女は息子の手をとって穴のあくほど見詰めもしたであろう。軍隊生活という、彼女には如何ともなし難いものが、息子のどこをどう変えたか、何かとりかえしのつかぬものにしはしなかったかという、息子にとっては恐らく一番手痛いに違いない角度からしか観察出来なかった。そして不幸、というよりも何か不吉なもののかたまりを未来に感じた。するとおのずから彼女は、下腹部だけが光の輪のなかに見えている夏子に視線を移したくなる。康子が眼をそむけると、今度は菊夫がちらりと母を見る。康子にはその視線が若い動物のそれのように感じられる。

先程の音楽会や近親知己についての話題がつきると、底冷えのする部屋には重苦しい沈黙が、部屋の隅々から水のように滲み込んで来る。それは、黒幕で蔽われた窓の外の静寂と呼応して、耳鳴りでもして来そうな深さをもっていた。どこかでドアーのしまる音がした。一人寝の深夜には、警報が発せられるのを待つような気持になることがあった。康子は、ふと光の輪のなかへ身をのり出した夏子の顔がへんにむくんでいることに気付いた。妊娠している！　彼女はいまの沈黙の重さを、菊夫が夏子の妊娠を知ったことの、その衝撃から来たものか、と解した。

「休みましょうか」

と菊夫が云った。

「それじゃ、また明日ね」

康子はドアーを押し、先ず首だけ出して暗い廊下をうかがい、急いで次の部屋のドアーまで小走りに走った。ドアーをあけ、廊下を歩くのにさえ気を配らねばならぬ境地に追い込まれていた。彼女の耳には、室外へ出たときに追いかけて来た、

「母さん、何にしても気をつけてね」

と云った菊夫の声がこびりついていた。何にしても、ね、と。

防空電燈をつけ、禁制の電熱器をつっこみ、しばらく手をかざしながら、眼で壁にかけてある筈の伊沢の部屋着をさがしたが、見当らなかった。それで気がついた。ひょっとして菊夫がそれを見つけて何かを考える、母と子の共同生活の証しとなりそうなものを求めて、そこらをひっかきまわしてみるということは、ありそうなことだった。

何にしても気をつけて、ね——菊夫にまで気がねをしなければならぬ境地へ追い込まれていた。彼は、半月ほど前の便りで、菊夫の身は国家に捧げたものです、と書いて来た。文面は、兵隊にとられると誰でもが書く、或は書かされるような通り一遍のものではなかった。それじゃ、何故夏子を妊娠させたりするのか、がしかし、そういうことは云ってはならないことであった。方々に、口にしてはいけないことが、たとえば方々の港湾に続々投下されている機雷か地雷のように、いっぱい伏在していた。難を避け得る港が、どこにもなかった。機雷か地雷の、そのどれか一つを踏みつけて爆発させただけでも、現在の仮の秩序は一挙に破壊される。個人の生活だけではない。たとえば先刻の話でも、米英撃滅が詔勅に反するものなら、では何故、何のために戦争をはじめたのか、いまやっていることは米英撃滅でないとしたらいったい何なのか、また撃滅や撃ちてしやまんなどということは、単に民間論議させてあるだけのことだとしたら、そのために死ぬ民間人はどういうことになるのか、更には、国民からはほとんど神秘の眼をもって看られている参謀本部や軍令部の中身が、支配的な主義思想が、やくざの殴り込みや斬り込み主義にあるとしたら、砕いて云って統帥部というものは天皇を親分としたやくざ一家みたいなものではないか。菊夫がときどき母を説教するような風に書いて来る『悠久の大義』とは、全体何のことか。康子は、大義だとか天佑だとか理念だとかということばを理解したくなど毛頭なかったが、しかしそれにしても心の底に、どうかするとそれに同ずるものがあることも否定出来なかった。つい二週間ほど前、十一月三十日に、神田、日本橋一帯がやられたとき、愛宕山の傍受所で伊沢と一緒に様子を眺め、透きとおった秋空の、恐しく高いところで、大きな銀の鯉に小さなめだかがまつわるようにB29の編隊に日本の戦闘機がたった一機で襲いかかり、B29の一つが白煙を吐いたとき、思わず康子は、

「ありがとうございます、ありがとうございます、ありがとうございます……」

と、三度、伊沢の云い方にすれば、絶叫——、した。

また、去年、十八年の十月二十一日、文部省主催の出陣学徒壮行会が明治神宮外苑競技場で行われ、菊夫も参加し、夏子は女子専門の学生として、拍手壮行のために呼び出された。銃剣を担った学生も観覧席を埋めた女学生及び父兄も、演説をし答礼する東条首相も文部大臣も、雨に濡れていた。ぐしょ濡れに濡れて康子も女学生も、しっかりやって下さいおねがいします、と祈った。その心に嘘はない。しかし、その同じ文部大臣が、文科系統の廃合をば秦の焚書と同じに考える。

伊沢の体臭の匂う毛布にくるまって足先のあたたまるのを待ち、暗黒の部屋裡で眼覚めていると、みし、みしという空音が聞えそうなほどに、上の方から、また前後左右から重いものが圧しつけて来る。隣室の二人は話し込んでいるらしかった。おもに話しているのは、夏子のようだった。菊夫には恐らく大して云うことがないのだ。いまでは菊夫と夏子は、また康子も、まったく別な風土の住人なのだ。三つの世界。お互いに相手を特殊な風土の人間と考える。いまはじめて、はっきりと康子は気付いた。そして後悔した。こんな抽象的な、監獄のようなホテルなどに菊夫を迎えるのではなかった、と。しかしほかにどう仕様がある。荷物といっしょに、なにかなつかしいものが母子の間から疎開していってしまった。

彼女は起き出して窓の遮蔽幕をひいた。窓ガラスには、爆撃のときにガラスの飛散を避けるための和紙が、×じるしにはってあった。いつも彼女は、この×をガラスにではなく自分自身にはりつけられたものであるかに思うのであった。その窓を彼女は力をこめて引き上げた。冷たい風が横殴りに吹きかかり、同時に、やむをえないのだ、これだけは、と云い訳をしているような都会の物音が風にのって来た。戦争は南方や北方の、水平線のかなたからこのホテルの窓際まで押し寄せ、押しかえされて来ていた。それがあまりに近くまで、生活の只中にまで踏み込んで来たので、人々は一種の麻痺状態に陥っていた。方々での敗戦は、軍人がかくそうとすればするほどあらわになり、従ってほとんど人の注意を惹かないものになりかけていた。控え目に損害が発表されれば、公表されぬどんなひどいことがかくされてあるのか、と思うようになった。小磯総理大臣は、レイテ決戦は大東亜戦争の天目山だと云った。が、信じる者は、稀だった。それを云う人自身、果してそう信じているのかどうか、信じられなかった。焼跡は、時間がたつとそこにかつて何があったのか、たとえそれと教えられても信じ難かった。物事の信じ難さ、その間隙に、多くの病的なものが、病的な人間関係が浸蝕して来た。しかし何が果して病的であるか……。もうすぐ昭和二十年は来るだろう。けれども昭和二十一年、がどういうかたちのものか、誰にも想像がつかなかった。生と死が特殊な結合の仕方をはじめる時間が訪れていた。あらゆる時間は、当分の間、というものにすりかえられた。伊沢と康子のあいだがらも、時間で云えば、当分の間、というものなのかもしれなかった。万一、菊夫が死ぬ、いや、どこかの海へいなくなったらどうなるか。それは、当分の間、というものではない。その後はどうやって何を信じて生きてゆくか。コンクリートは信じがたい。家族制度のなかに閉じこめられた嫁や母ならば、苦しみながらもその枠のなかで、枠を信じて生きてゆけるかもしれない。しかし不品行のために夫を自殺させた女として官辺から評判をたてられ、枠から出され、また自分からも出てしまった女としては、康子は窓外の闇のなかに裸の自己を見出すことからは、どう逃げようとしても逃げられなかった。そのような康子に深田英人は眼をかけてくれた。が、頼りに出来るわけもなかった。赤裸の存在は、それが対象としているものを見失ったとき、どうなるのか。新しい対象がまた出て来るというものだろうか。そんなに人間も自然も順番ずくのものではないだろう。暗い東京の町々の縁辺は、声も光も押し殺しているように見えた。闇のなかには、金を握ってあらゆる方面に融通をきかす新しい社会層が生れて来ていた。新しい対象が出来たからだ。冷たい窓枠に肱をついて、康子は伊沢とのことを考えていた。果して、当分の間、か、と。彼の白髪まじりの髪の感触が指にのこっている。半年ほど前までは、いつも彼の机の上においてあったアメリカ人の妻の写真が、いつの間にか見えなくなっていた。闇のなかから、錆朱色《さびしゅ》の焔を吐いて貨物列車がやって来た。

昭和二十年二月——。

康子はあらゆる訪問者を恐れていた。たまに息子の菊夫が軍服姿でやってくるのも、嬉しいよりは何となく恐かった。菊夫の妻の夏子の、次第にふくれてゆく下半身を見てさえ漠然とした恐怖に襲われた。ホテルの自室へ訪ねて来る人はもとより、社で海外局長や局次長の伊沢信彦への訪客をとりつぐのさえ、いい気持がしなかった。また同じ新橋ホテルの五階に部屋をもっている放送局や外務省、軍令部出仕の人々なども、戦局が逼迫してくるにつれて、深田英人の秘書をかねている彼女の言動を注目しはじめている、と思われたのだ。近いうらになにか事件が起る、という予感が、予感というよりは既に期待にかわって、異常に雪の多い巷に瀰漫《びまん》していた。康子は紀元節の日に、座席を大部分とり払われ汚れ果てて臭い匂いのする省線電車のなかで二人の男がかわしている会話を耳にとめた。

——むかしは、と一人が云った。紀元節といえば何となく靉靆《あいたい》としていい気持でしたがね、と。

——希望がありませんからね、いまは。

と相手が答えた。

我に天皇道あり、などという言葉は、抗しかねる敵の面に吐きかける泣きごとにすぎぬ、と感じられた。将来の見透しをつけかかっている人には、そんな言葉があったのかねえ、へえ、という感じしか与えなかった。皇道では既にどぎつさが足りなくなったので、上に天の字を加えただけのことなのかもしれなかった。むずかしい漢語が世の中に氾濫していた。ホテルには、これといって名付けは出来ないが、廊下の曲り角や階段の闇などで不意に出会ったりすると、お互いにぎょっとするような、摑み切れない雰囲気があった。マニラでは市街戦が行われ、比島の司令官、山下将軍は、〝敵、我が腹中に入る〟と称していた。水際で止め得ないで腹中に入ったらどうなるのか。あらゆる報道や言説は、論理の前段だけでぶちきられ、後段はうやむやのうちに葬られ、必勝の信念と称するものの中へくりこまれていた。欧洲では、赤軍はオーデル河を越えてフランクフルトに達し、米英軍はケルンを砲撃していた。深夜、社の海外局や愛宕山の傍受所で秘特情報の飜訳や整理をしているとき、コツコツと廊下を歩いて来る守衛の足音にさえ、ほとんど怯えてしまって、足音が遠く去ってからもなお、しばらくはペンを動かせないでいることがあった。これからいったいどうなるのか。硫黄島が襲われても、いまとなっては誰もさして気を動かさないように見受けられた。いざとなれば死ぬだけだ、と可成り本気で云っていた人々も、身体の底の方に、一片の石ころのかげにかくれても生きたい、何がどうなろうとも生き抜きたいという意慾が動くのを確認していた。コジキとかショキ居士とかフアナとかの、いくつかの仇名をもった報道班員は、任務を解かれると妻子の疎開先へ行ったきり、なかなか戻って来なかった。夕方、或は朝早くホテルへ帰って来てベッドに入り、冷え切った身体を軍用毛布でくるんで白い天井を仰ぎ、眼を瞑るごとに、この齢になって、とは思うのであるが、伊沢の灰色の髪の感触とかさかさに乾いた手を思い出しながら、高い金を出して入手した睡眠薬の粒を数えるのであった。睡眠薬は彼女に残された唯一の贅沢であった。二人でいるときは別として、ひとりで伊沢のことを思うときには、大抵白い薬の粒を掌にのせているときであった。康子は月水金と夜勤を強行し、伊沢は火木土と夜勤をした。軍要員として登録された二世以外の若い海外局員は根こそぎ召集されてしまった。しかも土曜の夕刻から日曜にかけては、康子は国府津の深田英人のところへ行かねばならなかった。だから日曜の夜を除くと、一方が眠っているときには一方は仕事に出ていることになり、同じ局に勤めているとはいうものの、朝夕の短い時間しか話し合う暇がなかった。その上、睡眠は昼夜を問わぬ警報のために、ときには二度以上も中断され、そのたびごとに退避場所になっている、地下の、もとの配膳室まで階段を駈け下りなければならなかった。就眠直前、あるいは仕事に出る直前に空襲警報が出ると、二人は地下の冷たいコンクリートの上でゆっくりできる。けれども、警報が解除され、再び五階までの百何十段という階段を登り、もう一度寝つくということはむずかしかった。息がおさまった頃には日が昏れかかり、あるいは夜が明けて、出勤時間が近くなる。睡眠不足と栄養不良のために、誰の顔も一様にどす黒くすすけて見えた。皺のある人は皺が一層目立った。海外局の二世たちは、元来栄養が充分にまわりぶくぶく肥っていてこそ一応は見られる顔な筈のところ、頬は落ち眼ばかりぎょろぎょろさせていて、いっそ醜いと云い切っていいようなていたらくになっていた。彼等が人間らしい表情を浮かべるのは、レシーバーをきつく耳にあてて、そっとアメリカのジャズを聴いているときくらいのものだった。そんなときでも、彼等はなるべくむずかしい表情をつくろうとして、微笑ましい、滑稽な苦心をしていた。二世の中にも、日本人よりももっと口やかましい狂信的な国体論者がいて、ジャズを聴いたりする仲間に鉄拳制裁を加えたりした。怒って殴る方も、あやまる方も、日本語と米語とまぜこぜであった。

遮蔽用の黒いカーテンを引き、貴重な四粒の睡眠薬をのみ下し、康子はぼんやりと眼をあけたまま天井を眺めている。あれはたしか昭和十七年の夏だったと思うのだけれど、――と彼女ははじめて伊沢に会ったときのことを考えていた、彼が交換船でアメリカから帰って来たのは、と。彼女は、はじめて、ということばで考えていたが、それは伊沢が康子の方に目を向けないで会話を進めるようになってから、という意味であった。いちいち目を向け合わなくとも、あるいは反対に、お互に了解し合うためには、何も云わずにちらと目を見かわせば足りる状態になってから、という意味でもあった。根《ね》のところ、彼等は二人とも大正育ちの人間であった。

しかし実際には、彼と彼女がはじめて出会ったのは、異様なほどに透きとおった、しかも皮膚も灼けそうなほどの熱い空気のなかでのことであった。十数年前、康子はローマ大使館に在勤していた亡夫とともにイタリーにいた。その頃のある春の日、亡夫は所用でパリーへ行き、予定の日数がたってもなかなか戻らなかった。欧洲へ遊びに来ている金持の娘との噂がつたわって来た。東京の実家に、幼い菊夫をあずけて、半年か一年ほどの予定で来ていた康子は、もうすぐ、単身帰国する手筈になっていた。戻らないなら仕方がない、と、彼女は大使夫人からの、シシリー島へ旅行するがついて来てくれないか、との依頼を承諾した。大使夫人の、ていのいい小間使の役目であった。と同時に、それが夫に打捨てられた、失意の若い妻に対する夫人の思いやり、というものでもあるらしかった。そのとき彼女は、夫人が、特派員として来ていた年下の伊沢を旅行につれてゆくことを、ローマ駅で落ち合うまで知らされなかった。伊沢も康子も、宙に浮いたような、落着かぬ位置のまま、大使夫人につきそって旅に出た。その頃伊沢は、康子に話しかけるときには眩しいほど真直ぐに彼女の眼を見たものだった。シシリー島での印象は、既にぼやけている。邦子の田舎へ疎開した古い写真帳の頁を思い出してみても、横腹に聖書中の絵物語などを美しい色彩で描きこまれた馬車を、パレルモの町の古い石畳の舗道で見かけたのだったか、それともメッシーナの町でだったか、区別がつかなかった。けれども、シシリー島西部の、荒涼たる山脈中の、ひときわ荒れ果てた岩石の丘に、ぽつりと、他になんにもないのに、ただ一つ聳え立っていたセジェスタの神殿のことだけは覚えていた。三十八本の石柱《コロンナ》は、一条一条見分けられるかと思うほど強烈な光線を浴びて、静止していた。日時計のようにはっきりした影を、岩と砂礫の原に投げかけていた。紀元前に、エリミヤ人の建設した古い都のあとだということであったが、彼女には、たとえそれが神の殿居《とのい》であるにしても、これらの巨大な石の柱と人間の生活とを結びつけて考えることは到底出来ない、と思えた。人間の幸福の夢というものが、露骨なまでに建築的であることに耐えられない、と感じた。そのことを覚えている。それが、謂えば、スエズ以西、つまり彼女の西洋観のようなものだった。彼女は終始石造のものに圧迫を感じなければならなかった。石のなかでの生活は気づまりだった。西洋人は一本一本の石柱《コロンナ》のように個人個人分離していた。彼等西洋人が石造の人間ならば、日本人は根の方で互いにからみあった植物のように思いなされた。だから自分は、自分たちは静かに文句も云わずに朽ちてゆくことが出来る、という、両者の間に脈絡のあるようなないような固定観念が、彼女にとり憑いた。そのことを、伊沢に話してみた。はじめて外国に放り出され、好奇の時期が過ぎて底深い疲労と倦怠に喘ぐ時期に入りかけていた伊沢は、同意した。もう一つの、より深い同意のしるしは、シシリー島からの帰るさの旅の途次、大使夫人が買い物に出た留守のホテルでの、いささかのアルコールがもたらした、まったく出し抜けの、事了っての後に両者ともに愕然とした接吻によって与えられた。

それからの十数年、康子は二度ほど夫の任地の変るにつれて、短期間ずつ、海を渡った。また伊沢は東京と欧米各地を往復転々とし、アメリカでアメリカ人のローラと結婚した。その妻の意志を尊重して彼女をアメリカにのこし、伊沢は昭和十七年八月二十日に交換船コンテベルデ号で外交団などと一緒に帰国した。横浜に上陸してすぐに、彼は出迎えの車で上京し、出社した。幹部等の歓迎会に出席し、乾盃の後に、彼はすぐ新橋ホテルに引取り、昭和十六年春頃からの主要新聞を届けさせ、耽読しはじめた。歓迎会の末席に、康子も加わっていた。ふとした拍子に、はじめて彼女と伊沢の視線が出会った。伊沢は人々の肩と肩のあいだを巧みに泳いで、彼女の方へやって来た。その物腰はカクテルパーティなどの人込みのなかを、うまくくぐりぬける術にたけていることを示していた。彼女は南イタリーで大使夫人の小姓にされて、てれくさいような窮屈なような、困惑し切った表情で旅してあるいた頃の、黒一色の髪をした伊沢のことを思い出し、

——御立派におなりになって、

という風に云いたかったのだが、

「お悔みやら何やらを云わねばならぬところですが、とにかく社につとめておいでとは知りませんでした。これは、これは」

と先を越され、これはこれは、という云い方がひどく世間じみたものだったので、自分の云い分の子供っぽさ、あるいは母親臭さに気付き、

「御無事で何よりでした。二年ほど前に深田英人さんの紹介で入れてもらいました、これからはよろしくおねがいします」

とだけに、その場はとどめておいた。伊沢は、

「そうですか、そうですか、あなたがここに、そうですか」

と、何度もそうですか、をくりかえした。

それから二週間ほど、伊沢は方々への挨拶まわりや報告などに忙殺され、幹部からの、悪いことは言わぬから眼をつぶって行って来ておけ、という命をうけて伊勢参宮をしたり、また夜

は夜で宴会と国内事情勉強のために、康子と話す時間などはなかった。その頃、康子はまだ学生だった菊夫と一緒に高円寺の自家で暮していた。菊夫は深田夏子の家庭教師をしていた。伊沢は帰国してから二十日目の、九月十日に、手すきの社員全体に対して米国の戦時態勢と世界情勢全体についての講演をやった。それを皮切りに、しばらくはほとんど全国をまわらされたのだったが――。康子のうけた印象では、伊沢の講演は思いのほか新鮮味のないものだった。一口に云えば、敵米英の力がはっきり我を上まわる以前に、早く大東亜共栄圏の建設充実に力を入れねばならぬ、というにとどまるものであった。彼女は深田英人の依頼で彼の話の要旨を速記したのだが、読みかえしてみてがっかりした。が社内外の評判はよかった。伊沢が講演旅行に出掛けてから、彼についての様々な噂が流された。ある者は、日本が負けると決めているくせに、横浜に上陸してみたらあまりに日本内地の戦勝気分がさかんなので、新聞の綴込みを研究した上で、調子をあわせることにしたのだ、と云った。それを証拠だてるかのように地方支局からの通信は、彼の講演が次第に愛国行進曲調になってゆくことを告げていた。彼もまた、この日本の、どこへ、そしてどこまで行くのかも知れぬ行進曲に酔い出したのか、と彼女は恐しいものでも見るような気持で通信を読んだ。また別の口は、細君をアメリカに残して来たのは、深い魂胆あってのことだろうとかんぐった。またそれと正反対のことを云うものも、あった。すなわち、伊沢は米人の細君を捨てて日本の戦争に馳せ参じて来たのだ、というのであった。後者は、一種異様な美談として、主として幹部等の口から関係軍部や情報局へ流された。

二人がはじめてゆっくりと会ったのは、もう十月に近い頃であった。彼女が出がけに寄り道をして社へ遅刻をしたところをつかまえられた。伊沢は、康子が深田英人の秘書をかねていることを承知の上で、ドイツ大使との私的な会見に同席するよう誘ったのであった。康子は、それは許してほしい、その理由は云いたくない、と辞退したのだが、伊沢は、

「チャンスです、深田さんだって……」という風に、深田顧問官にひっかけて、無理にも、誘った。「会見が終ったら、帝国ホテルのロビイでひさしぶりにくつろぎましょう、イタリーの話でもしましょうや」

彼のことばの後半が、康子の胸のなかの何かを突き崩した……。しかし、崩したのではなくて、それは、何かを生れさせたのかもしれなかった。

帝国ホテルの一室へつれだって行ってみると、そこに第二の衝撃が待っていた。それは、彼女が云いたくない、とした理由に関するものであった。ドイツ大使と参事官との四人での会見だったのだが、伊沢が康子を紹介し了え、しばらく雑談をしているうちに、ふと金髪の参事官が彼女の顔を見据えたまま、小声で大使に耳うちをした。すると大使は、

「大変失礼で申訳ない次第だが、この女性にしばらく席をはずして頂けるよう、はからってもらえないだろうか」

という意味のことを、最大限の鄭重さと遠廻しな云い方で、伊沢に要求した。伊沢は顔色を変えた。が、大使の言葉半ばで、もう康子は立っていた。

八年前、石射康子の夫は欧洲からソ聯経由で一時帰朝したとき、シベリア鉄道で事故を起した。それが理由で(と新聞記者達は推定した、そして外務省界隈は、康子の不行跡による、という噂を流した。)——夫は自殺した。その際、ドイツ側は関係文書が紛失したものと、推測した。外交官というものは、事故を起してはならないものであった。外交官の社会では、代表する国の如何を問わず、また代《だい》が変っても事故はいつまでも記憶にのこされる。

その夜、二人はホテルのロビイでではなく、浅草まで遠出して伊沢の学生時代から行きつけの、裏口営業の小料理屋で食事をともにした。

「何だか憂鬱そうですねえ。ドイツっぽのことなんかそう気にすることはないですよ。あなたにとっては忘れられないことでしょうが、何にしても一昔前のことじゃありませんか」

と、伊沢が慰めた。

「ええ……。憂鬱なのはね、そのことだけじゃないの。あのことなら、わたし、外務省で身から骨を抽き抜くほどに苛めぬかれましたから、いいんです、もう。あれじゃなくて、今朝弟の家へ寄って……」

とまで云った康子は一応口をつぐんだ。

「ああ、あの、コンミュニストの弟さん……。安原克巳さんと云いましたね、たしか。それで、いまでも、そうですか」

〝赤〟とは云わずに、英語で云ったところに、伊沢の子供っぽい気づかいが感じられた。

「いまでも、って、つまり……」

「いまでも、って、つまり、あの」

「それがね、困ったことになっているのよ」

彼女は弟夫婦、安原克巳と初江夫婦の争いの模様を思い切って話してみた。伊沢信彦は眼をまるくして、へえ、へえ、と感嘆しながら聴いてみた。それで康子は、いまでも、という彼のことばが、つまりは、いまどきでも、という意味であることを知った。この人も日本のもつ、人の人格というものを抹殺する魔術に、早くももう魅入られたのか、不気味な能面のような、のっぺりした水にかこまれた石垣の向うの森から漂って来る音楽に、もうのってしまったのか、と。

話すのをやめようか、と一瞬ためらった。が、困ったことになっているのよ、とまで云った以上は、夫婦喧嘩ばかりしていてね、という程度で済ましてしまうことは出来なかった。

「弟の克巳はね、いま満鉄の調査部から、参謀本部あたりから来た飜訳の仕事をもらってやっているのよ。それがね、本心からか偽装か、わたしにもほんとはわからないんだけど、云うことはとってもさかんなことばかりなのよ」

「さかん、とは？」

「いまね、濠洲の鉱業資源の調査をやっているらしいけれど、それで、さかんなことっていうのは、今朝ひさしぶりでどうしてるか見舞に行くと、言うことがはじめからしまいまで濠洲ずくめなのよ」

「濠洲ずくめって……」

「つまりね、濠洲を奪って占領したら何がとれる、かにがとれるという景気のいい、さかんな話なの。偽装なのか、本心なのか――。今年の二月にシンガポール陥落の提燈行列があったのよ。あの日なんかもわざわざ宮城の前まで最敬礼に行ったたって、初江さんが云ってましたけれど、本当にありがたい、聖戦だ、って思ってるのかしら」

「そう……ね、あるいはそうかもしれないな」

「そう、って？」

「聖戦だ、っていう風に。支那事変は実際云って、あまりにも露骨な侵略戦争だった。国内もきっと憂欝ずくめだったんだろうと思うけれども、アメリカにいた我々も実にやりきれなかった。それが十二月七日に、日本じゃ八日だ、真珠湾攻撃は醜かったけれど、とにかくガタッと激震が来て、英米帝国主義から東亜の植民地を解放するというスローガンが喧伝された。それであなたの弟さんもガタッといったんじゃないかな。血がいっぺんに頭にのぼったようなかたちでね。僕は企画院や総力戦研究所とか大政翼賛会などにいる旧左翼っていうか、左翼くずれというか、そういう連中とも話してみたんだけれど、大体みな数年前までの、自分たちが左翼時代に抱いた考えが、部分的なりとも実現出来るようになった、というかな、経済統制なんかについても、ソラおれたちが云った通りじゃないか、という気分がある。自分たちの存在を、上の方の権力者や軍部にも認めさせ、また一般民衆に対する彼等のこだわりについても、同時に満足させ、そしていまの状態が自分たちの力でではなくて、軍の力で出来たことから来る卑下した感じも、とにかく何かこじつけて誤魔化すという、両様の便利さがあるんだな、現状は。御時世と狎れ合ってゆく……」

「ええ、でもそれは男の方のことでしょう」

と云って康子は、雄弁に、たてつづけに喋って来た伊沢の眼を見た。彼は眼を伏せていた。康子は、伊沢の、まだバター気のきれていない顔に、実はこういう議論めいたことではない、そんなこととは関係のないことを、本当は語りたいのだ、という、そういうものを読みとってしばらく口をつぐんでしまった。そして眼を伏せた以上は、互いの眼とは関係のない、大張り、い、い、い、別のことを、喋りつづけなければならなかった。伊沢は、時代の急転調とともに変転するのは、男の方のことでしょう、と云われ、自身を反省するとともに、女性というものの不思議さを、考えさせられていた。

「女はしかしね……、初江さんは、克巳が交通労働者のストライキの応援に行って知り合った、バスガールだったひとなんだけど、このひとはね、克巳が便所に立ったときにわざわざわたしのところへやって来て、〝克巳はあんなことを云ってますけれど、だけどね義姉さん、いまに人民大衆が起ち上ってこんな戦争なんか止めさせます〟って、はっきりと小声で囁くのよ。わたし、人民大衆、と聞いて、実はぎょっとした。そんなもの——、そんなものと云ってはわるいけれど、そんなものがあったのか、と思ったの、いまどきどこに人民大衆なんてことば云えるような人があるだろうか、って、ね。一億一心精神総動員なら、いやというほど、ね。……」

伊沢も、ぎくりとした。そしてその反面、不思議な気がした。いまどきねえ、と思ったのだ。

「そうか、なるほど……。いまに人民大衆が、か」

「そうなのよ。そこで、本当は克巳と義妹の初江さんとは、どうにもうまくゆかないらしいの。だけれど、義妹はじっと我慢をして、とにかく克巳と一緒に艱難をしのいで行く覚悟らしいのよ。克巳は克巳で、初江さんのなかの人民大衆というものと、それからおしなべて戦争一色の世間と、その内外両方に対する我慢がね、それがたまらないらしいの。だから、わたしもね、ときにはあの濠洲ずくめは、初江さんに対する反動から来るのかなって思うことがあるのよ」

「そうか、いまに人民大衆が……か、そう言われれば思い出すんだが、勿論十二月七日以前だけど、極くたまにニュー・ヨークなんかで中国人の実業家や知識階級の人と肚《はら》を割って話す機会があると、矢張りその、いまに日本の人民大衆が起ち上って天皇や軍部を倒して戦争を止めさせるだろう、って期待していた。そうでなくてはならん、それが歴史というものだ、と言うんだな。武力ではかなわん、だからそういう期待が彼等のぎりぎり決着のところだったんだ、それ以外に希望も何もなかったんだ、実に、支那事変中は。ところが、大東亜戦争が起ったので、はじめの希望と期待に英米の武力がもう一つ加わったという結果になった。ところが肝心の日本では、大東亜戦争は逆に左翼の連中をさえ加速度的に転向させ、それを促進するファクターになった。母なる人民大衆も……。何か、外の世界とものすごくかけちがったものがある」

伊沢は、つと右手をさし出して机の上に置いていた康子の左手にさわった。そしてすぐにひっこめた。そこに、何の意味が籠められているとも思えなかった。それはそれだけのことで、別に何ということもなかった。康子の指は裸だった。指輪は献納してしまったのか、それとも時局柄はずしているのか、たとえばそんなことをでもためしに手でさわってみて、無言で訊ねたかのようでもあった。彼等の手と口とは、あるいは眼と口とは、同時に別々な、二つの話をしていた。伊沢は、実に何とも了解しかねていた、愛について語ることを絶対的に妨害するような雰囲気が二人の間に立ちはだかっているという事実を。

「思えばあなたも弟さんのことではえらく苦労をしましたね」

「ええ、まあ。死んだ主人は、ほんとに異常なほどに、不気味って云いたいほど〝赤〟が嫌いでした。ほんとにそんな奴は殺してもいいんだ、と思ってるようでしたわ。治安維持法には死刑もあるんだぞ、って云ったこともありました。二六時中、おれの出世の邪魔をするのはお前だ、お前の弟の、安、原、克、巳って奴だ、と、ひとことひとことはっきり分けて発音して、いかにも憎さげに、お前と結婚したのは一生の不作だった、と云い続けでしたわ」

「そうでしたね、僕も方々で聞かされましたよ」

「ところで、弟の左傾で一番実害をうけた筈の兄は」

「お兄さんというと、安原陸軍大佐」

「ええ、召集されてこのあいだまで北朝鮮の蘇満国境にいたってことはわかっているんですけど、近頃まったく便りがないの」

「南方、ニューギニアあたりへ出されたんじゃないかな」

「ええ――。この兄はそれほどじゃないの。不思議でしょう。思想には勿論賛成じゃないけれど、だからって弟を嫌ってるわけじゃないのよ。陸士の成績もよくって、きっと将官まで行けると云われていたのが、大佐になった途端に予備役編入なの。それが、あっさりと、克巳のことは仕方がない、という態度だったわ」

「兄さんには、軍人として、いざとなれば弟だって、と云うか、日本人というものに自信があったのかな」

頭と心、心と口とはまったく別のことを話していたが、二つのもののあいだには当然ひそかな連絡があった。そういう連絡というものの秘密、あるいは魅力は、度を増してゆくと、これをこのまま放置しておいては大変なことになりはせぬかという、危険感をともないはじめる。

「講演でね、全国をまわったでしょう。各地でいろんな人に出会った。大正七年の米騒動のときに、名古屋で暴動の先頭に立って群衆を指導して、その後もずっと労働運動や社会運動をやって来た人や、水平社運動で何度も投獄されたという人なども、いまはみんな翼賛会何々支部とか何々報告会とかいう名刺を出してくれる。それでなければやってゆけないというのも事実なんだが」

「克巳は濠洲一点張りなんですけれど、もし濠洲がうまくゆかなかったら」

「とんでもない、濠洲どころか！」伊沢はとびのくようにして上体を起した。「徐々に後退だろうな。ガダルカナル島とかいうところには、先月の七日に米軍が上陸して猛烈な激戦がつづいている。いままで軍が相手にして来たような植民地軍じゃないから。話に聞くと、はじめ海軍の小部隊と飛行場建設隊があの島にいたんだが、そんな島に海軍が上っているということを陸軍じゃまるで知らなかったんだそうだ。あの辺から後退して、しかし」突然、伊沢は声を低めた。

「後退って云えば何だけど、あなたの弟さんのような人は、矢張り、あの奥さんの云う人民大衆まで後退というか進出というか、そこに居据っているのが本筋じゃないかな。少くともその奥さんを大切にしなけりゃいけないなあ」

「参謀本部や濠洲なんぞまでとび出してゆくのは間違い？」

「うむ。とまで言明出来ないんだけど。暮しのこともあるし、インテリだってこともあるし、保護観察されてるってこともあるし……」

「弟も弟だけど、とにかく弟と義妹とのあいだが、何となく冷たくてまずいのよ。義妹自身が人民大衆というものだとすると、とにかく、わたしには、わからないことばかりだ、って気がするの。ばらばらだ、って気もするのよ。このあいだ、わたしの子供の菊夫と、遊びに来ていた同じ大学の友達とが話しているのを何気なく隣の部屋で聞いていたら、葉隠論語の、武士道トハ死ヌコトト見付ケタリ、って何だかヴァレリィの言葉みたいだ、と云い合っているの。何のことなのかしら、伊沢さんおわかりになる？　そのヴァレリィだなんだと云ってる大学生、久野誠って云うんだけど、これが克巳のところへも出入りしているのよ」

「さあてねえ……」

伊沢は葉隠とポール・ヴァレリィと共産主義という突拍子もない組合せが可笑しかったが、ヴァレリィでも葉隠でもマルクス主義でも、それが何であれ、何でもかでもつかみとれる限りのものはそれがつかみとれるあいだにつかみとっておこうという、若い人たちの闇雲《やみくも》な真剣さ、異常なほどの真剣さに含まれている切ないものにうたれる気持があるので、無下《むげ》に僕にもわかりません、とは言い切れなかった。

「日本に帰ってとにかく驚いたのは、どうやら日本は近代的な計算ずくの戦争、そう、極言すれば戦争をしているのではなくて、巨大な犠牲のともなう、何ていうのかな、つまり全然、デ、デモーニッシュな、まつりごと、みたいなことをやっているような、戦争なんかじゃなくて、倫理道徳をひろめるっていうのかな、悠久の大義に生きよ、というようなことを云うでしょう、そんな気がしたのには驚いた」

小料理屋の裏口から出て、二人は浅草の町筋を歩いた。人々は、下駄の音を高々とひびかせて車道をぞろぞろ歩いていた。人道を歩くと防空壕に落ちて大怪我をするうれいがあったからである。仲見世もその他の通りも、企業整備のために店々は見栄も外聞もなく戸をしめていた。櫛の歯の欠けたような、さびしさだった。売っているものと云えば、お盆とか箸とか衣紋竹とか笊だとか、凡そ世帯じみたものばかりだった。浅草は化粧を剝がれ、赤裸にむかれている、という感じであった。通りは町筋を通るというよりも、縦に長い空地を通るというにちかかったが、二人は観音様に詣ることにした。浅草観音号資金募集という軍用機献納を呼びかけた看板があり、敵国降伏大秘法修行中とも書いてあった。

「何を祈願した？」

と伊沢が訊ねた。

「日本が勝てるように」

康子はほとんど囁くような小声で云った。

「僕も」

このときはじめて別々だったものが一つになった。シシリー島での話は出もしなかったし、する必要もなかった。その思い出は、輝かしい火傷のようなものになっていた。

田原町へ出ると、簪《かんざし》や数珠《じゅず》を売る店が、奥の方にぼうと暗いあかりをつけていた。そこへでも寄らなければやりきれないという気持が、二人を無言のうちに惹きつけた。もう何年も前の製品にちがいない簪や数珠や櫛などを少し買った。まったく無用のものであった。いくらか、と値段を聞くと、店員は白い歯をむいて、

「お安くしとくとは云いませんよ、公定価格ですからね。へへへ」

と答えた。

そんなことを誰も聞こうというのではない。商人たちはつっけんどんでありがとうとも云わ

なかった。不機嫌さは一通りのものではなかった。町全体が埃っぽかった。

伊沢は再び地方へ講演旅行に出た。そして帰京するごとに、日本の草莽の民（ということばまでいつか覚えた）――の忠誠心に感激したと云い、かつは同時に、何も云えない、千遍一律のことしか云えず、千遍一律のことを云ってあるくと自分の人間までが千遍一律のものになってゆくことに、我ながら驚いていた。そのことを、彼は著名な漫談家で話術とやらというものの大家ということになっている人を含む一団と一緒に旅行をしたときに、たしかめた。旅のおわり近くなると、一団の講師たちの話し方が、おしなべてすっかりその漫談家調になってしまったのである。また彼は、時として公然と、米英人を米鬼であり英鬼であると話してその場は疑わぬ自分を見出した。彼は自分自身のめざましい適応性にわれながら眼を瞠らねばならなかった。ついこのあいだ、一年ほど前まで、一緒に立ちまじっていてこれという面倒もなく暮して来た、そのアメリカ人たちについて、である。気付いたときには異様な気がした。そういう自分を、怖れもした。けれども、度重なると、別にどうということとも思わなくなる自分を見出して、もう一度驚かねばならなくなる……。かくて、次第に驚かなくなる。千遍一律が百遍に近づく頃には、アメリカにのこして来た妻のローラさえが、へんに気遠いものに思われて来る。そうして東京へ帰ると、九段の憲兵司令部の特高課へ呼びつけられる。そこで、講演会が終って後の、知事や市町村長や有力者などとの宴席で云ったと称される、千遍一律以外の、親米英的な言辞とかというものについて詰問され、君は細君が米人だからな、などと皮肉られ油を搾られ、しまいには始末書を書かされる。責任を問われる言葉というのは、つまりはなにほどか真実に近いことを語ったものであった。欧亜の戦況について、米英人の真実について……。彼は特派員になりたての頃に、西洋について驚嘆したように、今度は日本の持つ、謂えば魔術に、驚嘆し恐怖しなければならなかった。石射康子の弟の、安原克巳という共産主義者の話も、彼は彼なりに了解出来るのであった。これが運命共同体というやつかな、とも思った。とは云うものの、地方の駅や劇場の便所などに入ると、国ハ負ケテモ貧乏人ハノコルノダ、諸君、我々貧乏人ハ国体ナクトモ生キテイケルノダ、軍国主義者ヲ倒セ、と稚拙な字で書きつけてあるのに眼をうたれる。また旅を重ねるごとに、彼は日本の憲兵や警察というものが、日本人の精神生活にどんなに巨大な、精神的な役割を演じているかを痛感しなければならなかった。近代日本人の精神を研究するためには、警察制度の真剣な研究が必要だ、と真剣に考えた。けれどもそうは思いながらも、乗りつぎ乗りつぎしてゆく汽車旅行の途次、彼は文学小説の類ばかりを耽読した。帰国した当座は、電車の中でも汽車の中でも、甚だしきはバスの中でさえ本を読む日本人——何も若い人には限らなかった——に、驚いた。そして彼も文学小説を読み出した。警察制度の研究よりも、この方がじかにわかるからだった。けれども、文学小説はあまりにもじかで、この国の人間の外延にまで行かない、と彼には思われた。人間の外延というものを軽蔑しているのか、とも疑った。戦記物に飽きが来た頃、学生時代に愛読した芥川龍之介の再読にかかった。彼が高等学校の生徒だった頃、まだ芥川龍之介は生きていた。読み進んでいって、「神々の微笑」という作品に出会い、彼は日本の謎についての、何かにうちあたった、と思った。尖鋭な共産主義者の巨頭をさえ、外見《そとみ》には、ほとんどうやむやのうちにうやむや化して呑み込んでしまう、靉靆たる雲か霞のような日本――、転向者の巨頭の一人は、日本古代人の〝神道的世界観〟を研究しているということを聞いた。ともあれ、匹夫ノ志奪フベカラズ、といった闘志にみちた儒教も、諦念と宿命についての仏陀の教えも、現実を超えよという基督の、弁証法的な永遠も、すべては仄白い桜の花のなかに静かに呑みこまれてしまう、と龍之介は語っていた。基督教の、泥烏須《デウス》が勝つか、大日孁貴《おおひるめむち》が勝つか――それはまだ現在でも、容易に断定は出来ないかも知れない。が、やがて我々の事業が断定を与うべき問題である。とも書いていた。日本の大日孁貴が負けたら、それは西洋の泥烏須神が勝つことなのか。大東亜戦争はその、断定、のいくさなのか――伊沢にも、断定、は出来なかった、そんなことはまったく別のことのような気もした。考えていると、考えるなんということ自体が阿呆らしくなるような、霞のような、またあるときには底なしの沼のように見える、仄白い桜の花が眼底にちらつきはじめる。これがちらつきだすというと、そしてこの仄白さのなかにやすらいたくなるというと、国際結婚は駄目になるのではないか……。西欧の理論を体した人々は、自ら求めてこのていた。鬖䰅たるもののなかで悪戦苦闘をしているようなもの、いずれ非業の死を遂げることはわかっているのだろうが、という風に思われた。それを思うと、宮城の濠の水のように、どろりとして行き場のない気持に陥る。沼だ、沼だ、と……。講演をつづけてあるくうちに、いつからか、彼は自分が、おのずから、ということばを頻繁に使うことに気付いた。おのずから勝ったり負けたり、生きたり死んだりするのか、そんな阿呆なことが、と云ってみても、おのずから、と云われるというと、何かしら気抜けがする、毒気を抜かれる、あるいは、おのずから成り成りて成行くところへ成行く……。彼はまた歎異鈔を読んでみて、わがはからはざるを、自然《じねん》とまうすなり、ということばを見出し、これがつまり、おのずから、というものか、と思った。四十をすぎてはじめて日本の伝統の不気味さに触れたような気がした。西洋流の分析綜合の弁証法でなくとも、日本には日本の批評の方法がある、国際情勢の分析の仕方などについても、日本流の理解の仕方というものはあるのではないか。……思考のプロセスに異様な混乱が起っていた。康子が強く非難の意をこめて云う、それまでにはどうにかなるだろう、という、戦争指導者たちの唯一のイデオロギーとも相通ずる、自信というか信仰というか、あれもまた、所詮はおのずから、というものではないのか……、そういう、民族の妖しいものに近づくような気もした。旅行の途次、長崎へ寄ったとき、伊沢は船員や産業戦士たちの慰安所になっている円山の遊廓へ案内され、そこで自分でも驚くほどの乱酔荒淫にふけった。長崎には、大陸と西洋と日本との接触が、程良い時間的距離をおかれ、濃厚な古い酒のような、それでいてメールヘンのようにもこぢんまりとした一種の雰囲気があった。反撥というよりも、むしろ郷愁を彼は感じた。そして何故かその郷愁を、激しく嫌忌しようと努力したのである。また彼は擦ってもつかぬマッチを作る労働者や資本家の不誠意無責任を憤り、更には日本のほとんど全部の石油精製施設があげてこの港から積み出されてしまい、石油関係の技術者千名以上ものせた船が長崎港外へ出るや否や敵潜に撃沈されたという話を聞いて悲しんだ。そんな暢気なことで、いまに内地で石油を精製しなければならぬ羽目になったら、一体どうしていくさをするつもりなのか。おのずから、とはいうものの、無計画、無謀も甚だしいものであった。満洲支那の石油施設さえ根こそぎ南方へ行っていた。しかし事実は受け容れなければならぬ、ということになっていた。物心両面にわたって、日本は伊沢を包囲した。康子と伊沢は、愛については何一つ語り合わなかった、仕事のことと、伊沢の旅行土産ばなしや愛宕山で傍受した敵側発表などだけが話題であった。そういう、外側の、差し迫った荒々しい世界の呼吸が、二人のあいだに共同の記憶をかたちづくっていった。そして口に言わずにすましているものは、次第に濃密に、陰翳を帯び、動かしがたい中身をもつようになっていった。奇妙な愛であった。ところがこれと正反対のものを、康子は菊夫と夏子の恋文のなかに見た。机上に放り出してあることがあるので、見まいとしても目に立った。放り出しておくことによって、母に何かの無言の抗議をしているようにも受けとられた。将来のことなど完全に無視して、二人の恋文には愛ということばかりが、あまりにもあらわに数多く出て来るのである。和歌がいくつもさしはさんであったが、まるで西洋人の恋文のようだった。けれども、情熱が日々の生活や習慣の一部となり、そうしなければ身がもたぬようなところで生きているらしいことでは、母子とも共通するものがあった。一方は沈黙のうちに情熱を築き、一方は激越に、そのものを生なままに表現しなければ気がすまなかった。沈黙している者にとっては、愛というひとことが呟かれたら、それは、当分の間というものではなくなる筈であり、愛を云い過ぎる者にとっては、却って愛は成立せず、別のもの、苛立しさの魔が濃い影を落しはじめる。激しく動きまわり、急角度で角を曲り、伊沢も菊夫も、克巳も、男たちは次第に人生の持続感を失っていった。康子にとっては、あらゆるものの進行、成行そのものが、怖ろしかった。

十八年に入って、伊沢は南方占領地の視察に出掛けた。

井田一作は、自分の訪問を石射康子がどんなに厭がり恐れているかを知っていた。夕刻か、朝がた、不意にホテルへ彼女を訪ねて行く。はじめの十分ほどはともかくも、後は彼の云うことを半分しか聞いていない。上の空なのだ。けれど、にもかかわらず、彼女が自ら意識して井田一作の眼を求めて返答をしようとするときには、彼がそれまで数多く接して来たものとはまったく別種の抵抗というか、むしろ闘志のようなものが感じられた。二回目の訪問のとき、彼は司法省刑事局の思想月報や思想特報、思想研究資料などで調べあげた康子の弟、安原克巳のことをもち出したり、福島市在に疎開してある康子のトランク類のことなどに、軽く、仄めかすように触れてみた。菊夫の友人だった久野誠という青年が左翼系映画研究会事件で捕まり、胸を悪くしていまは釈放され、入院中だということも云ってみた。また深田英人についても、誰々、誰々と一緒で和平派グループの筈だが、いやそれが特段に（という専門語が飛び出したのはまずかった）悪いというのではないのですが、と、いう風にも云ってみた。が、どう見ても彼女は聞き流しているだけ、としかうけとれなかったのだ。上の空だったのだ。彼が一月二十七日の都心爆撃で、銀座の地下鉄停留場内に避難したところ、鳩居堂前の都電軌道内に爆弾が一発落ち、そこで水道管が切断され、地下で水攻めの目に遭った、と話しても、彼女は、ただ、

「そうでしたか」

と冷たく云うだけだった。爾後は国民的経験となる筈のものの、謂わば先駆的な経験に対しても、決して甘えさせたりしないでピシリとうってくるものがあった。

ところがしかし、彼が、ふとこっちが卑下してみせればこういう高慢ちきな女というものは、隙を見せる筈、と気付いて、

「私たちのようなものを、ひょっとするとあなたもデカだとかイヌだとかという風に考えておいでなのかもしれませんが、まったくそうなんで、普通人の感覚というものが見えなくなるんですね、この商売は」

と云ってみたとき、石射康子はそれまでは眠むそうにうつむいていたのが、急に眼をあげて、

「とすると、戦争があなた方をデカやイヌではなくともすむ境涯に救い上げてくれたということでございますか」

と、うって来た。矢は的を射ていた。その通りだった。

石射康子は事件については何の興味もないようで、専ら人のなりたちについて話すときに、鮮明な反応を示して来る。それも尤もだ、と井田は考えた、彼女には井田がどういう性質の材料をもって脅迫しに来ているのか、つかめていないのだから、そしてその材料は実はこっちにもないのだ、触接をつづけて行くあいだに、これから創り出すのだ。彼女がそれを見抜いているのではないか、そういう疑いがあった。恐らくこの戦時下に、毎日ああいう種類の横文字ばかり相手にし、また枢密顧問官の私設秘書などをしているからには、いままでも何等かの嫌疑、機密漏洩とか、上層部の派閥争いなどに捲きこまれるとか、そういう経験があるかもしれない。慎重にかまえねばならず、何かが向うから出て来るまでは、専ら御上《おかみ》からする漠然とした威脅でいかねばならない。彼は経験から割り出して、こちらから積極的に求めてゆかなくても、屹

度向うから何かを出して来る、と確信していた。

井田一作は、安原克巳に関して、昭和十五年以後の左翼関係治安維持法違反事件を丹念に調べていった。中国共産党東京支部関係、党再建関係、ケルン関係、新協、新築地劇団関係、京大俳句関係、神戸詩人クラブ関係……等々。また、伊沢信彦については、アメリカ共産党日本人部に籍があったという、伊沢と同じ交換船で帰国した、神奈川県在住の男の線をかためてみた。この男は早やばやと捕えられ、神奈川県特高の実績になってしまっていた。彼は、かためる、となると、すぐに左の方の線にもってゆきたくなる自分の職業的習性をおかしく思うことがあった。たとえ石射康子の弟に安原克巳があるとしても、安原は伊沢信彦とも深田英人とも何の関係もないのだ、それを思うと苦笑したくなる。まして、今度のことは左の線でかため切れるものでは到底ない。苦笑したくなる自分を見出して、井田一作は日本も変ったものだ、と思った。しかし笑いごとではない、彼もまた隘路を打開しなければならぬ。伊沢と石射を風俗壊乱でひとまずホテルからひっぱるか。

「あなたは、自分の仕事の内容について黙ってさえいればいい、防諜にさえ気をつけていれば何も起らない、と信じておいでなのでしょうが」

と二度目の訪問のときに云ってみた。すると石射康子は、

「戦争ですもの、何が起るか知れたものじゃございませんわ」

と、かえして来た。かちりとつきあたるものがある。

はじめて石射康子を訪問したときの印象が彼の念頭を去らない。そのとき、ホテルの部屋のドアーは半ばあいていた。ドアーがあいていることに、彼は何となく侮辱されたような感を抱いた。ノックして相手にドアーをあけさせる、あける労をとらせるという、無言の命令威圧をかける機会をもちえなかったからである。片手でノッブをつかみ、片手であいたドアーをノックして、

「石射康子さんですね？」

と自分から低い声で訊ねなければならなかった。彼女はうなずいた。ひとことも口に出さなかった。

石射康子は黒のスーツの上着に、黒のズボンをはき窓を背にして立っていた。彼が中に入ってからも、組み合せた足先を解かなかった。長細い顔には、それまで何か思案に耽っていたのだが、その思案の目途がつかないので、他人が闖入して来てもまだそこから動けないのだ、というような、憂鬱そうな影があり、眼を細めていた。額の真中から右よりのところに、そこだけ一房ほどの白髪が混っていて、際立った印象を与えた。彼が話し出しても一向にその姿勢を変えようとしないことが、彼女の態度を無礼と感じさせるよりも先に、何か迫力の籠ったものとして感じさせたのだ。

彼は伊沢信彦と深田英人の戦局の見透しについて質問した。

「心配しています。心配しているだけです」

というのが康子の返事であった。この返答は、井田一作の第二の質問を封殺した。すなわち、心配しているなら、どういう対策をもち、どういう工作をしているかという問いを、予め、心配しているだけです、という返答は簡潔に扼殺していた。彼は封じこめられながらも、妙な工合に釣り出されたような恰好で、思わず云ったのだ。

「いや、かげで」

「かげで、ですって？」

何がかげであり、何が表通りであるか。

「かげでその、どういう工作をなさっているかという問題じゃないんです」と、こうなると弁解がましいことまで云わなければならなかった。「いずれはお国のためと思われてのことなのでしょうから。しかし当局としては何が進行しているかを知っておく必要があるというわけです。そのために、あなたのお力をお借りしたいというわけで。で、あなた御自身は戦局の将来をどう思っておいでです？」

「わたしは子供を海軍の飛行機に出しています。死なせたくないと思っているだけです。子供の妻は身籠っています」

普通の女ならば、身籠っていますし……、と口ごもる筈のところである。それを一本調子《モノトオン》に云い切っていた。彼女は光を背にして立ち、井田一作は椅子に腰を下ろしていた。ホシを訪れていって居心地の悪い思いをしたことはなかったのだが、どうしたというのだろう、今は戦争だ、どんなことだって起る、ということか。

彼はまた深田英人関係の書類を調べていった。銀行出身のこの顧問官の発言が、頻度を増す問題が三つあった。一は左右両翼に対し、二は教育、学制の問題に対して、三は経済関係法規、官制等について、であった。このうち、一と三は密接不可分であった。南方経営に関して資本主義的運営は不可なりとする右翼に対しては、遠慮なく彼等は共産党だ、ときめつけていた。国家社会主義と社会主義、共産主義の区別などなかった。一律に赤だ、というのだ。けれども、最近の産業奉還運動に対しては、極めて態度曖昧であった。産業奉還運動に対しては、軍の一部はこれを支持し、別の方では、要するに空襲などによる被害損亡を国家責任に転嫁しようとする資本家どもの謀略だ、としていた。

戦局が押しつまって来るにつれて、右翼と左翼の距離は、井田一作の眼には、戦局同様押しつまったものになって来ているように思われた。支那事変以来の東亜共同体理論とか東亜新秩序の論は、まことに便利な道具になっていて、そこに右も左も収斂されている。安原克巳もその方へもぐりこんでいるらしかった。彼は改めて右と左の区別を明らめるために、共目遂甲、すなわち共産党目的遂行の甲、非転向者の手記に目を通した。甲の方は、東亜共同体理論に関係のあるところでは、大体そろって資本主義的東亜新秩序の代りに戦争は社会主義的新秩序をもたらすだろう、としていた。そして家庭のことについて、ほとんど触れていなかった。触れたくないとしたか、拒否したかのどちらかであろう。風圧に対して突兀《とっこつ》している岩石のような観があった。これに対して共目遂乙、すなわち転向者の方についてみると、その代表的巨頭は、転向トイフコトハ多義多様ノモノデナクタダ一スヂニ身ヲ以テ　天皇陛下ニ帰一シ奉ルコトデアリマス。私ノ過去ノ罪ハ回想スルダニ恐シイ思ガ致シマス。政治的誤謬ハ同時ニ道徳的誤謬デ、矢張リ道徳的浅薄カラ生ズルモノデアリマス、という風に云い、不忠不孝ということばが随所に見られ、みな出所後の家庭の幸福をねがっていた。甲の方の手記はすかっとしていて憎々しくも小気味さえよく、乙の方はどこかじめじめしていて人間よりも忠孝の道徳が先向し、政治的というより、いわば家庭的で、従ってみなどこか道徳中心主義者のような趣きがあった。皇道とか皇国だとか帰一だとかと大袈裟なことを云いよるが、結局は皇道なんて、早い話がおれたちのことなんだ、おれたち警察や司法行刑制度に近寄る、帰一するという、要するにそれだけのことなんだ、皇《すめろぎ》の道だなんてものがある筈がない、煮つまって来た戦争がいろいろのことを煮つめて考えさせた、結局は人間、性根《しょうね》と肚の問題だな、と井田一作は無慈悲に呟いて、ぱたりと書類を閉じ、憲兵からせしめたほまれをとり出して一服つけ、改めて深田英人関係の書類に目をうつした。そして意外なことを発見して当惑した。

深田顧問官は、東条総理が戦時行政職権特例によって、総理大臣が各省大臣に指示し、又各省大臣の職権を自ら行うことが出来るようにしようとし、この特例は当然、検察事務にも及ぶ、としようとしたとき、この全的独裁に猛烈に反対して検察と裁判の独立を守り抜き、特例を重要軍需物資の生産拡充上特に必要あるときにのみ限定させていた。また陸軍が国防保安法を提唱し、憲兵が国防の名に於て民間相手の特高警察に割り込もうとするのを、深田顧問官は力をつくして阻止しようとしていた。つまり、井田一作等の独立性を守ろうとしてくれたわけである。ところがいま彼は、近きに予想される戒厳令施行の際に、当の憲兵隊に牛耳られたりしないための実績をあげておこうとして、深田英人の線を狙っているのである。彼は困惑してしまった。八方塞りである。ただ一つ開いている道なるものは、伊沢信彦が重臣たちに何かメモを廻しつづけている、ということだけだった。とすれば、態度も立場も極めて曖昧な伊沢の方は自由に泳がせておいて、おのずから、材料を提供して来るのを待つほかなかった。だから、井田は、石射康子に対しては専ら安原克巳のことで訪問しているのだという印象を与えるように努め、伊沢や深田顧問官のことは、ごく稀にしか口にしないようにした。けれども、安原克巳についてのことを聞いているときの石射康子は、眠むそうにしているのだが、一旦伊沢や深田英人のことに及ぶと、きらりと底深い眼を光らせる。伊沢とは恋仲であり、深田の娘夏子とは、息子の菊夫が夫婦だからか。それとも彼女は、何かの理由があって、弟、つまり肉親に対しては冷淡なのか、とも考えてみたが、そうではなかった。先の、いまは戦時だ、だから何が起るかわからぬ、という問答のすぐ後で、

「でも、何が起るかしれたものではないと申しましても、戦争になってから出て来た特別なものでも、結局、みな前からあったものばかりだと思いますわ」と、何のことかよくわからぬような前置きをして、「わたし、去年の十二月のはじめに、ホテルの傍の、ついそこの闇で追剥ぎに包みを一つ奪われました。わたしにとっては大切なものが入っていたんです。あなたがその筋の方でしたら捜して頂けませんかしら」

と、話の途中から見ひらいていた眼を再び細めて、じっと井田一作の眼を見詰めながら云った。彼は平然と、

「その筋の方でしたら、とは皮肉ですな」

と答えてその時の、自分でも良く知っている状況を康子に述べさせ、調べさせます、と答えた。彼女はあの時、自分を認知したかどうか。顔をかくし銀縁眼鏡ははずしていた……。康子の態度からは、認知したともしないとも、読めなかった。どうにもこの女は、たかは知れていると思うのだが、どこかでかけちがって自分の推理観察の系列に入って来ない……。日本的じゃないんじゃないか、こいつ……。

「男の方ってね、なんだかすぐに考えが変るものみたいに思うのよ。何も特にあなたのことを云ってるんじゃないわよ、一般論よ」

三回目に井田一作が彼女を訪問しようとして新橋ホテルのロビイに入っていったとき、黒大理石をはりつけた太い柱にかたよせられたソファに腰掛けて伊沢と康子が話していたので、彼はしのんでいって彼等の背面の石柱にはりついて耳を傾けた。

「そうかな。……うむ、そう云われればね、僕も我ながら実際不思議なんだ。アメリカから交換船で帰って来たときには、上陸の間際まで、帰ったらすぐにこの戦争は乾坤一擲どころじゃない、このままじゃジリ貧からドカ貧になるという論理で開戦したらしいが、ドカ貧どころじゃない、そんなのは貧乏人というものを知らぬか、貧を忘れてしまった奴の論理だ、早く和平を講じなければ、とにかくどんなに迫害をうけてもこれだけは、とこう思って、むしろ敵前上陸のようなつもりで横浜に上った。ところが上陸すると途端に、まったく途端に、だよ、そして実にこれがまた自然に、するするという工合式に、そういう考え方がまったく異常なものに思えて来たんだ。どういうんだろう。たとえ米軍が戦力を恢復して来て、どんなに南方に突込んで来ても、また支那に大規模な基地を建設しようとも、空襲がどんなに激しくなっても、天皇の下、日本人の必勝の信念がゆるがなかったらどうすることが出来るか——という工合のものにするするッとまかれてしまった。いったい何だろうね、これは。この島国の国柄のありがたさ、ってことかね。何と云えばいいかわからんが、理性が麻痺するな、この国は」

伊沢は、手をまわして後頭部をがんがん叩いた。

「それがいまの、仕事をもった普通の男のひとってものじゃないのかしら。学者でも文士でも。中間子とかというもので有名な物理学の博士だって、お正月の新聞でワシントンを照り焼きにする光線だとか何とかって大変なことを云ってましたもの。でも、女はそうは行かないのよ。女は、時局に鈍感ていわれるかもしれないけれど、女の仕事は時世だけでは始末出来ないものが大部分なのよ。子供を産むことだって時局が助けてくれはしないし、それに女というものは、何につけ時間がかかるのよ。よく云われる頭の切り換えってことも、くるりくるりとはいかない」

「そう……だなあ。で、とにかくアメリカの戦力のことを数字をあげて説明したりしても、結局は、我々はこれに対して絶対に天皇の御統帥に信頼し、水のような冷静さで、ええと、何と云ったかな、そうだ……、来るなきを恃《たの》まず、待つあるを恃めばいい、待つあるを恃むとは、一言で云えば必勝の信念を堅持することであります、というようなことで講演を結ぶことになる。この数字などからはまったく飛躍した結論を喋っていても、ちっとも矛盾してるという気がしないから不思議なんだ……。どうしても僕自身、わけがわからんな。聴衆以上に、僕の方が狐につままれたような気分になる。それで壇を下りると反吐《へど》をはきたくなる。言論の自由がないと、言霊《ことだま》がさきはふ、ということになるのかな」

こんな会話を二人はかわしていた。

石射康子が自分の推理の系列に入って来ないというのは、彼女が女だからだろうか、女は時間がかかるからだというのか、そんな莫迦なことがあるものか。

会話が途絶えたとき、警戒警報が出た。伊沢は立ち上って外へ出て行った。出勤したのだ。敵機が頭上へ来ない限り、空襲警報中でも報道関係者は通行を許されていた。井田一作は、どうせ空襲警報が発令されれば地下室で石射康子と一緒になれるのだと思い、そっとその場をはなれ、ウェイトレスの鹿野邦子や、刑事上りの守衛や電話の交換手などにホテル全般の様子を聞きに出掛けた。

やがて京浜地区に空襲警報が発令された。地下の旧配膳室に多勢の男女が寿司詰めになっているなかから、彼は康子を見つけ出した。彼女は、有名な老歌人、正月や天長節になると襖《ふすま》に描いた絵のようにおめでたい和歌を新聞にのせる男と、向い合っていた。歌人は深田英人の腰《こし》折《おれ》の師匠であり、ホテルへは、その日わかす筈の風呂に入りに来ているのであった。彼は康子を呼び出して、もとの洗濯部員の控室だった小部屋へ誘った。眼の前に、火の消えた巨大なボイラーが黒い口をあけていた。壁や天井を這っている大小様々のパイプは、銀色の塗料がはがれて落ち、錆がおり、ときどきカランカランというような頼りない音をたてた。蒸気の通らぬパイプは、鼠の巣になっていた。鼠は八階建の大ホテルのパイプのなかを自由自在に駈けまわっていた。

このときは、

「どうしてこうわたしに親切にして下さるんですの」と、珍しく康子の方から口を切った。もともと無口なたちだったのに加えて、仕事の性質からも、滅多なことを云わない癖がついていた。自分がいろいろと人から質問されるのが厭だったので、自分も人には無闇とものを訊ねたりはしなかったのだ。

「御親切にはからって頂いているようですけれど、これまでのところ、今日は三回目ですけれど、大して理由もないように思います。弟も参謀本部の仕事に精を出していますことです」

拡声器が東部軍管区情報を、伝えていた。敵機の主力は関東北部の軍需工業地帯を爆撃しているらしかった。B29は百機以上艦載機も何百機か来て、土浦あたりから鹿島灘にかけて散在する飛行場群を襲撃しているようであった。菊夫はまだ土浦にいるか……。

「ええ、しかしとにかく、しばらくこのまま附合って下さるというと」

「お附合いをする理由がないように思いますが」

ラジオが風の方向を教えていた。風下は危険ですから……、艦載機の機関砲弾は立樹や屋根を貫通しますから……。ちょっとでもアナウンサーが黙ると、その沈黙のなかから地響きが聞えて来そうに思われる。鹿島灘と云えば、伊沢の田舎は、水郷の潮来《いたこ》だった。そこで宿屋をやっていた。十八年の晩春の頃、伊沢が南方視察旅行から帰って来たとき、二人でその宿屋へ行った。うなぎやわかさぎがおいしかった。品のある、少し頭のおかしいお婆さんがいた……。東京の北郊も爆弾攻撃をうけているらしかった。パイプと荒削りなセメントだけのこの小部屋に、職権をもってつきまとう男と二人だけで相対し、二重に強制された時間をすごすことは容易ではなかった。沈黙は、内からと外からとの二重の圧力をもっていた。何か別のことを考えなければ……。ああ、あのお婆さんは頭が変だった。狂っているだけに、あのお婆さんは窓から周囲の水郷の自然を眺め、それが何一つ変っていないことを確めるだけで生きていた、あのお婆さんは、自然を保証者として確固とした位置を占めていた。戦争のことは何一つ頭に入らなかった、お婆さんは一つの世界だけに生きるものの犯し難い気品を備えていた、狂ってはいるのだが、しかし薄気味悪いほどに健全な存在、と看えた……。いま自分は井田一作と相対して窓のない部屋にいる。地下室で無言の劇をやっている。パイプ、伝声管。地響きがするようだ。どこかの窓のない部屋に、鉄片を叩きつけて国や人間の身体をひき千裂り、神経を抽き抜くようなことを計画している人間どもがいる。そいつらこそ気狂いではないか。それは海の向うにいる、また海のこっちにもいる。彼女は猫背の肩の上にのっぺりした公卿面《づら》をのせて眼鏡をひっかけた男の顔を想い浮べ、寒気がした。顔を汗が流れてゆくように思った。その男は、一方的に命令を出すことしか知らない。その触角が眼の前に伸びて来て、銀縁の眼鏡をかけ、大股をひらいて坐っている……。菊夫からは、今朝珍しく悠久の大義などを説かずに、冒頭に、何と思ったか英語で My mother, dear, good mother として、「人は何故泣くのでせう、何故笑ふのでせう」などという、謎のようなことを書いた手紙が来た。あれが、ひょっとしたら菊夫の遺書なのではなかろうか。近接して来た機動部隊に、今、突込んだのではなかろうか。彼女は、菊夫が死ぬ、とは考えられなかった。いなくなる、ということばで考えていた。いなくなる。いなくなる……、本当に汗が流れはじめた。

「汗が流れていますが――」と井田一作が云ったが、康子は何の反応も示さなかった。空襲が恐いというだけのことではなさそうだった。

「どうかしましたか」

と云ったとき、井田一作は自分が職務上のことから離れて（ほとんど、生れてはじめてという感じがした、奇怪なことだった）、石射康子という人間がそこにいる、とでも云うしかない、訝しいものにとらえられた。そうして自分が、何かまったく頼りないもののような気がした。いま、もしここに爆弾が落ちて、銀座の地下鉄で遭ったような目にもう一度遭うとしたら、彼は彼女の上に身を置いて崩れ落ちて来るコンクリートのかたまりを我身にうけようとするかもしれない。地下鉄でのときは、若い娘を楯にとったが……。

壁のパイプを見詰めていた眼をのろのろとうつして来て、康子は、

「いえ、何でもありません」

と低い声で云った。しかしそれは、井田一作の、いましがたの熱意には反して、距りのはっきりした冷たい、赤の他人の声であった。

いまの、転瞬の間に、何か了解しにくいことが起った。突然石射康子は、井田一作にとってまったく会いに来なくてもいい女となり、かつはまた、どうしても会わずにはいられない女となった。会うことの必然の質が変った。

屋上の監視哨から、階段の隙間を直下して来ている伝声管《パイプ》が、敵機が頭上に近づく旨を伝えていた。

「地獄ですね」と、井田一作がぽつりと、呟いた。「私は実は沖縄出なんですが……」

石射康子は、それまで握りしめていたハンカチでへんにのろのろと汗をぬぐっていたが、井田一作の呟きを聞くと、びくりと痙攣したようになって、

「地獄ですって？　そうですか、そうは思いませんでした。愉快で仕方がない、という風かと思っていました」

と云って、細いけれども水気の多い眼を向けた。康子は井田一作がひどく疲労していて憂欝そうだ、と思った。これは井田一作に対する、新しい認識であった。しかし、彼女は官吏とい

うものの属性、乃至は必然性の一部になっている無責任さと冷酷さとを決して忘れることが出来ない。そのことと沖縄出身ということとは、はっきり別のことなのだ。

遠い地響きがつたわって来て、ボーイか誰かが盗み食いをしたらしい防空食糧というレッテルのついた空鑵がコンクリートの上で軽い音をたてた。

「私が地獄だというのは、です」井田一作はへんにぎくしゃくした、威を失った口調で説明しはじめた。「伊沢さんがどんなに愛国の至情に燃えてやっていらっしゃるにしてもです」彼は喋りながら、そうじゃないんだ、これじゃない、こんなことを云う筈じゃないんだ、おれはこのひとに云いたいことがあるんだ、と彼の別の心は自分の口から次々と出てくることばに追いすがりとりかえそうとして苛立っていた。けれども長年の習性は彼にあっては心よりも強かった。「とにかくその、秘特情報でさえ出してはいけないことになっている傍受情報を、それも自分の意見を加えてまである方面に配布しているということがあるんです。たとえば、深田顧問官のところへは、あなたの手を通さずに出しています。伊沢さんも、そうです、地獄です」

「では、わたしの口から、そんなことを止めなさい、と注意せよ、とでもおっしゃるのでございますか、おっしゃることの意味は」

「いいえ、それがまた地獄なのです。もしあなたが止めろと云われれば、なおのこと輪をかけてやるか、諦めてしまうかどちらかでしょう。両方ともよくないのです。何故かというと、そうなればどちらにしろ、上層部は別な動きを見せるでしょう、そうすると、私の方ではなくても、憲兵隊が感づいて動きはじめるかもしれません。そうなっては藪蛇です」

「では、何も云わないで、わたしは黙っていて、伊沢さんが綱渡りか、薄い氷の上を歩いてゆくのをじっと見詰めて苦しんでいろ、といわれるのですか」

「地獄ですね」

意外にあからさまなところまで到達してしまった。そういうきめつけの真実などへ行く筈ではなかったのだ、真実とは別のところへ行くのが吏僚の仕事というものなのだ。何にしてもこれはもう少し云いつくろって重みを減らさねば、と思い到ったとき、空襲警報は解除になった。

井田はがっかりして云った。

「またお邪魔させてもらいます」と。

一階のロビイまで黙って階段を上り、上り切ったところで前後に別れたのであったが、井田は急に戻って来てカバンの中から新聞紙に包んだものをとり出し、

「実は先頃、戻って来ました、どうぞお収め下さい」

と云って、彼女に押しつけるようにした。康子がきっとなって、

——それではあのときの追剝ぎはあなただったんですか。

と詰問しようとしたが、彼は身を飜して廻転ドアーの方へ小走りに走っていった。その遠ざ

かってゆく頭垢《ふけ》のふりかかった猫背の肩を見ていると、彼女はデカやイヌではない、小心な中年者の家庭がありありと描き出され、ここでくじけてはいけないのに、と思いながらも、眼の描き出したみみっちくあさましいものに抵抗できかねた。包みの中身は、いつかの音楽会の帰りに奪われた、彼女の兄、ガダルカナル島から転進していまはブーゲンヴィル島にとりのこされているという安原部隊長の戦場手記ノート三冊であった。兄、武夫の恐らくは生命懸け以上のものであるノート三冊を手にしてみると、しかし、彼女は恐しい、この世でいちばん直面したくないものに無理強いにぶつからせられた人のおののきに襲われた。追い詰められ追い詰められして、壁に身の型がつく、その証拠のようなものが戻って来たのだ、兄の壁は飢えと死であり、身の型はガダルカナルやブーゲンヴィルの砂浜や密林の沼沢である。彼女は食堂へ入って、四角な木の盆を手にし、止宿の人々とともに並んで丼に水っぽい雑炊をついでもらい、次の窓口で皿に薄い鮫肉と、ひとつまみの黒いウドンのような海藻の塩煮をのせてもらった。五階に部屋を借りている仲間たちのうちでも、軍令部出仕の人たちの食堂は別にあった。食物も別だった。彼女もまた人々のように、丼に雑炊をもらうと、はしたないとは思いながらも、箸をたててみて倒れるかどうかをどうしても試めさずにはいられない。がつがつ食べた。食べおわると、いつも絶望感が訪れて来る。もっと食べたいのだ。

息をぜいぜいさせながら五階まで登って部屋に入ると、途端に電話のベルが鳴った。長距離電話だった。

——菊夫から？　土浦から？

と思うと、急に悪寒が来るみたいで、反射的にあくびを催しそうになった。

「お義母様？　……よかった……わたし、夏子」声ははじめから泣き声だった。「今日ね、朝から公用電話を申込んでたんだけど、どうしても通じないの、菊夫さんから手紙が来たの……それがね、ええ、泣いちゃわからないって……そうなんだけど……読むわ……二十有四年の人生、終に花と咲き実を結ぶの機至らんとす……畢生の勇を振ひて……戦はん……未だ契り浅くして若き……其許《そこもと》の事を……思はずとにはあらねども……許されよ……喜び少くして苛立ちのみ多かりし……日々を」電話が切れた。ばたりと何かが断たれた。受話器を放り出し、康子は必死になって部屋裡の洋ダンスを押しやって隣の伊沢の部屋へ通じる小ドアーをあけ、伊沢の電話で交換台を呼び、国府津との長距離電話をつながせた。「ああ、お義母様……黙々として大君の命のまにまに、必殺轟沈を誓ふのみ」もう泣き声ではなかった。澄んだ声が明かな言葉を伝えて来た。「未来の坊や——坊やに?.じるしがつけてあるわ——は、純真明快にして伸び伸びした自然児たらんことを祈る。想ひ出の地、四谷、国府津の離れ屋にての短き日々の幸福を追想す……」

「そう……」

ほかに云い様もなかった。眼を伏せると、小机の上には、ブーゲンヴィル島にいるという兄の、ほとんど遺書と云って間違いのない手記がおいてあった。

「ね、これ、遺書なのかしら……でも遺髪も爪も入っていないから、遺書とは違うのでしょうね、ね、ね、あたし恐い」

「ええ、そう……そうね」

ではもう菊夫は土浦にはいないのであろう。特攻隊は土浦から主として南九州の基地まで前進しそこから発進するということであった。もう土浦にはいない、生きてもいないかもしれない、またたとえ生きていたにしても、それはもう生きているとは云えない状態であるかもしれない。伊沢の云う、極端に倫理的なまつりごとの、その祭壇に上ってしまっている。

「わたしのところへも今朝手紙が来たのよ、それ読むわ……お母さん、いつも苛々ばかりしてゐて御心配をおかけしました。人生五十年と云ひますが、僕は満で云へば二十二です。あと二十八年のことを僕たちはオツリと云つてゐます。オツリはお母さんにさし上げます。どうぞ僕のオツリを使つて長生きして下さい……」伊沢さんにも、心からよろしく、亡父のことは既に僕にとつても遠い記憶となり、いまお母さんを扶けてくれる人としては、伊沢さんしか思ひあたらないのですから云々、というところは省略した。途中で夏子は、それから、それから、とせわしなく先を催促した。夏子は半分も聞いていない、と康子は感じた。

警戒警報が解除になり、廊下の拡声器からヘンデルのラールゴの、澄み切った旋律が流れ出した。

一週間ほど前から康子は、面会出来ても出来なくともかまわないから、土浦へ、霞浦航空隊の、あの霞浦の広々として分厚い水に臨む丘の上の、門のところまででもいい、とにもかくにも行ってみたい、と思い詰めていたのであった。邦子がどこかで手に入れてくれた純白の絹のマフラーも、まだ手わたしてなかった。この前会ったときには、どうしてもわたすのが厭だったのだ。

「ええ……はい……わたしも行きたいけれど……でもね、悪阻《つわり》がまだあるし、それに、このところずっと熱があるの……いえ、七度三分くらいずつ、毎日ずっと、下らないの」

受話器をおくと、細目にあけてあったドアーがすっとひらいて鹿野邦子のまるい顔がのぞいた。神風・必勝、と染めぬいた手拭で鉢巻きをし、棒雑巾を手にしていた。邦子は、内側から伊沢の部屋へ通じる、あけはなしのドアーにちらと眼をやってから、

「どうかなさいまして?」

と小声でたずねた。そして鉢巻きをとった。何も云わなくとも、それだけは既に表情だけでわかる、というものが、あった。

「夏子さんから電話だったの」

「あら……」

夏子ときくと、邦子は急に表情をゆるめて、くくっと笑いそうになった。それで康子は菊夫と邦子のあいだにかつて何かあったな、と感じた。

「菊夫が特攻隊に出たらしいの」

息を呑んだ。棒雑巾が倒れた。顔色がすっと変って邦子は部屋の中へ入って来、電話機の置いてある小机の傍の椅子に腰を下ろし、康子の手をとった。康子は立ったまま、邦子は坐ったまま、二人ともしばらく無言で電話機を眺めていた。やがて、康子はあいた手を邦子の肩に置いた。自分を抑えるとは、何か極端な、兇暴な行為に出ようとする自分をもう一人の白分が冷えびえと眺めているという状態であった。

康子は邦子のとった手を解き、両手で少女の上膊を抱いて立ち上らせ、そのまま夜勤に出る準備をはじめた。邦子は、うつむいて部屋を出ていった。このときの康子のことを、邦子は温いのか冷たいのかわからぬようなひとだわ、と思った。

しばらくして伊沢が戻って来た。邦子から話を聞いたのであろう。

「今晩は休んだらどうかね。警報で寝られなかったろうしね。ヤルタ会談の発表や各国の反響など全部とったから、今夜はいいよ。飜訳は明日やればいいよ。ゆっくり話でもしよう。ひどい雪なんだ、外は」

「ええ……」

「尤も、働いていた方が気が楽なら、それもいいけれど」

「尤も、って、余裕のあるようなこと云わないで、わたし、まるで……」

ヘンデルのラールゴはおわり、ああ一億の起つところ、必ず勝たんこの戦、という、新制定の「必勝歌」がひびいて来た。

同情というものは、大抵の場合、何か不自然なものを含む。賛成も反対も出来ない、あるいは賞讃も出来なければ反感をもつことも出来ないような場面に立会った人は、たとえばそれが舞台の劇ならば、観客は眉をひそめてその場面の過ぎ去るのを待てばいい、けれども舞台ではない生の人生の劇の場合には、黙ってその場を去るか、全然別の話をはじめるかするよりほかに法がない。しばらく黙って立ちつくしていた伊沢は、やがてバスルームに入ってコップに水を一杯ついで来て康子に飲ませ、まったく別の話をはじめた。彼等はまったく別の話ばかりを二年が上も続けてきた。

伊沢は近衛上奏文なるものの内容についての噂を熱心に喋り出した。この国の上層部の恐れているのは、いまとなっては敗戦でもなければ国民の惨苦でもなく、要するに、ただひたすらに革命なのだ、というのであった。しかしその革命党はどこにいるのか。軍部も右翼も官僚も、一億玉砕とか断乎として戦い抜けとかと本心から絶叫するものは悉く共産革命の第五列だ、その証拠に、いまの軍部も右翼も官僚も、中堅実力層はすべて中流以下の平民出身である……。伊沢の語る近衛上奏文なるものの中身は、最上層部の被害妄想の甚だしさと焦躁、苛立ちを露骨にあらわしていた。その根性のあさましさに於ては、最低のもの、と云ってよかった。

「兵隊たちが下層階級出身で悪かったね、まったく」と伊沢が云った。「奴等はね、要するに英国が羨しいのさ、国王がいて本物の貴族がいて、たとえば海軍の士官の大部分は貴族でかためて、兵隊はむかしは小作、農奴ということに相場がきまっていた頃の英国がね。日本の海軍のお手本は英国なんだよ。日本の海軍大将で、わが英国海軍は、って云った人がむかしいたって云うけれどね。それから奴等はまだまだ証拠があるって云うんだな、陸軍が転向者の親玉をつかって中国共産党と話をつけようとしたり、ソ聯にいる日本人共産党員を呼び戻そうとしている、とかとも云うんだ」

「その話、止めましょう」

と康子は自分を抑え抑えしてやっと云った。菊夫をはじめ若者たちは軍部官僚右翼などの、あやふやな革命のためにも、また気品のある乞食にすぎぬ華族その他の温存のためにも、死に行っているのではない。若者たちの想うそれをはなれて、一歩中枢部へ無遠慮に踏み込んでみれば、国体を守るとは、どうやら何かあさましく露骨な、いまのままの態勢で生き伸びたいという、人間欲望の臭いのするもののように感じられた。それがたまらなかった。

しかし、たとえどんな話題にしろ、彼女を慰めるということはむずかしかった。政治的な話題の方がまだしも無難であったかもしれない。彼女は訪問客だけではなく、葉書や手紙や電話も、また話をすることさえ恐れるようになった。そして恐怖が頂点まで達すると、何かの底をついたような、ドアーへ眼をやるのも気だるいような虚脱感が訪れて来た。

三月九日夜から十日朝にかけての爆撃で、鹿野邦子はアパートを焼かれた。兄との共同生活自体は、兄の応召によってとっくにもち去られ、その残り滓にすぎぬ些少の衣類や皿小鉢などもきれいになくし、彼女の責任は一切解除されてしまった。生活は国家という下男がやってくれるものとなった。

「これでさっぱりしちゃった」

どこをうろついていたものか、三日もたってからやっとホテルへ戻って来た邦子がにこにこして康子に報告した。

「まあ、あなたはやっぱりポウコちゃんだわね。呑気ねえ、三日もどうしていたのよ。五階の連中はみんな心配してたのよ」

康子が眼をまるくして訊ねると、邦子はけろけろっと笑って、

「それがね、悪いみたいだけどね、ははは、面白くて仕方がなかったのよ。何だか笑いが、

こみあげて来るみたいなの。純綿《じゅんめん》のね、大豆や芋や大根や豆粕なんかのちっともまざっていないお握りをくれるでしょう。だから、ゆっくりしてやれ、って思ってひとりでゆっくりあれこれ眺めてたのよ」

と言った。

「まあ……」

康子は瞠目する思いで、満で云えば十八ほどのこの小娘をまじまじと見た。呆れることも出来なかった。

邦子は帰るところがなくなったのでホテルに泊り込んでいた。いままでは、昼はたった一人で五階の五十に余る部屋を担当し、夜はクロークルームの上の天井の低い中二階にある、電話の交換室にベッドをもち込んでいた。疎開、応召、徴用等で従業員の数は激減していた。邦子が夜間の電話交換を引受けたので、康子は井田一作の訪問に備えて、何かあったら康子自身の部屋か伊沢の部屋からか、とにかくしばらく受話器をはずすだけで何も云わないから、交換機に赤い火がつきブザーが鳴ったら、そのときはすぐに社の伊沢に連絡してくれ、そして出来たらぼんやりと部屋へやって来てくれ、と依頼した。が、邦子はあまりあてにならなかった。夜になると、従業員ではないどこかの少女をそっと交換室にひっぱりこんで、自分はどこかへ闇の物資を仕込みに出掛けてしまうのである。

三月下旬のある日、康子は電話交換室へ招待された。邦子は康子を伯母さん、伯母さんと呼んでいた。狭い交換室は電気ヒーターを入れることが許されていたのであたたかく、驚いたことにヒーターの上にかけた鍋には甘い小豆がぐつぐつ煮えていた。また罹災者である邦子は、配給以外の乾パンや米までも、どこで手に入れたか盗み出したのか、ごっそり交換機の裏にかくしていた。

「どこかの役所の非常米倉庫とかだってところによ、米があったのよ、あたしもね、みんなといっしょに、ヤッと乗り込んでいって半焼けの米をかつぎ出したんだけど、ドンゴロス一杯よ、凄い力でしょう、ばか力ね、ところがね、途中で巡査に盗まれちゃったのよ、それでまたとってかえして今度は半分ほどもって来たんだけど、でも重かったから途中で、赤ん坊おぶったひとにあげちゃったの」

とも云った。巡査に盗まれた、という、法外な表現が、しかし適切で動かせない実感をもっていると思われた。何か新しいものが動いている……。

康子が、だけど九日の晩はよく助かったわね、本所でしょうあなたのアパートは、と云うと、邦子は待ってましたとばかり一気に喋り出した。

「それがね、警戒警報が出たのが十一時半頃でしょう。ラジオの情報がね、へんだな、ってあたし思ったのよ。伊豆南方洋上に三十機、なんて云うかと思うと六十機って云うし、後続機あり、とも云うでしょう。だからよ、あたしそれ聞いていて咄嗟に、これぁみんな来たんだ、みんなだ、って思ったのよ。だからよ、もう空襲警報の出ないうちに、もろに一目散、アパート放り出して逃げちゃったのよ」甘い小豆を〝伯母さん〟に御馳走して上げて、心から感謝され邦子は大得意だった。しかし親しく話してみると、邦子の言葉づかいが、何とも妙だった。だからよお、それがよお、それでよお、もろに……。

「あたしがよ、逃げ出したら防火群の群長さんが鳶口もって追っかけて来たけれど、かまうもんかと思ってよ、つっ走ったのよ。着られるだけ着て防空頭巾をひっかぶって、あとは一切合切放っぽっちゃったのよ。それがよ、ちょっと伯母さんに云いにくいんだけどねえ、警報の出る前にね、ちょっとへんなことになりかけてたのよ……」

その夜、十時過ぎに邦子は友達の家から帰って来た。やだなあ、やだなあと思いながら帰って来た。何故なら、兄が出征して以来、彼女はアパートで一人住いだった、隣組の恐いボスたちは、部屋をあけるな、無人は隣組防火の敵だ、迷惑だと攻めたてる、だけれどもお前も新橋ホテルで女性の銃後職域奉公に挺身しているのだから、仕方がない、部屋をあけることは認めてやるから貯蓄債券をもう少し余計に割当てる、と云われ、兄の会社から来る手当と給料の大部分は貯金や愛国公債にとられ、いろいろな通帳だけでも十通近くなっていた、かてて加えて近頃では、空襲があるかもしれぬから部屋代を一年分まとめて払え、とか、疎開しそうな素振りをみせると、町会費が減収になるからいまのうち一年分か半年分まとめて払えなどという無理難題までもち出す。だからやだやだと思いながら、抜き足差し足で防火群長兼常会長をしている管理人の部屋の前を通りすぎて部屋に上った。ガスも出ず、炭もなかった、それで、火鉢のなかで新聞を燃やし、毎日の出勤の途次拾いあつめて部屋の床下にかくしてあった（留守中は防火の用意に鍵をかけることを許されなかった、だから何でもかでももってゆかれた）――木切れに火をつけて暖をとった。十時半頃、ドアーをノックした者があった。出てみると、アパートの一階に住んでいる、もと深川木場の棺桶を専門につくる木工場に出ていた肺病やみの徴用工が、国民服に赤襷をかけて立っていて、部屋から脱けて出る煙にむせながら、

「天皇陛下のお召しで明日兵隊に行くことになりました」

と挨拶をして、重箱をつき出した。天皇陛下とは大袈裟な、と邦子は思った。が、重箱には本物の赤飯が入っていた。

「これ、くれるの、まあありがとう。じゃ元気でいってらっしゃい」

彼女は重箱の中身を皿にあけて、箱をかえした。が棺桶工は一向に戻ろうとせず、もじもじしていた。仕方がないので、まあ入ってあたりなさい、と招じ入れて向い合うと、男は下の部屋で親方や友達が待っているのだ、と云った。じゃ早く帰ってあげなさい、とすすめたが帰らない。へんだな、と思っていると、男は、眼がしびれたみたいに顔中をくしゃくしゃっとさせ、

ふるえる手をのばして邦子の膝小僧をつかまえた。そしておろおろ声で、

「下の連中が、お前、そんなに想うとるなら、行って思いをとげて来い、と云いました」

と云った。

「何のこと、それ?」

男は煙にむせかえりながら彼女に抱きついて来た。仕方がない。この子もいかれちまうんだ、と思った。だからゆっくりとキスさせてやった。二度目のときに舌をつっこんでやると、男はいきりたってきて邦子のズボンのバンドに手をかけた。

「いやだなア」

と彼女が云うと、急に棺桶工はとびのいて、

「すみません、すみません、出征兵士がこんなことで」

とあやまった。彼女は畳の上ではいやだなアと云ったつもりだったのだが。それで工場の話やらホテルの話やら食べ物の話やらをして十一時十五分頃に、男はすみませんをくりかえしながら帰っていった。それを見ていて、邦子は、世の中は男と女だ、空襲で死にさえしなければ、自分は何一つなくてもどんなにしても生きてゆける、と思った、と云った。

「それで十一時半に警戒警報でしょう、だから一目散よ」

彼女のアパートは本所菊川橋のすぐ近くにあった。途中で自転車に乗った巡査を見付け、軍

の将官宿舎につとめているんだけど、非常呼集がかかった、と嘘をついて荷物台にのせてもらい、本署までいったらちょうどトラックが出るところで警視庁まで行くという、またそれに便乗させてもらった。トラックは方々の警察に寄って警察官を集めた。途中で空襲警報が出た、三秒ずつ五回のサイレンが鳴りおわらぬうちに、ザァー、ザァーという、トタン屋根を雪が滑るような不気味な音が空を蔽って、赤黄色い火のかたまりが、処々方々、ぐるりぐるり舞いながら下りて来た。それがへんにのろくさいみたいだった。二百五十キロの焼夷爆弾が近くに落ちたときには、灼熱の火の毬栗みたいで、瞬間、地域全体が明かに照らし出され、黄燐が弧を描いてとんで来て車体や鉄兜や服にこびりついて火を噴いた。それをはたき消し揉み消した。にんにくのような臭いがした。全速力で無人の通りを無燈火でトラックは走った。彼女は巡査の腰に両手をまわしてしがみつき、風に向ってわけのわからぬことをあーあーあーと叫びつづけた。

木炭車ではなくガソリン車だったのが、とうとうエンコしてしまった。場所は、吹雪が吹きすさんだ二月二十五日の午後、B29百三十機と艦載機六百機にやられたときの焼跡、神田鎌倉河岸だった。彼女は巡査たちといっしょに警視庁まで行きたかった。群を離れることが恐かった。が、警視庁は必ずやられる、何故なら、彼女の考えでは、警視庁は警視庁だから必ずやられるのだ。思い切って警官たちの群れを離れ、焼けのこった倉庫らしいビルの通用門を押すと簡単にあいたので、その中へ避難した。勿論倉庫のなかは真暗だった、なにかにぶつかった。痛くはなかった、硬いものではなかった。紙だ、多量の、紙の倉庫だ。紙は燃える、と思ったが、人の群れを離れて一旦入ったところをまた出ることは、あまりに辛かった。ぶるぶる身体中がふるえた。紙で身体をぐるぐるまきにし、アートペーパーらしいうすいすべっこい紙をぐちゃぐちゃ噛んですごした。が、矢張りじっとしてはいられない。立ち上ってうろうろと歩き出した。すると、何かにつまずいて倒れた。先客があったのだ。男だった。男は手押し車に紙を満載していた。紙泥棒かもしれなかった。男も怯えているようだった。

「ここは、まわりが焼けてるから大丈夫じゃろ?」

と疑問形で云った。

二人は並んで坐った。一時をまわった頃、頭上で急にB29のエンジンをふかすらしい音が近々と聞えた。邦子は、男にかじりついた。かじりつかれた男は、しっかりと抱きしめた。そのまま何分かたった。時間はかじりつきあいの質を変えていった。彼女は、男の手が直接肌に触れるのに気付いた。それで恐怖から眼が覚めたように、コン畜生、と思ってとびのいた。男がとびかかって来た。水道のパイプのようなものが手に触れた。動かしてみたら動いた。ひどく重かったが、つかみとって闇のなかで無我夢中でふりまわした。ごつん、ごつん、とあたった。男はぶっ倒れて畜生、畜生、とうめいた。手当をしてあげようと思って膝をつくと、男の手が腹をさぐった。今度はへんなつもりもなかったのかもしれなかった、偶然にすぎなかったのかもしれなかったが、かっとなってもうひとつ、ガンとやった。

「あたし、赤の御飯を重箱にいっぱい、みんな食べてたでしょう、だから身体に精があったのよ」

男は黙ってしまった。高いところにある小さな窓が、真赤だった。死んだのかもしれない……。別種の恐怖が彼女を倉庫から追い出した。東京の空は、まんまるく真赤だった。邦子は、眼をむいて片手をふりあげ百八十度の半円を描いてみせた。その、真赤の半円のなかへ、銀色の巨魚が、半円外の暗闇から入れかわり立ちかわり、ぬっと入って来ては出て行った。人間が現出しうる限りの、ぎりぎりいっぱいいっぱいの壮烈な景色《けいしょく》がそこにあった。錦町や神田橋大手町のあたりの焼跡を、あてもなく大声で泣き叫びながら駈けまわった。随所で巡査や警防団にとめられたが、その都度非常呼集だと云って切り抜けた。そしてひとりになると、自然に大きな声が出た。どこかで靴がかたっぽなくなった。康子はつられて邦子の足許を見た。彼女はぴかぴかに磨き上げた茶の靴をはいていた。足が痛んだ、傷をしたのかもしれない、昂奮の極、泣き叫びながら真直ぐに真直ぐに駈け、そして唐突に、痙攣したように、ぐいと角を曲ったりした。二時半頃に空襲警報は解除になり、三時半頃には警戒警報も解除された。夜があけた。十数万発の焼夷弾は、東京の半分を、瓦礫とトタン屑と乱れた電線とコンクリートのかけらと、焦げた樹木や木材だけがじかに地面の上に散乱している——ただそれだけのものと化した。邦子は元気を出して菊川橋へ行こうと思った。死体はいたるところに転がっていた。着物や肉などの軟いものが炭になってしまって、その炭が骨にこびりついている、真黒なのがひとかたまりあるかと思うと、生々しい真裸なのがひとかたまり。木造家屋ばかりの日本の住宅街が一斉に燃え出すと、温度が急激に上昇して熱で着物がひどく乾燥し、焔になめられると爆発するように着物が燃え、人間は赤裸にむかれる。焔のなかを真裸の人間が狂い走る。赤ん坊や子供にとりまかれたまま、もろともに黒い炭になった屍が三つ四つならずあった。彼女は生命力にみちてどんどん歩いて行った。灰と砂塵で眼が痛かった。生きて、荷物や傷を負った人をかつぎ、よろよろ歩いて来る罹災者たちは、一様に鼻の傍に黒い砂をため、眼のふちはもっと青黒く、灰や埃で眼尻や頬、額の些少の皺もあらわに刻みこまれ、とめどもなしに涙を流しつづけていた。泣いているのではない、誰も泣いてなどいなかった。煙にやられ、埃にやられ、眼を痛めつけられていたのだ。ところどころに洗眼所があった。国民服の医者ともっともらしい顔つきの警官が出張して来ていた。途中で焼けていない男物の靴を掘り出し、それをはいて歩いた。兵隊もかたまって死んでいた。消防自動車もトラックも電車も、すべては皮膚と内臓をやられ折られ曲げられた骨だけになっていた。赤茶けたトタンの板の波打つ焼野原の、コンクリートの台座の上に鎮座している金庫が目に立った。四角く盛り上った金庫は憎々しかった。百万人もの罹災者が出た。あわれは既に通り越していた。死者の数は、一万とも二万とも、六万とも十万人とも云われていた。どこか名も知らぬ焼跡で炊き出しをうけていたとき、列にいた男の一人が、今日は陸軍記念日だ、と云った。云われた方は、陸軍罹災記念日か、と答えた。午後になって新聞が無料で配給された。邦子は小さな金庫に腰を下した。金庫はまだ熱かった。石の上に掛けなおして、握り飯を食いながら、新聞を読んだ。陸軍大臣が陸軍記念日の記念として全軍に布告を発していた。それはとばした。東北農村の松根油採りに水兵さん出撃、という写真が出ていた。昨夜のことは一つも出ていなかった。誰かが「農村へ水兵さんか。米が食えるでのう」と呟いた。聞きつけた人々は、険しい眼つきで睨みつけた。後に続くあるを信ず、という映画の広告が出ていた。年寄りの人が、一種の調子をつけて声に出して読み出した。えぇと、鬼畜ルメー暴爆断じいて怖れじい、か、日本空襲部隊の司令官は、と、空中サーカスの曲芸師上りで、ハンブールク、ベルリンなどを、無差別爆撃をした、嗜虐性異常性格者、鬼畜カーチス・ルメーだってか、ははあ。電柱が列をなしてまだくすぶっている。新聞を読んでいた老人が立っていって燃えている電柱で煙草に火をつけた。邦子のそばに女のひとが一人いた。着物はやけぼこだらけでぐしょ濡れ、髪も焼けて鶏のしっぽのようにぼんのくぼでちょんぎれ、顔も首も火傷で、一面に白い軟膏を塗り、石膏の首像のようになっていた。握り飯を食べ終ると、突然、そのひとが、泣き出した。午後になるまで、涙の役割は忘れられていたのだ。何もかも焼けてしまったのだ、東京は焼けてしまったのだ。底をついたのだ、底をついて、じかな地面にまで何もかも焼け落ちたのだ。身を斬るような痛烈な感覚が、身うちに疼いていた。処々方々が、まだまだ燃えている。煙が縦に横に流れる、眼に滲む。ある町角で、ぼんやり立っていると、「こら、女、手伝え」と呶鳴られた。戸板の上に、ほとんど赤裸の若い女がのせられていた。火傷で方々がただれ、そこに灰がつき泥がついている。軟膏を塗る手伝いをした。「おいッ、宮城が燃えたそうだ」「いや、宮内省の主馬寮とかというところだけだそうだ、ラジオで言っとった」「主馬寮って何だ」「知らんな、お馬さんの家か」「お馬さんか」野獣のような期待に昂奮して邦子は焼跡をほっつき歩いた。何を期待していたのか、振出しへ戻ったのだ、戦争って焼け野原になって人が焼け死ぬことか、助かったとか、生きているとかいうことは、要するにうろうろと歩いていることと、黒く焦げてころがっているというだけの違いか。何だ、何だ、これは。彼女は男の言葉で考えていた。夕方近くになったので、邦子は半焼けの国民学校へ入っていった。菊川橋へ行くのはもう諦めていた。行って何をするか、何になるか。うるさい防火群長も、昨夜の棺桶屋もみんな焼け死んだにきまっている。もともと、おれはあの地面よりも水位の方が高い、すぐに水浸しになる土地が嫌いだった。地面だ、国だといったって、結局焼け野原じゃないか、焼けたんだ、焼けたんだ、B29だ、火焔の色の巨大な、もくもくの煙のなかから銀色の奴がにゅうっと出て来て火焔のなかへ火焔の種を蒔いていった、その赤黄色に照り映えた銀色のものが、邦子の記憶に灼きついた。銀色だ、銀色だ……。

「だけど、アパートの焼跡へ行くの諦めたのなら、どうしてホテルへ戻らなかったの？　何も国民学校なんかへ。それゃあなたは立派な罹災者だけど」

「それがね、わからないのよ。みんなと一緒にならなければ悪いみたいな気がしたのよ。そうね、ホテルへね、あたし、責任観念ってないのかしら。はははッ」

尻上りな笑い声が康子をおどろかした。

国民学校は、階下も階上も階段も廊下もどす黒い顔の避難民でいっぱいだった。人がごろごろしていないところには、糞がしてあった。黒い糞には、黄色い大豆が不消化なまままじっていた。男も女も子供も大人も、ごろごろ寝転ったり、あてもなくよろよろとそこらを歩いてみたりしていた。

「それが傑作なのよ――」

「傑作はよかったわね」

康子も何となく釣り込まれてしまった。

歩きまわる連中は、人々の頭でも足でも平気で踏みつけ、二枚から以上も布団を着た者からひょいと一枚をはぎとり、やあちょいとね、と云ってもっていってしまう。洋服やどてらを余分にもっている人に近づくと、一枚貸して下さらんか、とこれだけの挨拶をしてどんどんもっていってしまう。はては他人のトランクに手をつっこんでがさがさがし出す。口をもぐもぐさせている人の傍へいって黙って掌をつき出す。するといとも自然に食物がのっかる。どんなことをして、何を見て、どんな風に助かったか、それぞれに語らせたら、物語にあるどんな地獄も極楽と化するかもしれない。畜生め、こうなってはいのちあっての物種だ、何もかも捨てて裸一貫になったんだ、さあ皆さん元気を出そう、と云った男が、次の瞬間には、ごろごろしとった屍から時計でも剝いで来るんだったな、ああ勿体ない、と大声で云う。ということは、これからは生きている奴からでも剝ぐぞ、という宣言のように聞きとられた。ごろごろ転っている限りでは、生者も死者もほとんど差がなかった。気がつくとごろごろしたまま冷たくなっている人もいた。生者と死者の距離がせばまれば、生者と生者のあいだの距離がもつ、意味もうすれていった。自分のものは他人のものであり、他人のものは自分のものである。自分が自分でなくても一向平気である。未来……？　そんなものはどうでもよろしい、そのうちにどうにかなるだろう。裸の人間には、裸以外のこと、勝ちも負けも気遠いことだった。邦子は何の不平も不満もなかった。誰もが灰や泥のついたままであり、洗うことを思いつきもしなかった。平然としていた。それが傑作なのよ。階段の窓のところで、煙に曇った空を仰ぎ、「神よ、我等の罪を許したまえ」と祈っている人がいた。邦子は呆れて惚れ惚れと眺めていた。彼女は何か話しかけられると、誰にでもにっこりと笑ってやった。避難民のあいだには、垣根はなかった。もともと垣根は防火の邪魔になるというのでとりはらわれてしまっていた。真暗な夜が来ると次から次へと、ざらざらの手や足が邦子の手や足にさわりに来た。彼女はズボンのバンドをしめなおし、そこらにあった下駄の片っぽをつかんであたりかまわずごつんとやりかえした。痛え、というだけでひっこんでゆく。また別のが来る。父のことも母のことも思わなかった。あたりの人々が熱心に相談しているように、田舎へ帰ろうなどとは毛頭思わなかった。人々は、田舎の話をはじめると、途端に友情にあふれ感傷的になって、見ず知らずの人にまで、じゃいらっしゃいよ、わたしたちについていらっしゃい、などと先方が受け容れてくれるかどうかなどてんで考えずに、ただ矢鱈と約束をしていた。戦争の話をしているものもいた。一人だと、誰も戦争のことなどてんから考えない。それが二人になると、負けるな、これゃ、ねえ、などと云いあい、三四人になると、どうなるのかねえ、これゃ、と言い、十人以上になると、なあに大丈夫さ、東京ぐらい焼けたって、かえって広々として決戦をするにゃ便利だろう、第一焼けてしまえば後は焼きようがないからねえ、B《ビー》29さんも用がなくなるねえ、などと云った。邦子は、片隅から人々の動きの露骨さをじっと見詰め、何か壮烈な、と言いたい感動に襲われていた。身うちがぞくぞくした。大丈夫だ、窮しても死にさえしなければ、そのうち必ずどうにかなる、と決心した。学校では自殺者が出たり赤ちゃんが生れたり、何一つ傷を負っていないのに、夜が明けたら冷たくなっている人が出たりした。孤児がたくさん、いた。「政府はいまに諸君をあつめて手厚く世話をして、必ず例えば国児院とでもいうものをつくります、ここでそのことを堅く約束しますぞ」と演舌を使っている老人がいた。大臣がサイドカーで見舞に来たということだった。大臣は戦闘帽を上下左右にふりまわし、「罹災者諸君！　裸一貫になったその意気と熱を直ちに米英撃滅の戦力化しようではないか！」と声を張りあげた。すると自分で代表を買って出た男が「大臣、やりますぞ。誓って米英復仇のために戦い抜きますぞ！」と云った。三月十九日の早朝、邦子は、ホテルで働いていた深川在住のウェイトレス仲間の消息を求めて電車をのりつぎ、電車のなくなった先は歩いていった。消息どころか、荒涼たる焼跡では、第一どこがどこやらわからなかった。一家全部、焼け死んだものと思われた。何もつかめなかったが、その代りに、邦子は富岡八幡宮の境内でえらいものにぶつかった。境内——と云ってもしかし、どこに本殿があり拝殿があったのかさえ見当がつかなかったのだが。猛火で赤茶けた色になり、触れると表面がぼろぼろ落ちて来る石の鳥居と石畳と石の階段しかなかったのだが、その階段の左前に小さな机が一つ置いてあり、机一杯に地図がひろげてあった。あたりに巡査や役人や憲兵がうろうろしていた。邦子は何か配給してくれるのかと思って近づいて行くと、呶鳴りつけられて追っ払われた。樟《くす》と黐《もち》の樹は葉を焼かれ、幹も黒く焦げていた。あたりには、この境内へ避難して来た人々の荷物の残骸が、これもまた焼け焦げて散乱していた。火が襲って来たので、荷物を放り出して逃げ、どこかで焼き殺されたのであろう。役人たちは、それらの残骸を蹴っころがして整理した。何があるんだろう、と思って、邦子は少しはなれたところに立ちつくしていた。十時過ぎかと思われる頃、砂塵をまきあげてぴかぴか光る小豆色の自動車の列がやって来た。ああ、そうか、と思うと自然に彼女の頭は下った。長剣をぶら下げた軍服姿の天皇が自動車から下り立った。磨きたてられた長靴だけが視野に入った。役人たちが地図をひろげた机に近づいては、入れかわり立ちかわり、最敬礼をした。廃墟の真只中で、奇怪な儀式をしているような有様だった。ここぞと人々がよって来た。焼跡を掘っくりかえしていた鳶口を下に置き、円匙《えんぴ》を前に置き、しめった灰のなかに土下座した。早春の風は冷たかった。何一つ遮るものとてないのである。風は焼跡の、灰の臭いとも鉄類の臭いとも、何とも云えぬ陰気な臭いをのせて吹き抜けた。土下座して涙を流し、わたくしたちの努力が足りませんでしたので、むざむざと焼いてしまいました。申訳ない次第でございます、生命をささげまして、などと口のなかで呟いている男がいた。邦子はびっくりした。彼女もいつか土下座していたが、そんなになにもかも、〝みんなあたしが悪いのよ〟というものなのかな、と思った。何か身体中が痛いような、痛烈な感じであった。

鹿野邦子にとって戦争とは、わが身にじかに襲われてみると、その正体は性と天皇に象徴されるようなものだった。二つともタブーになっているものだった。そしてそのタブーからの、妙な工合の解放にちかいもの、がうかがわれぬでなかった。戦争はタブーの上で、焼跡にまき起る灰の雲のようにますます多種多彩のタブーをつくり、戦争そのものまでがタブーになりかけていた。

ああこのタブーどもが、灰の雲がきれいに吹きはらわれたらどんなにかいい気持だろう、そのときこそ青空が本当の青空になってくれはしないか、あのシシリー島の青空のように、と康子は邦子の奇妙な工合に率直な話を聞きながら考え、二十五ほども年下の少女を、瞠目する思いで見詰めていた。一気に話しつづけて、邦子は、ははは っ、と例によって短く笑った。隅々まで解釈の届きかねる、この乾いた笑い声を耳にして、康子はへんに感動した。

電話交換機の上に鼠が二匹、出て来た。凝っとこちらを見ている。この戦争は、どういうかたちをとるにしても、もう一年と続くわけがない。全部焼けてしまえば、それでおしまいなのだ。それが、邦子を通じてはっきり見透せた。戦争は災殃の極限でどんなものに質を変えるか。康子の眼には、土下座しているのではなくて、焼跡に、二本の足で、ちゃんと立っている邦子の姿が見えていた。邦子のまるまっちい顔や熟しかけの胸を見ていると、自分がとじこめられていた恐怖の殻が少しずつ剥げ落ちてゆく、と感じられた。白い皮のようなものがはらり、はらり、と剝落してゆく、それがまざまざと眼に見えた。自分にとって戦争とは何であったろう、彼女は無意識のうちに過去形で考えていた。また伊沢信彦にとっては戦争とは何であるか、この方はしかし、やはり無意識のうちに、現在形で考えていた。そして菊夫にとっては……？

これは、はじめからしまいまで、死、ではなかろうか。死という、がくんと窪んだ溝が菊夫の眼前に在る。そこへ数々の若い肉体が、どさりと陥ち込み投げ込まれるのだ。だから、万一彼がいのち助かって戦争の方が野垂れ死にするまで生き伸びたとしたら、どんなものをひっさげて登場して来るか、溝から向うのことは——、彼女にも想像出来なかった。菊夫の妻、夏子にとっても、矢張り、死、ではなかろうか。身籠った夏子は肺結核と診断されていた。そのことを菊夫には云ってくれるな、と頼まれていた。康子は京大理学部で、チャーチルの肺炎をなおしたというペニシリン、日本式ペニシリンが創製されたという話を聞き、何とかして手に入れたいもの、とねがった。が、ペニシリンは結核にはきかぬと聞かされた。深田英人にとってはどうか、これははっきりしていた。共産主義、これだけが問題であった。安原克巳にとってはどうだろう、初江さんにとっては……。伊沢のお婆さんにとっては……。それでは最後に、自分自身にとっては、と康子は自問自答した、そしてつい何日か前に伊沢とかわした会話を思い出した。何を話していたのだったか前後がぼんやりしているが、ひょいと伊沢が云った。

「そう言えば、僕たち、結婚したらどうだろう」

まったく何気なかった。二重底が一つになったような感じであった。それが戦争だったか？

昭和二十年五月——。

菊夫から遺書のような手紙が二月下旬に来て以来、ふっつりと便りが途絶えてしまったので、康子は怺《こら》えきれなくなって五月の下旬、面会の通知も許可もないままに一晩泊りで土浦まで行き、霞浦航空隊の門前で、（当然のことながら）追い払われて霞浦の水を見下す丘を下りながら考えていた。

——みんな死ねばいいんだわ！

みんな死ねばいいんだわ、と。

坂道の処々方々に、年老いた女や男が食べ物を入れたらしい袋を背負ったり手に提げたりして立ちつくしていた。門から兵が出て来ると、人々は一斉にどよめいた。丘の上の霞浦航空隊は学徒出身の予備学生を収容し、坂下の霞浦の水に臨んだ土浦航空隊は予科練と呼ばれる少年航空兵を収容していた。食べ物をもっておずおずとあたりを見まわしている人々は、いずれもみな、一目でも、偶然にでもいいから息子の顔を見、一言でもことばをかけてやりたいと、遠くから苦労して切符を手に入れてやって来た人々であった。康子自身も、邦子が方々をかけまわって用意してくれた餅、天麩羅、煮豆、数の子などをお重《じゅう》に入れて、空しく提げていた。留守のあいだには邦子は夏子のためにバターを手に入れてくれることになっていた。みんな死ねばいいんだ——、そうすれば広々とした霞浦の水は水だけ、丘や山や平地は、筑波山は筑波山だけになる……。その方が……、静かに、なる……。湖をわたって風が吹いて来ると、自分自身があたかも張り詰めた絃《いと》か何かであって、風に吹かれて、高い、聞くに堪えない音を鳴らし出《い で》ているかのように思われた。そしてそこにもここにも年老いた男女の絃が食物の包みを提げて、高い、低い音をたてている。丘の下の土浦航空隊からは甲高い少年の声が予科練の歌という悲しい旋律を送って来た。

その夜、康子は伊沢の生家である、水郷の潮来の宿屋からの紹介で霞星楼という料理屋に泊めてもらった。伊沢は潮来で康子を待っていた。はじめ霞星楼の女中部屋へ案内され、そこで彼女はこの料理屋兼女郎屋の親方から菊夫は九州の方の基地から、この〝霞空《かすくら》〟へまた戻って見えたという話は聞いたが、私のところへはお見えになりません、と聞かされた。直接、隊へ行ったのでは隊内へ入れてもくれず、聞くことも出来ないことが、料理屋の親方に聞けばわかる……。そしてこの料理屋で、彼女は航空隊の士官たちの言語に絶するほどに物凄い宴会ぶりを見せつけられた。咽喉まで、デカダンス、ということばがこみ上げて来た。どの部屋も事実一杯だったので女中部屋へ案内されたのであったが、部屋の襖を一目見ただけでぎょっとした。赤茶けた襖には、墨のあとも黒々と、敵艦轟沈、と書きなぐってあって、某々中尉という署名がしてあった。字の下には、単発の飛行機が真逆まに軍艦に突込む図が描いてあった。しかもおどろいたことには、この絵の更に下の方に、矢張り墨で、目をそむけたくなるような、抱き合った男女の図が描いてあった。夜が更けてから、一部屋あきましたから、と案内された部屋の金屏風には、片面に茶筅と抹茶茶碗と蟹の絵を描き、茶を嚙む明日不知身の三昧境、猿は知るまい石清水、と書きなぐられ、別の面には一字一尺角ほどの、感神明、という文句が大書してあった。それぞれ、少尉中尉大尉などの官姓名がしるしてあった。芸妓出身らしい年老いた、描き眉に金歯の目立つ女中に訊くと、これらを書いた人々は、悉く既に戦死していた。二階広間の、激烈な叫び声を伴ったどんちゃん騒ぎを聞きながら老女中と話をしていると、突然、庭前でどすんどすんと物凄い音がした。一瞬、康子は爆弾か、と思ったほどだった。遮蔽用の暗幕のあわせ目からのぞいてみると、酔った士官たちが二階から畳を投げ下ろしているのだった。卓袱台や皿小鉢まで投げつける、畳がぶつかって石燈籠が倒れる……。沙汰の限り、乱暴狼藉にも程があろう、と思われた。

「こんなことは、毎度のことでございます」

と老女中はにこりともせずに云ってのけたが、六十畳にあまる畳を悉く二階から庭へ投げ下ろしてしまったようだった。そして、畳を剝いだあとの床板を踏み鳴らしながら、何十人とも知れぬ士官たちが、階級としてははるか下の予科練習生の歌をうたいながら狂酔乱舞し、いさかい、あるものは酔い泣きをしている。何ということだろう、と康子は思った。たとえ死が明日に迫っているからというにしても、彼女には、この集団的な狂乱を、一人の母親としても是認することは出来なかった。そのうち、玄関の方でも大騒ぎが起った。何事かと見に行った老女中は、癖の悪い士官が刀を抜いて居合抜の真似をはじめたので、陸軍の憲兵を呼んだところ、その憲兵が只の上等兵だったので士官たちがとりかこんで大騒ぎをしている、ということだった。居合抜などとは、香具師の見せものではないか。恐しいデカダンスが襲って来ているようであった。彼女はふと、海上護衛総司令部の福井中佐と深田老人がホテルの八階の部屋で会談したとき、老人が、軍は一億国民にやぶれかぶれのやくざになれというのですか、とことば鋭く切りかえしたことを思い出した。福井中佐は空襲で私宅を焼かれ、いまは同じ新橋ホテルの五階にいた。

夜半過ぎ、警戒警報が発令された。すると、乱痴気騒ぎはぴたりと止み、どどどと階段を駈け下りる音がして五分かからぬうちに屋内は、ひっそりと静まりかえり、何台ものトラックが砂利を嚙んで走り去った。その引揚げぶりはたしかに水際だっていた。けれども、それだけでは康子のうけた不快な印象を払拭するには足りなかった。警報は三十分ほどで解除になったが、康子は眠れなかったので、帳場へ行ってお酒の残りでも少しありませんかしら、と遠慮しながら訊ねると、都合よく先刻の女中が通りかかって、日本酒の残りはお持ち帰りになりましたが、これなら、と云って半分ほどのこったウイスキーの瓶を部屋へもって来てくれた。大洋《オーシャン》という民間ではあまり見ないウイスキーであった。それで、別途、上野から佐原の町へ出てそこから通い舟で潮来まで来ている筈の伊沢のことを想い、ウイスキーの残りを二本分預けてもらい、老女中と遅くまで話し込んだ。女中は一旦引取ってから、数十枚もの色紙や短冊をもって来て見せてくれた。若い筆者たちの大半は、既に死に果てていた。そのいずれにも、石射菊夫という署名はなかったが、女中は覚えていて、遠慮しながら酒癖はあまりおよろしい方ではありませんでしたわよ、と云った。康子は、そのことばから、内心は荒れ果てすさみ切ったような菊夫の姿を想像せねばならぬ不幸に堪えかねた。そして学生時代の菊夫が口癖のように云い続けた〝純粋〟ということばを思い出した。恐らく彼は、特攻隊として出撃して死ぬことを、純粋に徹する、という風に考えているのであろう。人生はしかし、純粋ということよりもむしろ、もろもろの処理しがたく解きがたい葛藤のなかにその実体を用意している筈である。康子の、菊夫とその同世代に対する愛惜《あいじやく》は、菊夫の好きな純粋というものがいつか裏切られ、処理しがたい実体をば醜いものとして見るにいたりはせぬかという、そういう反動に対する憂いと同居していた。老妓が見せてくれた数々の色紙のなかには、川柳の連句のようなものもあった。

……生きるのは良いものと気が付く三日前、後三日、酔うて泣く者、笑ふ者……人魂を見たぞと友の青い顔、女房持ち、人魂行きつ戻りつし……真夜中に遺書を書いてる友の背、俺の顔青い色かと友が聞き……体当りさぞ痛からうと友は行き、痛からう、いや痛くないとの議論なり……訣別に友は少うし改まり、必勝論、必敗論と手を握り……慌て者小便したいままで征き、機上にて涙の顔で笑って居……死ぬ間際同じ願ひを一つ持ち、あの野郎、征きやがつたと眼に涙——これらの悲しい、そして素頓狂な川柳は、「浜までは海女も蓑着る時雨かな」という句で結ばれていた。ほかには、地球を抱いてぶつ倒れろ！　とか、何も思ふな、考へるな、ただ征け！　征つてこの国が、この民族が救はれるなら！　ということばが眼を射た。これらの若者たちは、既に死んでいる。そして自分は、どう仕様もない憂いと悶えを抱いたまま、そのなかに自ら生き埋めになろうとしている。彼女をも含む、第一次世界大戦後、そして昭和の二十年を動かして来た世代が、この事態をもたらしたのだ。急に寂かになった料理屋の上を、味方機らしい爆音が一つ二つうなって過ぎて、やがて再び警戒警報が発令され、つづいて空襲警報が出た。航空隊の基地のある場所とは思われぬ程に不用意な、庭先の素掘りの防空壕に案内され、先刻二階から投げ出された畳で蓋をしたなかにうずくまった。菊夫が遺書同然の手紙をよこしたなり便りを絶っていることは、何か不吉な、卑怯な振舞いをでもしたのではないか、と思わせる……万一菊夫に会えたら、将来、伊沢と結婚するかもしれない、と告げるつもりであったが、この一事にしても、将来米国に敗れた場合、果して伊沢の現在の妻であるローラとの離婚手続きがうまく運ぶものかどうか、どのような条件が未来に待っているものか、想像はつかなかった。また米軍による保障占領といったことが起った場合、伊沢が米国人の妻をもつということがどういう、有利な、或は不利な事態を惹起するものか、これも想像出来なかった。

翌朝、土浦から霞浦をわたって潮来まで行く船は、警戒警報とこのあたり一帯に集中している航空隊用の物資積込みのために、予定の時間を二時間も遅れて出航した。船の名はあやめ丸といったが、この船に乗ってこの水の上を土浦から潮来へ、或は逆に潮来から土浦へと、云い換えれば息子の菊夫から伊沢へ、伊沢から菊夫へ、そしてもう一度云い換えるなら、戦いを戦い抜いて、死んでこの国、この民族を救おうとねがっている者と、早く戦いをやめてこの国、この民族を救いたいとしている者のあいだを、黒い水をわたって往復去来するのも、もう四度目か五度目になるのであった。伊沢の生家である潮来の宿屋の一室には、少々頭の調子の悪い、そして耳の遠い、従っていかに頭上近々と敵の艦載機が飛び爆撃銃撃を繰りかえしたとしても、いささかも戦争とは関係のないお婆さんがいた。そのお婆さんは、八十歳に近かったが、意外に顔に艶があり、いつもにこにこ微笑んでいた。霞浦から流れ出て利根川へと注ぐ、北利根川のゆったりとした水の流れを眺めて、お婆さんは日を送っていた。一日中毛糸を編んでいた。恐らく長方形の、肩掛けとも何ともつかぬものが編み上ったら、またほどいて編みなおすのであろう。川の流れに向って坐ったそのお婆さんの姿は、胸の裡が痛くなるような、正しい存在、と康子には看えるのであった。この前来たときには、湖は大荒れに荒れて波が甲板を洗い、出入口の隙間から水が浸み込んで来、積み込まれた軍用の真空管の荷箱が流されたとかで大騒ぎをした。その荷を拾いあげるために、船は横波をくって顚覆しそうになった。そのとき彼女は、ここで、この広々とした水のなかで溺れて死ぬのだ、と静かに考えていた。太い竹の筒二つを麻縄でつないだだけの救命具を前にして、坐っていた。そして今日、いささかの波もうねりもなくて、船はぐいぐい水を押しわけて進んだ。その船尾に立ち、分厚い、ゆったりとしたうねりに乗って上り下りしている水鶏や鴨などの、どこにも非のうちどころのない、自然な姿を眺めていると、矢張り死について思いをひそめたくなるのを避けることが出来なかった。水に浮ぶ鳥たちの姿が、あのお婆さん同様に正しい存在と看えるということは、水鶏も鴨も気狂いだということとか、などという異様な考えまでがどこからか誘い出されて来る。ホテルでの生活は、たとえ午前十時から十二時までと、午後は五時から七時まで水が出、それをバケツに汲んでいつも部屋裡においてあるとはいうものの、あまりにも水気がなくて、乾いてかさかさの生活だから、水辺に来ると自然に眼と身体がうるおって来て、それで死を想ったりするのか、なども考えた。彼女は上野駅を出てからのことを思いかえしてみた。通路は云うまでもなく、網棚や腰掛の背にまで人を乗せた列車は、動き出してからも自信がなさそうで、駅のあるなしにかかわらず、どこまでもほとんど任意のところで停止した。この先、あの焼けビルの向うは海だ、とはっきり見てとれるような焼跡にさしかかると、列車は何かに追われた尺取虫のように喘ぎながら走り出した。まだ空襲のはじまったばかりで、ほんの一機か二機のB29が偵察に来ていた去年の秋の頃、矢張りこの汽車に乗って家々の立並んだ都心から、工場と商店としもた屋の混みあったあたりを通り抜けて郊外へと出て行ったとき、かつては郊外へ郊外へと溢れ出していた都会の熔岩流が、敵機の眼の下でぴたりと流れを止め、未来に待ちかまえているものから来る恐怖で凍りついたように思いなされたものだった。彼女は朝早くから上野駅に行っていたお蔭で、どうにか客車の一番隅の席に腰掛けることが出来た。そうして彼女は、バッグのなかから、新聞紙のカバーをかけた、兄の安原大佐のガダルカナル島での手記ノートを取り出して読もうとした。ホテルでの孤独な部屋のなかでは、どうしても恐しくて、一週間に一頁か二頁ほどしか読めなかったのだ。しかし孤独な部屋のなかで正視出来ないものは、人々の只中ではなおさらであった。

十一月二十五日、此の頃、日の出を見ないものが増える。餓死者は多く夜の真黒闇の内に昇天する。闇夜の神秘が人の霊を呑むのであらうか？　……十二月二十七日、立つ事の出来る人間は、寿命は三十日間、身体を起して坐れる人間は、三週間、寝たきり起きれない人間は、一週間、寝たまま小便をするものは、三日間、ものを言はなくなつたものは、二日間、またたきをしなくなつたものは、明日。……

一日一日、昭和も十八年になつた。最後の食糧が生き残り全員に分配された。乾パン二粒と、コンペイ糖一粒だけ。……

一月三日、生きてゐるものと、死んでゐるものと、腐つたものと、白骨になつたものが枕を並べて寝たまま動かないのだ。不思議に屍臭さへ匂はない。俺自身腐臭芬々としてゐるのだらうから。敵の放送。「薬もあります。食糧もあります」えい！　止めてくれい！　……

一月二十日、水、水、水。水は人体の大部分を占めるものである。水、水がほしい！　……

絶対の孤独の人間には、笑ひがなく怒りもない。……

矢張り、読めなかった。発車してすぐ、眼をそらして窓外を眺めていた。窓外と云ってもガラスは破られ、枠のところにギザギザの破片がとがっていた。目を遮るものもない焼跡に突き立っている四本の煙突を見つけた。根本から露出している煙突が、ときに三本に見えたり二本になったり、奇蹟のようにも重なりあってたった一本になったりした。四本、三本、二本、一本、そして再び二本三本四本――その珍しい景色を眺めながら、正常な気持でいられる時間がごくごく少くなっている、と感じた。また、まだ焼けていない町や村のなかを通り、人の家々のなかでの、間のびのしたたたずまいがはっきり見えることが不思議な気がした。汽車のなかの人々というものは、すべて何かに気をとられているか、或はこの世の外の者であって、そんな者どもに飯を食っているところを眺められようと、寝そべっているところを見られようと、それは一向平気、何の関係もないものときめこんでいるように思われた。それほどに、一体自分は、眼だけしか持たず、ほかには何物にも気をとられず何もすることがないような女になってしまったのか、と反省してみた……。いや、と彼女は考えた、用事が、考えてみなければならぬ用事がいっぱい、ある。第一に、と思い切ったように彼女は自分の心のなかへ踏み込んでいった、会えるか会えぬかわからぬ、いや会えないにきまっている菊夫を尋ねて土浦へ行くというのも、実は伊沢との心身の往来《ゆきき》を誰かに、神がないからには、せめて菊夫にでも直接承認してもらいたいがゆえのことではなかったろうか、と。そればかりではない、問題は山積しているのだ。

井田一作のことがある。井田一作は、伊沢と康子が、秘密に聯合軍占領下のドイツ国民が、旧指導者、すなわちナチスのボスたちに対してどういう態度に出ているか、聯合軍がそれらの〝叛徒〟たちをどう処遇しているか、また聯合軍占領下のフランス人やイタリー人たちの旧指導者に対する反抗と、それに対する聯合軍の態度の調査をしていることを、どうやらつきとめたらしかった。それは、実は深田英人の依頼で着手した調査であった。だから二重に危険であった。枢密顧問官である深田英人は、聯合軍の保障占領下に於ける国体護持、すなわち現在の社会と国家の秩序、もう一度云い換えれば自分たち自身とそのボスが重臣高官として、また相変らず国民の首領として存続し得るか否かを研究する参考として、依頼したものであった。しかし、井田一作等の眼から見れば、苛烈な戦局下に、そのような叛徒たち（これは深田顧問官のことばであった）——についての調査研究を進めることなどは、明かに非国民的な行為であり叛逆行為とうつることは疑いを容れなかった……。それは、結果としては井田一作等を現在のままの制度のなかに護持してくれることになるかもしれなかったのだが……。彼は、伊沢が情報局には告げずに、独断でリスボン、ストックホルム、チューリッヒ、モスコウなどの中立国に在任する特派員に調査依頼を打電したことをつきとめたのに違いない……。一緒に働いているニ世のなかに裏切者（？）がいるようであった。その報告がぽつぽつ入りかけていたので、一応の整理ととりまとめる仕事とを、霞浦の水をわたって潮来の宿屋についたら、そこで待っている伊沢と二人でやることになっていた。そういうきっかけがあったこともあって、会えないとは知りつつも土浦をまわってみようという気になったのであった。しかし、ひょっとして井田一作が伊沢の後をつけて潮来まで来ていはしないか、とふと思いついて身慄いをした。そしていそいで狭い船室と軍用の荷物や食糧を積み上げた甲板を見まわした。船室の屋根や荷物の上には、疲れた兵隊たちがごろごろ眠っていた。

気懸りなことはまだまだあった。身籠って七カ月になる夏子の病状は次第に悪くなってゆくらしいし、それに、菊夫の学生時代の友人の、久野誠という青年が、夏子のいる国府津に疎開し、しげしげと夏子の病床を訪ねていた。薬や牛乳の心配をしたり、甚だしいのは中古の乳母車をさがし出すことまでやってくれているという話であった。久野青年は、康子の弟の安原克巳のところへ出入りし、左翼がかった映画研究会をやったとかで検挙され、夏子と同じく結核になって漸く釈放されたばかりであった。このことについても康子は井田一作から忠告をうけたことがあった。何分まだ保護観察をうけている身分ですからね、と。それに、同病相憐れむ、ということもある。それでなくても菊夫と夏子は、戦時の、生のいそぎに駆りたてられて結婚したようなもので、また結婚といったところで同居生活は全部合計しても一月にはならない、正味二週間ぐらいのものにすぎなかった。夫婦としての和合は、残酷に追い詰めてゆけば、仮象のような精神的なものと性に於てしかなく、生活としてはまったく存在しない……。悠久の大義とか、時局とか、民族を救うとかいう、あまりに痛切すぎることばかりを云う菊夫と、そんなことは決して口にしない久野青年とでは、と考えると、康子の眼にはこの時期に妊娠させられ、その上になお胸までやられて、はじめて人生の川底にひきずりこまれ、足の裏を冷たいぬめぬめする石につけて戦《おのの》いている少女の顔が浮び上って来る。菊夫に、滑って倒れそうな夏子を抱きとめる力があるか……。ことばでは、滑りどめにはならないだろう。久野青年はどうか？　倒れてしまったら、そのまま死の方へ流されてしまうのだ。そして父の深田英人は、重臣の、高官の、と云われる人らしくもなく、或はまさしくその人らしく、康子が鹿野邦子と協力して苦心のあげく手に入れたバターや食用油などの栄養物を、夏子から横取りしているらしいふしがある……。久野青年の奔走で、一日三合ずつ、附近の農家からもって来てくれる牛乳のうち、二合は父が飲んでしまうのよ、と夏子が訴えたことがあった。痩せて、漆塗りの古仏のようになった深田顧問官にとっては、国体とか政治的地位などとバターや牛乳などとは、結局同じもの、同質のものじゃないのか、と猜されることすらあった。ここでも、康子から見て、美しいのはことばだけであった。また弟の安原克巳は、満鉄の嘱託から更に一歩進めて、直接参謀本部の奏任待遇嘱託になったらしかった。克巳は、満鉄の調査部は危いんだ、参謀本部だと再検挙されるにしても手続きが大変なんだ、と弁明していたが、克巳の妻の初江は、夫の行動にいまはもう文句もつけず黙って見ていた。初江が黙っていればいるほど、克巳は躍起になって説明をする、日本は必ず勝つのだ、勝って統制経済が維持されたこのままのかたちで、戦後に、社会主義体制へと移ってゆくのだ、と。

「それじゃ、軍部社会主義《ミリタリイ・ソシアリズム》みたいなものが出来て、それがずっと続いてゆくの?」

と康子が反問したことがあった。ミリタリイ・ソシアリズムという、舌のもつれそうな云い方は、伊沢に聞いたものだった。伊沢信彦の話によると、近衛公爵の新体制提唱、大政翼賛会成立以後の日本のことを、アメリカではそう呼び、アメリカの財界は、太平洋の向う岸に軍部独裁や社会主義などが成立するのは断じて許せない、としているという話もあった。こういう

問いに対して克巳は、

「そんな、英語で云えるようなものじゃないよ。とにかく一国社会主義じゃだめなんだよ、東亜共栄圏全体が戦争を通じてそうならなけれゃだめなんだ」

と擬トロツキズムのようなことを云ったりした。要するに、わけがわからぬとするよりほかに仕方がなかった。また克巳は、中国全体については何も云わないで、王道社会主義とかいうものに移行するのだという満洲国のことばかり云っていた。気になることがまだまだあった。四月の中旬、菊夫からの最後の手紙が来てから一月ほどたった頃に、康子は鹿野邦子から、あたしの誕生日だから来てえ、といわれ、ホテルの電話交換室の何度目かの招待をうけたことがあった。邦子がどこからか手に入れて来た純綿の白米御飯に、鰹節や胡麻や乾した蜜柑の皮の砕粉やその他をまぜあわせたふりかけ粉をかけて御馳走してくれた。そのとき、康子は驚くべきことを聞かされたのであった。菊夫さんは、いま九州のどこかの基地にいるらしいけれど、また土浦へ戻るっていうわよ、と邦子が何気なく云ったのだった。

「えっ？　どうして？　どうしてそんなことわかったの？」

前から、邦子と菊夫のあいだに何かあったらしいとは母親の本能で感じていたのだったが。とはいうものの、邦子が夏子の病気を心配してくれて栄養物の都合をつけてくれたりしたので、そうしたことはなかったのかな、とも思っていたのだが、邦子の挙動や言葉には康子の常識では解釈のつかぬものが多々あった。

「ええと、あたしのよ、同じ村から出た予科練がね、そう云って来たのよ……」

と邦子は答えたが、本当なのか嘘なのか、つかめなかった。菊夫から何かの方法で直接邦子にそういう報知をしたもの、としか思えなかった。たびたび文通をしているのか。邦子同様、菊夫についても何とも解しかねるものがあることを認めなければならなかった。更にはまた、康子は、空襲でホテルの地下室に追い込まれ、そこで井田一作と対決したとき、彼が『地獄ですね』とか『私は実は沖縄出身なんですが……』と云ったときに示した、彼女に対する態度の微妙な変化を、その意味を、当然、認めようとしなかった。

あれこれと思い煩ろうというのではなく、自分自身がその結び目となっている、直接の身のまわりを見まわすだけでも、到底処理しきれないものばかりであった。しかし、処理出来ないとは云うものの、その一つ一つは、いつかはおさまるところへおさまらねばならぬのである。そのいくつかは、血を見るようなところまで発展するかもしれないし、その過程で自身が死なければならぬようなことになるかもしれない。彼女の眼には、何もかもがむき出しになって見えていた。爆弾や焼夷弾が、中空《なかぞら》にどんな理念の雲が漂っていようとも、たとえそれが神州不滅というそれであろうとも、そんなものにはおかまいなしで降り注いで来るように、平素ならば各人の日常生活自体が蔽いをかけて事のどぎつさをやわらげてくれるようなもの、そういうものの一切を戦争は次第に剝ぎとっていった。生活という、無限定な筈のものが、生きているかいないか、米があるかないか、靴下やシャツのかけがえがあるかどうかという、口と胃の腑と皮膚までぎりぎり限定されて来ていた。どんなことについても、何の幻想ももつことが出来なくなっていた。またそのなかに身を托し、溺れたくなるような、どんな種類の感情をも見出せなかった。もしあるとすれば、それは矢張り神聖不可侵ということになっているものとか、大義とかいうものについてのそれでしかなかった。青年には、その中で個我を処置し得るような、感情が必要であった。だから、菊夫が大義とかいうもので始末の出来ぬものを、それらのタブーから自由な邦子に訴えるということは、ありえないことではなかった。夏子は菊夫の主張する大義の犠牲者ということになってしまうのか。弟の克巳にしても、かつて弱年の頃に抱いた、菊夫のそれとは正反対の思想が、充分に自身のものに、つまり個人のものにならぬうちに現実の諸条件に追い詰められ、転向とか何とかいうことではなくて、思想自体が解体をはじめ、結局は何とも為体《えたい》の知れぬことになっている、いまのあの状態が、偽装や何かではなくて、あれが本音なのかもしれない、とは、どうにも避けがたく考えさせられることであった。そして初江さんは〝いまに人民大衆が〟という思想と初江さん自身とは分ちがたいまでに一体のものとなり、克巳の傍で黙って我慢をしている……。男が思想的に転々とする毎に、女がひどい目に遭う……。

けれども、

――だからと云って、これらの一切は、自分が伊沢の心と身体を求めてやまない、なりふりかまわずに、別にこれといって不退転なものをもつわけでもない伊沢を求めることの弁解にはならない……。

汽車から下りて土浦の駅から霞浦航空隊の門までの、二里ほどの道を歩きながら康子は思い耽っていた。ところどころに、背の高いポプラの樹が五月の風に葉裏をかえしていた。真直ぐな道の果てを眼で追いながら、自分自身と身のまわりの入組んだことをひとつひとつ箇条書きにでもするように挙げてみて、ふと小さな橋の真中に佇み、食べ物の包みを砂利の上に置いて両手で橋の欄干をしっかりとつかまえた。眩暈を覚えたからであった。航空隊のトラックが驀進してゆく道自体が、トラックといっしょに走っていって、恐しい速さで自分から遠ざかってゆく、と感じたのであった。道が、足許から、コンヴェア・ベルトのように走り去り遠ざかってゆく……。くらくらっとして欄干にしがみつき、ふと目の下を見ると霞浦へ注ぐ小川は走り去る道とは直角に、あたたかくゆるやかに、流れていた。黄味がかった泡が水の表面に浮かんでいる。ぶるぶるっと犬のように身ぶるいがしたくなった。重ねて眩暈を起しそうな、陥穽のようなものが眼に見えた。こんなとき、菊夫が傍にいてくれたら、と思うと、軍服姿の息子ではなくて、幼いときの〝菊ちゃん〟とよりはほかの呼び方をしなかった頃の姿が水に浮かんだ。

幼い子供というものは、自分の役割や負担すべき分け前などまったく知らないままに、母親の痛苦に対しては、その苦しみと悲しみの全部を、隅々まであまさず理解しているような表情を浮かべることがある。この川に笹の葉か紙で小舟をつくって流してみたら――、しかしそれにしてもかたわらに幼い菊夫がいたら、小舟を流して占ってみるにしても気持の負担はずっと減るであろう。子供はそれを占いとはとらないであろう。湖の方から冷たい風が吹いて来る。身をのり出して水に顔を写している康子の頭上では、風を切る電線が提琴の最高音のような音をたてていた。

――みんな死ねばいいんだわ。

しかし何を占うのか、占わねばならぬものがあまりに多すぎる、これでは小舟は水に浮かべられたその瞬間に、とまどって沈んでしまうだろう。沈むことにかけては、いつか福井中佐が深田老人に打明けた、マンモスキャリヤーという六万二千トンの航空母艦信濃も笹舟も、何の差別もない。そして、これらすべてのことどもは、自分の息子に云うべきことではない。何故なら、もし菊夫が聴いてくれるとしても、彼に云えることは、本当は何もないだろう。何も云うことがなくなるようなことを人に話すものではない、もし強いて云うとすれば、それは、(神があるならば)神様に向ってこそ云うべきであろう。子供に云えないとならば、それは矢張り伊沢に話してみるより他ないであろう、たとえ彼がどんなにとんちんかんな返答をするにしても。伊沢に——恋人に、と考えて彼女はたったひとりで、橋上でくすくす笑い出した。しかも笑っているうちに、狂したようにもっと大きな声で湖の全体に向って笑いたくなって来る。神様などと考えたすぐあとだったので、神様といい、恋人といい、人生で最も大切な筈のものを日本語としては何とも熟していないことばで考えねばならぬ奇怪さが、人々の生きる世のなかの歪み、狂いとして、表も裏も上下左右ともども、凸凹に歪んだ鏡面が湖の上の空にあらわれるのが、眼に見えたからであった。生活の底土が、この頃多い地震のように、一つ一つの衝撃が来る毎に、ずず、ず、ず、と沈下してゆく、と感じられた。康子をめぐる人々の、人間関係の表面には、これまでのところでは何の変化も認められなかった。井田一作は相変らず彼女につきまとって何かを引出そうとし、菊夫は特攻隊であり、深田老人は枢密顧問官であった。けれども、この頃全国的に連続する微震が、それと気付かぬうちに焼けのこった家の柱を少しずつ傾かせたり壁に小さな亀裂を生じさせたり、夜を守る雨戸や襖をぴったりとしまらなくさせたりしていた。

舟行三時間、さいわいに空襲を受けることもなく船は潮来も間近いと思わせる、中国のクリークのような北利根川に入り、のんびりとした汽笛を夕暮の霧のなかへ吹きあげた。兵隊たちは牛堀というところで下りた。クリークの両側には、これも中国の中南部を思わせる、見渡す限り平たい景色が続き、これ以上は何も望むことがないという、平和な、そして平静な平野の夕暮だけがのびひろがっていた。

つんつるてんの絣の着物をきて下駄をつっかけた伊沢が迎えに出ていた。東京ではもう見ることのなくなった、まるまるとふとったむく犬が足許にじゃれついた。


伊沢と康子が潮来で秘特書類の整理を終り、要項をまとめ出した頃、井田一作は受話器を耳にあててにやにや笑っていた。A署からの電話であった――鹿野邦子という娘を不審訊問でつかまえた、場所は愛宕山の国策通信社の使っている傍受所の近辺で、闇米を五升に砂糖を一貫目、南京豆を三升にバターや牛肉など闇値で千円近いものをかついでいたので、一応ホ署までひっぱった、娘は、自分では新橋ホテルのウェイトレスだと云い、もっていた米その他は枢密顧問官深田英人にさしあげるものだ、と云い張っている。がそれにしても秘密の仕事をしている愛宕山傍受所の近辺に用があろう筈がないので、身体検査をしてみたら、偽名をつかっているると見て誤りのない者から来た特攻隊誹謗の手紙をもっている、娘は新橋ホテルにいる石射康子か、伊沢信彦に電話をかけてくれというのでさがしてみたが、二人ともホテルにも勤務先の通信社にもいない、皆目行先がわからない、とにかく新橋ホテルのことだし、それに高官の名も出ているから一応あなたに通知することにした、来て頂けるか、とこういう電話であった。

愛宕山へ行ったのは何か急用があったからだ、あの娘が恐らく伝令《レポ》に使われているのだ、米その他をわたすのならホテルで出来る。井田一作は、にやにや笑いながら身支度にかかった。ゲートルをまき鉄兜をかついで、ゆっくりと地下室まで階段を下り、自転車をひき出した。彼は、必ず向うから何かを出して来るにちがいない、と確信していたのだ。ところがそれがこんなかたちで、つまりウェイトレスの鹿野邦子から出て来るとは、予想もしないことだった。彼は同じ通信社の右翼的な連中や狂信的な国体論者の二世などをたきつけておいたので、その方から来るだろう、と見当をつけていたのである。ペダルを踏み出すと、にやにやを通り越して少々可笑しくなって来た。鹿野邦子は二階の調べ室の椅子にちんまりと腰掛けていた。彼は去年の十二月に、日比谷公会堂の音楽会で、お前と石射康子とはどういう関係だ、と訊いたとき、娘が見せた仏頂面を思い出した、あのとき、失礼しちゃうわね、と云ったっけ。ふくれっ面で机の端っこを睨みつけていたが、井田一作が入ってゆくと、顔見知りに出会って安心したという風に、

「堪忍《かに》して、ねえ」

と鼻声を出した。

係りは、井田一作に、

「その石射康子とかという女と伊沢信彦って奴がいないとわかったら、途端に黙りこくってしまって、二つ三つくらわせても全然だんまりなんですよ」

井田一作がとってかわった。

「その米や肉やバターをどこからもって来た?」

「霞町の方にいる支那人……」

「よーし。その調子でおれにだけは云うんだぞ。悪いようにしないからな、ちゃんちゃんと答えれば今夜中にかえしてやる」

井田一作は眼くばせをして係りを退出させた。

「深田さんにそれをあげるって?」

「はい」

急にうつむいてしまった。井田一作は首をかしげて娘の顔をのぞき込んだ。ただのふくれっ面ではなかった。まるまっちい顔には、何か不敵なものがうかがわれる。

「お前、空襲にあったな?」

きっと顔をあげた。この東京では、いまや空襲に遭わぬ方が少いのだ。何を云おうというのだろう。

「やられました」

それがどうしたというのだ、といわぬばかりである。相当な眼に遭って来ている、とうけとれた。どうとでもしろ、というものが小肥りにふとった身体から滲み出ている。

彼は、机の上の、特攻隊を誹謗しているといわれる手紙を素早く一読して、

「お前、男を知っとるな？」

と鋒先を転じた。四方八方から槍をつき出して混乱させる必要がある。

「相手は誰だ？」

「…………」

「云えんのか。それもよかろう。相手は兵隊だ、名誉の軍人だ。軍人なからには、お前を憲兵隊へまわす」

手紙を手にしたまま、井田一作は突然椅子をはねのけて立ち上った。椅子は大きな音をたてて倒れた。歩いていって壁のスイッチをひねった。ただでさえ暗い遮光電燈が消え、室内は真暗になった。こつ、こつ、こつ、と井田一作の歩く音だけが聞える。邦子はぶるぶる慄え出した。こつ、こつ、と机の方へ戻る音がして、急にぱっと邦子は照らし出された。机上の、これも防光電球をさしこんだスタンドをつけたのだ。スタンドは、光線の方向の限定された投光器のように、邦子の顔だけを照らしつけ、眼つぶしをくったようで、井田一作がどこにいるのか、しばらくは見当がつかなかった。

部屋の隅から声がした。

「貴様！　男をそそのかして脱走させようってのか！」

「ちがいます」

いやにはっきりした返答であった。

「おいっ！」井田一作は握り拳で壁を叩いた。鈍い、重い音がした。

「男は石射菊夫だ。はじめての男が忘れられんのだろう。図星だ、どうだ！　つれ出してホテルにかくそうってのか」

どんなに混んだホテルにも空室というものはあるものである。彼はまた方向を変えた。目まぐるしく角度を変えて、娘っ子の単純な頭を混乱させ、後々のための緒口をつくっておくのだ。

「安原克巳は会いに来るか、石射康子の弟だ。一週間に何回来る？　伊沢に会うのと、姉に会うのと、どっちが多い？　答えろ」

壁が鈍い音をたてつづけた。

そう云えば、安原克巳という〝伯母さん〟の弟だという学校の先生みたいな貧相な人がときどき会いに来た。いつも分厚い英語の本をもって来て、伊沢さんや伯母さんに教えてもらっていた。そう云えばということばで考えたことが邦子の、怯えかかっていた気持を転じた。流し目でもするみたいな風に、ちらと邦子は部屋の隅を見た。

「本の英語を習いにいらっしゃるんです」

「莫迦野郎！」

何が莫迦野郎なのか、彼女にはわからなかった。わからないことを云われても仕方がない、そのことが邦子を救った。きょとんとした顔で、云った。

「すみません」

「莫迦野郎！」今度は低い声だった。「手前えと枢密顧問の二人ともを闇でひっくるぞ」

鹿野邦子は確信をもって断定した。そういうことはありえない、と。

「枢密顧問でも何でも闇をやるのは罪人なんだ、非国民だぞ。いつなんどきでもひっくるんだ。上、上流階級は」声がかすれた、咽喉に何かひっかかったみたいだった。「な、じょ、じょうりゅうはな、国民の模範となるべきものなんだ」こういう対決のときは、説明をしてはならない、説明というものは、由来被疑者の側ですべきものなのだが。「それを貴様が手先になって」

「そうじゃないんだよお」安心に似た気持がどこかにあった。邦子は両の拳をにぎりしめて喋り出した。「お嬢さんの夏子さんがお腹が大きくて肺結核だもんで、バターや何かがいるんだよお」

「莫迦！　あの娘は石射菊夫の女房じゃないか、その女房に手前がせっせと食い物を運んでやるんか？」

「やったって悪いことないべ」

思わず田舎言葉がとび出した。べそをかいたような声になった。べそをかくにも種類がある。が、こういう種類のべそは、井田一作がこれからこの小娘を釣り出して行こうとしている方向を泥濘の道に化してしまい、滑ったり足をとられたりしてにっちもさっちもゆかぬものにしてしまうかもしれない。再びスイッチをひねって電燈をつけた。

「茶でも飲むか、飲みたいか」

言下に、

「いりません」

と、極めてさっぱりした声で云うのを押し切って茶を命じた。

「ところでな、明日の朝になるとな、お前のお父つぁんがびっくり仰天して田舎から出て来るよ。それからな、ホテルの支配人も来るぞ」

しかし、石射康子がいる、伊沢がいる、海軍の福井中佐がいる、外務省の人がいる、放送局の上の方の人がいる――あの人たちがひとこと云ってくれれば、こんなことぐらいで馘になることはあるまい――。あの人たちにも食べ物か何かの世話はしてあげてあるのだ。それに、ホテルを馘になったら工場へ行くまでだ、その方がさっぱりするくらいのものだ、どんなことをしたって生きてゆける、父親が来たからってどうということはない、と邦子は決心した。

今夜のところはこれだけで切りあげよう、しばらく放っておいて疑心暗鬼を生じさせる。まさか、深田顧問官が直接のり出して来ることはあるまい。また、石射康子や伊沢信彦をはじめとする軍人や官吏たちも、この娘を闇ルートの一つにしているに相違ないが、こんな娘のことにかまけるほどにこのルートが大切なものである筈がない。〝星に桜に官に顔、馬鹿者だけが行列に立つ〟というわけで、いくらでも物資を手に入れることの出来る連中である。

再びペダルを踏んで帰り、井田一作は全力をあげて伊沢と康子との行方をさがした。二人そろって出掛けることは滅多にないことだった。通信社は無届欠勤だったが、自身及び知己の罹災や買出しや交通の杜絶などで、無届欠勤など誰にしても珍しいことではなくなっていた。

しかし、どこかで、何かを謀議しているのではないか。とすれば、きっと証拠になる秘特書類を持出し、携行している。深田邸をはじめ、連絡のありそうな重臣や軍人、外交官などの家や集合場所などを洗わせた。二人がときどき本物の珈琲をのませるというので行く銀座の地下室のバー亜留仙《アルセーヌ》もさがした。が、どこにもいなかった。憲兵隊に先を越されたか、と思ってさぐりを入れたが、そこにもいなかった。そして最後に、伊沢の田舎が、潮来の宿屋であることに気付いた。時間は十一時を過ぎていた。潮来へ電話をかけようとしているところへ、サイレンが鳴りひびいた。交換台は通話を拒否した。房総地区は並みの要塞地帯よりももっと重要な航空基地であった。

上から下まで、どんな事務でもこの頃では空襲と追っかけっこであった。仕方がない。応召で人手が足らず事件は山積とはいうものの、半年近くかかってこの有様だった。井田一作は近頃の応召者から引継いだ別の一件書類をもって地下室の退避所へ降りていった。そして白金事件といわれる、別の事件のなかに、深田英人、石射夏子、石射康子などの名を発見して緊張した。

康子は何年ぶりかで柚子《ゆず》風呂の馳走にあずかった。木の湯槽《ゆぶね》の、ぬるぬるした肌触りをいつもならば不快に思う筈だったが、それも気にならなかった。純綿の袋につめて湯のなかに浮かしてある柚子を、両の掌でぎゅっと握りしめると、小犬か何かの、小さな生き物をかい抱くような、戦慄に似たものが裸身《はだかみ》の背筋を走った。細い泡といっしょに滲み出てくる果汁の匂いが鼻を衝き、掌が、そして全身の肌がなめらかになり自然にあたためられてゆく。上野から土浦へ、土浦から霞浦の水をわたるあいだ、死ねばいいのだ、などと激した神経と筋肉の緊迫拘束から、ゆるめられ解放された血管を、血が、はじめはおずおずと、やがてゆったりとめぐりはじめ、腕や頼りない乳房に浮かんでいる静脈を浮き上らせる。ホテルの、不自然に白いタイルの風呂《バス》では、垢を洗い落すことは出来ても精神の緊張をまでゆるめることは出来なかった。地上五階にある風呂になじみ切るほどには、康子も伊沢も決して日本人離れなどしていなかった。大正時代のカフェーのような、赤や青の色ガラスの入った戸の外で伊沢の声がした。

「湯加減はどう？」

「とっても、ありがたいわ。お湯のなかの柚子を食べたいくらい」

「きたないよ。僕やらこの辺のお百姓やら漁師やらの垢で煮しめてあるんだから」

「そうお、この辺のひとも入りに来るの」

伊沢は焚口の方へ廻っていった。

「僕の弟がね、ここの宿と田畑の面倒を見ていたんだけど、こいつが出征する前にね、田畑を自作農創設のために供出してしまったんだ」

伊沢は喋りながら切り口二三寸もあろうかと思われる見事な薪を三本ほど焚口へつっこんだ。

康子はばちゃばちゃと音をたてて湯を掻きまわした。

「泳いでるのかい？」

「まさか……。熱くなって来たのよ。それじゃあなたのお家《うち》は、ただの宿屋さんじゃなくて地主さんだったのね」

「そうなんだ。ところがね、あまり大きな声じゃ云えないけど、小作争議めいたものが起ったんだよ」

「小作争議？　まあ……」

「この戦時下に、って驚くだろう？　だけどそれは都会のものの考えさ。去年だけでも全国で二千百六十もの小作争議があったんだぜ。農民というものはね、凄いものなんだ、ねばりづよいんだよ。この辺は例のカレススキの歌ね、オレハカワラノカレススキーてやつ、あれの本場ということになってるけれど、あんなだらしのないものじゃないんだ、戦争をね、着々と自分のものにしてるって云っていいんだよ」

「戦争を自分のものにって――、そうかなあ、とってもかなわないわねえ」

一瞬、しゅんとして湯の音がしなくなった。

「そうかなあって、君は深田さんのあれでもって社の戦時調査室でやってる、例の、秘特の地方事情調査を見ていいってことになってる筈だが、見なかったのかい、労働者の方もね、ただ働かされているだけじゃないんだ、開戦以来、去年の暮までだね、労働争議は千三百件以上も起ってるんだ。小作争議の方は今年に入ってからだけでも三千件を突破しそうになってるんだよ。それにね、この辺は、何と云っても佐倉宗五郎以来の土地柄さ。とにかく小作料と供出やら、生産者価格と地主価格などのあいだに矛盾がいっぱいあるんだ」

「熱い、熱い、もう焚かなくてもいいわ」

「そうか、それじゃあ、と……」

「ねえ、地主さん。それで田畑みんな頒けちゃったの？」

「それがね、弟ははじめに小作料を金納、つまり米じゃなくて金で――といったって国債だけどね——納めるようにしてしまおうとしたのさ、これは地主にとってはえらい損なんだけどね、ところが金納にすると飯米農家がふえて供出成績が下ると当局が云うんだね、それで弟の奴は、そんないじましいことを云うのなら、いっそのこと、と思って金の代りに国債をとってそれでやっちゃったんだよ。親類も地主仲間も死物狂いになって反対したんだ、愚の骨頂だと云ってね、つまりこれから米の値がどしどし上ることはわかっているのに、いま田畑を国債に替えるなんてのは、みすみす大損すると同じだ、国債なんて要するに、大きな声じゃ云えないけど、戦争と同じで空証文みたいなもんだ、と云うわけさ。だけど弟は、これが戦時下日本の地主の取るべき道だ、と云って強行したんだ」

「偉いわね、弟さん……。でも正直者が何とやらという当節のあれになるんじゃないかしら。わたし、上るわ、熱くてたまらなくなって来たのよ」

「上る？　もうか、それじゃあ、と」伊沢は台所へ向って「ダツをたのむよ、ダツをなあ」

と大声をはりあげた。

「ダツってなあに？」

「ダツってね、うなぎの幼魚でね、絶対禁漁なんだ。俺もね、弟はとても立派だったと思ってるんだ。弟はまわりの反対に対してはね、戦時下に政府は物価水準の維持に全力をつくしているんだから、たとえ米価が上っても、それは生産者の手取りのことで、地主価格が上るなんてことは絶対ない、と云ってがんばったんだ。僕もね、弟に相談をうけて農商務省の友人にたしかめてから賛成だ、って返事をしたんだ。もう、上った？」

「ええ、ありがとう。本当に身体の底から、よみがえったみたいだわ」

「水が少し泥くさいけれど、我慢、我慢」

「そんなこと、何でもないわ」

「泥から生れたアフロディテかな、ここは地中海じゃないからな……。そこにクオル、あるだろう。それでさ、いまの米の話だけどね、今度来てみたら僕はもう非難囂々《ごうごう》、非難の的さ」

「どうして？」

「ついこのあいだ、二十年度産米の地主価格がきまってね、一挙に八円も大幅値上げになっちゃったんだよ、地主のところへ小作料として小作が物納して来たその米の値段が、だよ。だからさ、反対した連中は、それみたことか、というわけさ。だから弟にならって自作農創設に協力しよう、つまり自主的に農地改革をやろうとしていた連中も、やめた、やめた、というわけさ。おかげで今度は、僕が弟を煽動してやらせたんだろうと云われて閉口さ。弟はね、一むかし前に農民組合の運動をやって親爺を困らせたことがあるんだ、そのときの希望の一端を、妙な工合で実現したみたいなことになったのさ」

「じゃ、政府は地主と小作という制度を保護して行こうというわけね」

「その通り。だけど、その小作制度の下ででも、ちゃんちゃんと百姓たちはやっていっているよ。連中は西洋に侵入されたりものめり込みもしないし、大東亜なんて夢みたいなことも考えてやしない……。で、とにかくそんなわけで百姓たちが前よりはなじんでくれてね、ダツもわかさぎももって来てくれるし、風呂にも来るようになったのさ」

伊沢と農民とのつながりは、しかし、これだけのものだった。

湯上りの朱塗りの御膳には、ダツの飴煮、うなぎの蒲焼やわかさぎのフライ、卵切《らんぎり》の蕎麦などが並んでいた。

「ああ……。お正月とお盆が一緒に来たみたい」

御飯の、米の一粒一粒が艶を帯びて透きとおるように青白く、嚙みしめると、あたたかく甘い乳液のようなものになって舌に媚び、いくらでも、無限に食べられるように思われた。

食べ物は、上野、土浦、霞浦と、思い詰め考えつづけて胸に堅い結石をでも出来させそうなことどもを、少しずつ解いていった。

水量の豊かな北利根川を前にして、床の間を背にし、どてら姿の康子と背丈の足らぬ絣を着た伊沢は、お雛様のように膳を前にして坐っている。

「もう一杯ほしいけれど、いいかしら」

康子は飲みつくしてからになった吸物の椀を悲しそうに眺めていた。手伝いの、モンペのよく似合う少女が笑いながら康子のさし出した椀をうけとった。

食事を了えてから、二人は伊沢の学生時代の書斎だったという奥まった部屋へ移った。その隣室には、伊沢の既に亡い母の姉、つまりは伯母にあたる、頭のおかしいお婆さんがいた。その部屋は、障子や襖の内側に、低い、膝までほどの黒光りのする木柵がめぐらしてあった。牧場の柔和な羊のように、お婆さんは跨げば越すことの出来る柵のなかに、ちんまりと坐って相変らず毛糸を編んでいた。昼間ならば、お婆さんの部屋からは北利根川に注ぐクリークにかかった太鼓橋が見え、遙かに霞んだ筑波山も見える筈だった。日本の農民たちの、最も正常な、しっかりした生活が、毎日このお婆さんの眼にする唯一のものであった。そしてお婆さんは、一日中まったく口を利かなかった。低い柵にかこまれたこの部屋には、この世界でもう二度と聞かれなくなるのではないかと思われるような沈黙が支配していた。それに、お婆さんはほとんど耳が聞えないということだった。この部屋の外では、次第に物音は高まってゆく、飛行機の音、銃爆撃の音、人々の次第に甲高くなってゆく声なき声々。沈黙の部屋の真中に、お婆さんは堅固な位置をしめ、毛糸を編んではほどき編んではほどきしている。けれども、康子のような、見なれない人をちらと見る眼は、何か鉱物めいた光を発して隠してある筈のものを一瞬きで見抜くような、異様な鋭さをもっていた。もしそんなものがあるとして、謂えば何かの加減で透視者、見者の眼をもたされたひと、という風に康子は考えていた。この、人をぎくりとさせる眼だけを除けば錯乱に似たものはほとんど感じられなかった。

伊沢の書斎へ入ってから、康子は二十数年前の、彼の学生時代のノート類やグーチの西欧近代史をはじめとする蔵書などがきちんと保存されているのをつくづく眺め、

「どっちが正常なのかわからなくなるわね」

と呟いた。

しいんとして物音一つしなかった。物音のありようのない、家と家との距離のへだたった農村の、正常な夜の時間が訪れて来ているのである。隣室のお婆さんだけを除いて、正常な自然と時間にかこまれ、自分たちの正常でない、曖昧な位置と関係をひしひし感じさせられる。自分がもし、たとえば正常な〝妻〟というものであったならば、皮の背に「経済学原論」などと金文字を入れて製本してある伊沢の学生時代のノートなどについても、まあ御大層な装幀をしたものね、などという軽口が出て来たかもしれない。が、物狂ってたけりたち焼き払ったり殺しつくしたりしている東京という戦場から来たものにとって、この平和な水辺の農村は、信じがたい、ガラスか何かを透して見るようなものとしてしかうけとられぬように、伊沢のノートや蔵書類やボートの選手だった頃の写真や、朝顔のようなラッパのついた蓄音機などとのあいだにも、何かが立ちはだかっている、と感じられてならないのである。何が立ちはだかっているのか。この部屋には、アメリカにいる伊沢の妻のローラという、白人の女を感じさせるもの

は何一つなかった。あるものは、過去、だけなのだ。お婆さんをも含む、そして朝顔ラッパの蓄音機に象徴された寂かな、大正時代風の過去のなかへ、二人はかたちのきまらぬ、それゆえに痛切な現在というものを持ち込んで来たのだ。

ローラ、と、ちょっと考えたことが彼女の頭を混乱させた。なるほどこの部屋のなかのもの、ものはすべて過去のものだ、けれども、矢張りローラはいるのである。人間と人間との、地理的な距離や時間のへだたりなどをものともせぬ、関係というものの物凄《ものすさま》じさが胸を衝いた。戦争の成行次第で、平和が再び地上に訪れてローラが日本へ来るまで、二人とも生きていられるかどうかさえわからなくても、それでもローラは厳然として伊沢の〝妻〟である。愛に疑いを抱く必要があってもなくても、一度結ばれた人間と人間との関係を断ち切るためには、たとえば隣室のお婆さんのような眼を必要とする。そういう康子にしても、伊沢との愛撫の瞬間に、彼女を憎み通したといっていい亡夫、菊夫の父の面影をひょいと思い出したりして、性の歓びをば、冷たい、ぬらぬらした血刀でざっくり斬り裂かれる思いをすることがある。死もまた人間の関係という凄じいものに対しては、さしたる力をもつものではない。

「さて、と」

と云って伊沢はカバンのなかから書類をとり出した。いずれも秘特という印が捺してあり、部外持出しは厳重に禁止されているものばかりであった。

「ね、深田さんの特別な注文によるとはいうものの、この仕事はね、本当にいのちがけだよ。これから作る書類と工作予定を押えられでもしたら、まず軽くて三年はくらう覚悟が要るんだよ。深田さんの名前を出したりは出来ないからね……」

康子は無言のままうなずいた。そして胸の中で、次に井田一作の訪問をうけたときに、どういうことになるか、いままでは伊沢のこうした作業に直接参加したことがなかったから割に平然と対坐していたが、これからは……と考えると、決して平然となどはしていられないであろう自分がかなしかった。

「このあいだからね、頻々として憲兵隊につかまってるんだよ、いろいろな人がね、沢田っていう勅任官がね、東部憲兵司令部へひっぱられて地方検事局の思想部へまわされてね、陸軍刑法違反、言論出版集会結社等臨時取締法違反で起訴されたんだ、それから若松市の吉田って代議士がね、造言蜚語と不敬罪で西部軍の軍法会議をくらって三年の判決があったんだ」

けれども、伊沢は別に怖ろしそうな顔もしていなかった。それは新聞社や通信社につとめるものに特有な、重大な事件や事態を直接扱いながら、それの表現と報道ということに気をとられているために、いつも事柄の真の重さだけは現場においてけぼりにして来る習慣によるものかもしれなかった。あるいはまた、この〝過去〟の部屋のなかでは、戦争も平和もすべてが何かちぐはぐなものに感じられるせいであるかもしれなかった。

伊沢が取り出した書類の最初のものは、一月六日から十日間、ヴァージニア州ホット・スプリングスで開催された太平洋問題調査会の国際会議に於ける対日処理案に関するものであった。ところがこの会議の内容を報じた米国戦時情報局の放送を傍受した二世が極端な国体主義者であったため、肝心のところが、たとえば第二項の皇室の問題に関するところなどは、電文不明、傍受不能のため未詳、但しexile（亡命、追放）などの文句あり、などということになってしまっていた。けれども、保障占領軍は主として重慶軍が当るべきであるというのが会議の一致した意見であった、などとするところなどは、日本人の優越劣等両様のコンプレックスに斬りつけるような効果があった。康子とても、伊沢の口述してゆく要項を速記しながらどきりとさせられて、鉛筆をおいて伊沢の顔を見詰めたほどだった。このほか、副大統領のヘンリー・ウォーレスの「太平洋に於ける我等の任務」という著書の要約や、戦地で取得したらしいぼろぼろのリーダーズ・ダイジェストにのっていたウォルター・リップマンの「米国の戦争目的」抜萃などの要項をまとめ、続いて、かねて中立国にいる特派員たちに伊沢が独断で打電依頼をしておいた、聯合軍の反ナチ〝叛徒〟たちに対する態度（これこそが深田顧問官の最も手に入れたがった情報であった）についての返電をまとめにかかった。

ローマ字の電文を見るとなると、伊沢は再びカバンをあけて老眼鏡をとり出し、しばらく黙って読み下したあげく、お茶を一杯すすってから、低い声で、

「趣旨をはっきり云ってやれないんだから、こっちも悪いんだけど、どうしてこう、日本人てこうなんだろうね」と云い出した。「どれもこれもがね、そろいもそろってヒトラーやペタンなんかの悲壮な奮闘ぶりばかりを伝えて来てるんだよ。悲壮だろうってことは、わかってるんだ。だから、本物の市街戦、本土決戦がはじまったときに、一般市民はどうしたか、どうあるべきか、というようなことをどうして伝えて来ないのかね。外国へ出ていても、日本人はどうしても悲壮な日本精神の呪縛の外へは出られないものかね。ヒトラーやゲーリングなどの、親玉たちのことなどはもうどうでもいいよ。親玉たちの動静を知ることがこんなに好きで、一般市民のね、敗戦の悲惨さをどうしてまともに伝えて来ないのかね。どれもこれもまるで内地で、この東京で書いてるみたいな美文調だ……」

「でも、あまり他人《ひと》のことは云えない筈よ。あなたも、日米交渉の頃ワシントンにいて、どうだったかしら。アメリカの主張の、仏印や支那から撤兵せよ、とか、満洲を還せ、とかっていうのを承認するよりほかに戦争の悲惨を避ける方法はない、とは書いて来なかったわよ」

「痛い、痛い、参ったよ、それを云われるとね。だけど陰鬱だったなあ、あの当時。友達の外人記者連がやって来て、いったい日本はどうするつもりなんだ、って云いにやって来たけどね。どうにもならない気持だったんだ」

「それと同じなのじゃないかしら、いまの中立国にいる人たちも。中立国だったらアメリカの記者もいるでしょうし、第三国の記者もいるでしょうし。陰欝で悲壮な気分でやっていっているのよ、きっと。だから、せめて悲壮な電報でもうって、ということなんじゃないのかしら」

スイスのチューリッヒから打って来た電報は、北伊、チェッコ、デンマークなどには反独暴動が起り、ベルリンでは独逸人たちが写真や手帳を手にして〝個人的な敵〟をさがして復仇の情に燃え、〝個人的な感情〟に支配された闘争が勃発している、と伝えていた。また別のチューリッヒ電報は、米英軍の占領した各都市には初期的な革命運動が〝組織的に〟発起され、Antifaすなわちアンチファシスト委員会というかたちで共産主義者や左翼社会民主主義者が指導してナチ要人を逮捕したり、難民のために家を没収したり、一般市民のために食糧その他の隠退蔵を摘発してあるいたりしたが、米英占領軍はこのアンティファの運動を『非合法』だとして弾圧している、と伝えていた。

最後のこの、短い電文を読み聞かされ、それを速記しながら、康子は、これを読む深田顧問官やその他の和平派グループといわれる人々の顔々に、自然に浮かび上ってくるにちがいない満足の微笑をまざまざと見る思いをした。そして暗然とした。初江さんが、複数の初江さんたちが、本土決戦になったとき、災禍を避けようとし、またかかる悲惨をもたらした支配層を打ち倒そうとして起ち上ったら、聯合軍はその運動を『非合法』として弾圧するのだろうか？

……

隣室の襖がすうっとあいた。お婆さんが襖にもたれて立っていた。白髪は乱れ、眼は険しかったが、口許は微笑っていた。

伊沢は立っていってお婆さんの手を握り、

「はいはい、もう休みますよ。お婆さんもどうぞお休み下さい」

と云ってあいた方の手でまるい背中をさすった。

お婆さんは微笑んだまま、襖をあけはなしたまま退いていって部屋の真中に自分でのべた床の上へあがって坐った。

「しめますよ、お婆さん、お休みなさい」

「あなた、手伝って横にさせておあげになったら?」

「いや、他人がこの柵のなかへ入っては絶対いけないんだ」

「まあ……」

「僕がね、まだ学生で試験勉強でもしているつもりらしいんだ。あの頃で記憶がとまっちゃっているらしいんだよ」

再び仕事をはじめて、最後に伊沢は鉛筆書きのローマ字速記原稿をとり出した。

「これがね、問題なんだよ。読むよ、ニッポンノミナサマ……日本の皆様、……私は、名前は遠慮させて頂きますが、報道班員として中部太平洋のある島に派遣され、不覚にも米軍の俘虜になった者です……」

ハワイからの日本語放送の速記であった。レシーヴァーを耳にあてていた二世がおどろいてローマ字で速記したものらしく、途中がところどころぬけていたが、全体の調子から見て中部太平洋、グァム島へ行っていた、伊沢も康子も熟知している若い記者自身がマイクの前に立ったものと想像して間違いなさそうであった。俘虜になったことは申訳はないが、米軍は決して鬼畜ではないこと、このままで爆撃が進行し全国が焼けてしまったらどうなるか、破滅は目に見えているではないか、民衆の生活を破壊してまで守らねばならぬ価値がどこにあろう、サイパン、テニアン、グァム島などの戦争がどんなに悲惨なものであったか、早くこの悲惨を避け、戦争をやめるように方途を講ずべきではないか——、と、特に知識階級に向って、若い声は切々と訴えていた。この記者は、壮行会のとき、コジキ居士の、報道班員のなかからも、一人くらい玉砕者が出てもいい筈である、などという恐しい激励の辞を浴びせられて、グァム島へ行ったのだったが、いまは俘虜になり、『日本の皆様、日本の皆様』と訴えていた。彼は情報局や社の幹部がこの放送を聴取していることを承知の上で、思い切ってマイクの前に立ったのだ。軍閥云々という、敵側の宣伝放送やビラに必ず出て来ることばも使わず、ただひたすらに『日本の皆様、日本の皆様』とくりかえしていた。日本の皆様とは誰のことか、戦争をやめさせようとする日本の皆様はどこにいるのか、各人の心のなかに厭戦、離戦というかたちで漠然と存在するだけでは、それだけでは仕方がないのだ、長いものに巻かれているだけならば子供にでも出来る、破滅は目に見えているではないか。

『日本の皆様、日本の皆様……』

その若い呼び声を、いまのいま深夜のこの部屋で聞いているような気がした。壮行会のとき、壇の上に立たされて青白い泣きべそをかいたような顔をしていた若者の顔が、いまは別種の苦しみと焦躁に歪んでいるのが、部屋裡の闇に、海の向うに、見えている。

日本の皆様と呼びかけて来る、その日本の、積極的に戦争をやめさせようとする『皆様』が、農民や労働者や、兵士そのものではなくて、伊沢や康子の身近なところでは深田英人であり、またあの老人をめぐる高官重臣たちであり、ひいては天皇であるとしたら、また更には、聯合軍自体が先のチューリッヒ電報にあったように反ファシスト運動を弾圧するものとしたら、すべては、一切は同じことではないか、元々ではないか、もとの木阿弥《もくあみ》ではないか……。康子は、弟の克巳のことを思い、初江さんの姿をもとめた。しかし初江さんは果して〝人民大衆〟であるか、複数の〝皆様〟であるか。若い声の呼びかける日本の皆様がもしあるとして、どれだけの決意と組織があるか、日本の皆様、日本の皆様……。

読みおわって、二人は肺の底に若者の呼び声に答える何かがあってくれと祈りでもするように長大息した。そしてそれだけだった。

朝までかかれば速記を飜訳出来るから、とは云ってみたが、康子には実はその気がなかった。何かあまりにも重いもの、墓石のようにも重いものが身にのしかかって来ているように思われた。それは、いままでも、もう何十年ものしかかりつづけて来ていたのだが、いまはじめてはっきりとそれに気付いてみたら、もうこの先一瞬も我慢がならない、堪えられない、とそういう気持であった。これ以上の惨禍を避けさせようとて自分たちにもその下仕事をさせている人々自体がこの重圧の記念碑的な墓石であり、その墓石を下から覆されまいとして、上から降りかかって来る火と爆弾だけをいちはやく避けようという、その下準備を手伝っている自分たちはいったい何者になるのか、それは『日本の皆様』とどういう関係に立つものか。感傷はいけない、感傷は。感傷のもたらすものは激昂のみ。感傷から発した激昂こそがこの破滅の根元なのだ。

階下で時計が十二時をうった。その音がこの宿屋の人気のない広さを改めて感じさせた。来月に入ると、集団疎開者を受け容れることになっていた。そろそろ、グァム島やサイパン島からB29の定期便が来る時間であった。

伊沢は飜訳をしようかという康子に、

「疲れているんだから東京でやろう」

と云って、書類や原稿の書きつぶしもぜんぶ大きな紙袋にまとめて入れ、方々にインクのしみや小刀でいたずらをしたあとのある机の抽出しにしまい、もう一度風呂に入って休もう、とさそった。

それは康子も心からねがっていたことだった。ひとりになると、またまた、みんな死ねばいいんだ！　というすさんだものにとり憑かれるような不安があった。彼女は、伊沢が自分といっしょに柚子湯に入ってくれるように、そしてそのことを自分の口から云わさないでくれるように、とねがっていた。

底に砂がざらついている湯のなかで、伊沢はハワイから放送をした若い記者の名をあげて、

「彼、戦線を突破して亡命したみたいなものだね」

と云った。

康子は、その口調の何となない軽率さが不快だったので、話題を別の方向へねじまげた。

「日本は島国で亡命は出来ない、って云うけれど、出来ないからその覚悟でみんなそれこそ一億一心でまともに飛び込んじゃうのかしら」

「あまり他人のことは云えないけれど」と前置きをして、伊沢はにこっと笑ってみせた。眼尻の皺が目に立ち、無精髭にも白いものがまじっていた。「みんなが飛び込んじゃうというか、飛び込まざるをえないことになるから、みんながみんな傍観者みたいになって、自分たち個人

個人の運命について積極的な関心をもたなくなるのかな」

しかしこの話題も、これまでずっと、いかに別のことばかりを話しあって来た二人であったにしても、濁った湯槽のなかに二人並んでは、ふさわしいものではなかった。

「さっき、泥から生れたアフロディテ、って云ったわね」

「うふふ……。云ったよ、大分年寄りのアフロディテだけれどね。日本は海国だけど、ギリシャみたいな、海の泡から生れた美人なんて話はないな」

シシリー島やイタリーでの、あのアフリカから吹いて来て、男女の心中の魔を誘い出し物狂わせるという伝説のある熱風《シロッコ》を、二人の心の肌が思い出していた。

「地中海のね、あの熱風に吹かれたら、なるほど海もおかしな気になって泡から美人を生んだりするかもしれないいやね」

「でも、あなただって地主の倅でしょう、だからお百姓さんで、やっぱり泥から生れたわけよ」

「ハイハイ、わかりました。でも、あれだな、僕は弟と違って、もう農民とはつながれないみたいな気がするんだ。どこかで断ち切られているみたいで」

「そんなことないわよ、絣の着物がよく似合うわよ」

「いや、絣はまあ別だとしてね、その断ち切ったものが西洋とか西洋的な教養みたいなものだったとすると、これは独伊とロシアだけ除いて西洋全部を敵にした今度の戦争と大いに関係があることになる。文士や評論家や、知識階級もね、ほとんどが今度の戦争を信じた、――少くとも表面的にはね、――のは、自分自身の、あるいは自分の教養に対する復讐というか、潜在的な、自虐めいた気味合もあるんじゃないか。日本人の好きな〝裸になれ〟というのも、風呂のなかで裸論議もないものだけど、そういう夷狄の教養みたいなものを禊みたいなもので祓うって云うか、いっぺんこそぎ落してみたくなるような気分もあるんじゃないか」

伊沢が康子の肩に手をまわしたとき、遠くでサイレンのひびきが聞え、つづいて村の半鐘も鳴り出した。

東京の山手各区が襲われていた。B29二百機以上による無差別爆撃であった。警報が出ても、家のなかではことりとも音がしなかった。弟の家族は嫁の実家へ行っていて留守だった。留守番役の爺さんが大分たってから表のガラス戸をあけて出て行った。二人はかまわずに書斎に床をのべて横になった。隣室のお婆さんも眠ったらしく、安らかな寝息が聞えた。しばらくラジオをつけはなしにしておいた。単機ずつ侵入して来て焼け残った地区をしらみつぶしに焼いていた。目黒、渋谷、世田谷、杉並、四谷、淀橋、牛込、赤坂、麻布、麴町、京橋……品川、大森……

「品川って云えば、リュシイが単身自分の家へ戻って来てるんだが」

と暗闇で伊沢が話しかけた。リュシイというのは、ある物産会社の社員の、アメリカ人の妻だった。夫は出征し、一時は東北地方の夫の生家に子供をつれて疎開していた。けれども、リュシイの眼から見て恐らくは〝原始的な〟と見えるであろう序列のきびしい大家族制度のなかで、到底生きてはゆけなかった。混血の子供たちだけは、さいわいに可愛がってもらえたので、彼女だけ、単身東京へ帰って来たのであった。見舞に行くと、モンペをはいて配給の列に立ったり、薪を拾いに出たり、馬糞を拾って来て庭先の畠に埋めたりしていた。夫の出征前に、一度理由もなく警察へ拘留されたことがあった。夫の面会は拒否された。伊沢が内務省の上層部へ運動して、釈放後、対敵放送に使うか、あるいは愛宕山の傍受所で仕事をさせるという条件で面会と釈放を要請した。それで、先ず夫の面会だけが許可された。が、末端の警察が面会はさせるが一切話をしてはならぬという条件をつけた。そのため、留置場の入口の格子を距てて、互いに涙だけを見せあうという、酷い面会が行われた。話をしなくても、面会は面会である。そして三分間の時間がすぎた。夫はつれ去られる。その背中に向って、突然リュシイは〝ワン、ワン、ワン〟と叫んだ。夫はおどろいてふりむいた。〝ワン、ワン、ワン〟とリュシイは声を振り絞って、吼えた。人権を無視し、人間扱いをしないのなら、こちらもけだものの声を出して、という意であったろうか。拘留中に夫は出征した。釈放された後、伊沢は約束の条件を守らなかった。直ぐに東北の方へ疎開させてしまったのである。それはリュシイ自身の意志から出たことでもあった。日本の戦争に協力することなどは慮外のことであることは、話さぬ前からわかっていた。が、疎開先でも、日本の家族、警察のシステムは、両々相協力して彼女を殺そうとした。少くともリュシイにはそう見えた。

「もし家を焼かれていたらどうするつもり？」

「さあ、どっかにああいうひとを収容してくれる尼寺か修道院でもないものかね？」

そういう話題は、ここでも、眠りの、あるいは愛撫の序奏としてふさわしいものではなかった。彼等が別の話ばかりして来たというのも、見方を変えてみれば、大正育ちの中年の男女にのこっていた稚い羞恥心のあらわれなのかもしれなかった。

しばらく沈黙がつづき、道を距てて家のすぐ前にある船着場が村の警防団の集合所になっているらしく、老人や女たちの話し声が聞えて来た。

「ああ、あたしね、もういっぺん……」

と康子が云った。

「もういっぺん、なに？」

「あの白い御飯が食べたい」

「なんだ、そうか……」

伊沢は笑って起き出し、書斎の裏の仏壇部屋へ行って蠟燭をとり出して火をつけ、康子もごわごわに糊のついた浴衣の上にどてらをひっかけて二人で階段を下り、台所へ行った。康子は蠟燭の明りで何度も茶碗のなかの御飯の粒を照らして見、溜息をつきながら口へ運んだ。食べおわって、伊沢が、

「もう満足？」

と訊ねると、調子にのってはしゃぎ出すこどものように、

「もういっぺん……」

「今度は、なに？」

「柚子湯……」

「もうぬるいぞ、きっと。湯治に来たみたいだね」

伊沢とはじめて夜をともに過したのは、十八年の初夏の頃、彼が南方視察旅行から帰国してこの潮来へ休養に来たときのことであった。そのときも、視察報告をまとめる仕事があったが、伊沢の弟がまだいたので少々面映かった。が、シシリー島からの帰途の、両者ともに思いがけなかった接吻という事故があって以来、十数年を距ててはいても、心身の往来はつづいていているのだという、われながらいささか不思議に思わぬではない、生身の肉体がもちつづけていてくれた基調低音があったため、夜をともに過すことに対する抵抗感はほとんどなかった。ここでも一度結ばれた人間関係の執拗さ、凄じさは、生な姿を露呈していた。そのときは、伊沢は南

方占領地とは要するに常識というものの絶対に通じない地帯だ、日本は持たざる国から突然持てる国になったのだからそのように振舞わねばなどとぬかしてね、将軍と参謀と女郎屋が各地にがんばっていて、軍政とは酔っ払いが酒を飲む片手間に現地人に威張りちらしてみせるという、ただそれだけのものだ、そしてそんな有様を心配するものは低い声でぼそぼそと語り、たまに大声をあげると非国民の一言で片づけられる、などと極端なことばで罵倒していた……。が、報告書そのものは、ごく控え目なものでしかなかった。

警報下の暗闇で、御飯を食べ風呂に入りなおす、それはなにかの順序だった儀式をふみ行っているようであった。そして儀式の最後で、抱きしめられ、求められさぐりあてられて押し入られると、彼女は大きな吐息をつく。それは人間という動物が、動物以外のことともものとを、あまりにも多く押しつけられて生きている、そのありとある有象と無象両様のものを闇のなかに吐き尽したいという本然の慾望にかさなったものであった。また無限に拡散してゆきそうな人生を、一点に集中限定したいという慾望から出たことでもあった。性は康子に、落着いた、どこにも裂け目のないまるごとの人生を感じとらせた。手放しでその歓びを享受することに何のためらいも感じなかった。泥から生れたアフロディテで結構、だった。

部屋の外にひろがった水と土と、部屋裡の古い書物や調度にかこまれていることは、夜の闇に、ホテルでの絶望的なまでに人になじまぬ家具調度の硬く冷たい感じのなかでとはまったく異なったもの、人生には硬く冷たいものばかりではなく、アフロディテの肉体そのもののようにやわらかくしみじみとした保証のあることを感じさせた。人生の最後の火、という感じもあった。

だから、伊沢が何カ月か前に、

「そう云えば、僕たち、結婚したらどうだろう」

と、海の向うのローラのことを無視して云ったときにも、彼女ははかばかしい返事をしなかった。菊夫さえ認めてくれれば、現在のまま、つまりミストレスでいい、というつもりであったのだ。

そのとき、

「わたしたち、結婚しないでいることに馴れてしまったのね」

と康子は答えた。その返答は、故障なくお互いの胸に落着いた。

肉体を通じてお互いに刻印を捺しあい、たしかめ念を押し、その刻印が上下ひとつのものとなって、土のように黒い闇のなかから別のもの、眼には見えるが具象《かたち》のない、生々しいものが立ち上る。

息が収まってから、伊沢の腕を枕にしたまま、康子が話し出した。

「お隣に、お婆さんがもう二十年から上も、とにかく、休んでいらっしゃると思うとへんな気がするわね」

「気がとがめる？」

「ええ……。それはそうと、いつか結婚のことを云ったでしょう」

「うん」

「わたしはね、菊夫と夏子の結婚のことを、危い、危い、というふうに思っていたけれど、責められないとも思うのよ。わたしたちにしてもシシリー島でのことがあってから、十年が上になるでしょう。そして再会したのが、誰も過去のことは問わないっていう雰囲気のある戦争の最中でしょう、ね。その十何年のことをお互いに訊ね合う必要が、何となく省略されているような気がするの。わたしたちは、お互いのことは何でも知っているか、何も知らないか、どっちかなのよ。だから、云ってみれば、わたしたち二人が二人でいられるように、戦争が……、何て云ったらいいのかしら？」

「戦争にせかされている？　それとも、戦争にとりもたれて……？」

「そうね、まあそんな気がするの」

康子は、愛の行為の終ったいま、いつもならばこれで深い眠りに落ちることが出来るのだが、どうしたのだろう、と自分で自分を訝っていた。何かがふつふつと、嘆きが、いや怒りにも似たものが身体の底から湧き上って来るような感じであった。掌をもってゆくと顳顬《こめかみ》の血管が怒張していた。

「だから、菊夫たちを責められないのよ。この戦争の雰囲気には、嘘と本当と、仮装と中身とを区別出来ない、してはいけないもののように強いて思わせるものがあるのよ。恋愛でも何でも、戦争でもよ、とにかく何かがあったら、何かが起ってしまったら、ひたすらそれに、起ってしまったことの成行に乗ってゆかないというと、奈落の底へ落されそうな、そんな雰囲気があるのよ。弟の克巳にしても、表面だけかどうかわたしにもわからないけれど、いまだに大東亜にしがみついているのも、生活のことや警察のこともあるにしても、それだけじゃなくて、何かが怖いからなんじゃないかしら。けれど……、だから、……うまく云えないけれど——、もし初江さんの云うような、〝人民大衆〟の暴動でもどこかで起ったら、その怖いものの方は相変らず迂回して、それで急角度でそっちの方へ乗ってゆく、わたしにはそんな気がするの。だけど初江さん自身は別よ、あのひとは終始一貫だもの。へんな方へ話がそれちゃったけれど、恋愛でもね、恋愛が発展して、発展してよ——、そして結婚するのだというけれど、若い人たちなら幻想もあるかもしれないけれどね、どうも日本では、発展というと、石造の建築をつくるみたいな、階段を上ってゆくみたいな風じゃなくて、まわりまわって段々と、どうしようもなく、どうしようもないところへ、破滅の方へ下りてゆくみたいな、そんな気がするのよ。いまの戦争だって……。黒々とした、不合理な深い淵みたいなものが各〻の、日本のまんなかにあって、理性の歯止めの利かない、その正体が怖いのよ。だからね、重臣も軍人も官僚も見え透いた嘘ばかり云ってるのよ、云っていたいのよ。この淵の上に、見栄とか面子とかが伝統とか皇統とかいう美名の虹をかけているだけなのよ」

「うむ」

「……日本、は大袈裟だったわね、御免なさい。へんに昂奮しちゃって……。煙草の吸殻まだあったわね。わたしたちも軍人さんたちみたいに議論と演舌でもちこたえているみたいね、頗る、頗る下等ね」

「そうだなあ、恋愛なんかじゃなかったかもしれないね、正直云ってね」伊沢は無意識に過去形を使っていた。「戦争のね、あるいは人生自体の、精神も肉体もの疲労困憊を、お互いにいやそうとしたり、やすらおうとしていただけなのかもしれないけれど、その恋愛……をね、これをまた戦争が手伝ってくれているとは思いのほかのことだったね」

「だから菊夫たちのことをとやかく云えないのよ」

康子と伊沢は、第一次大戦が終った後で成人し、その後の二十五年を人々とともに生き、人々とともにこのどうにもならない破滅に向っての、どうにもならない進行のなかに生きて来たのであった。二人は、海の外に出たことがあったりして大部分の人々とはいささか道筋を異にしていたとは云え、時代も彼等自身も他の生き方を知らなかった。また弟の克巳にしても、この時代に叛逆する時代思想を武器として手にしたとはいえ、この時代のなかにあったことは動かせぬ事実であり、こぼれた刃《やいば》で世間全体に切りつけてゆくことは出来ない筈であった。彼等は全体の破局《カタストロフ》の一歩手前にあって、自分たちの世代の破滅のなかから生れ育ってゆく若者たちの背中に、若者たち自身よりも自分自身の姿を看とらねばならない。康子は暗闇のなかで眼を瞠き、どこにいるとも知れぬ菊夫と、次第に大きくなってゆく腹をもてあつかいながら国府津で病いを養っている夏子を結びつけ、はっきりと並べて見ながら、不意に、不レ知、うまれ死ぬ人いづかたよりきたり、いづかたへか去る、という、二年ほど前、菊夫が国文学（彼は〝国学〟と云っていた）に熱をあげていた頃に強制されて読みかえした方丈記の一節が口をついて出て来そうになって、愕然とした。彼女を愕然とさせたこの第三のもの、これがまた再び伊沢を求めさせ、彼の裸の肩をかたくつかまえた。伊沢の心臓の鼓動が汗ばんだ掌に明かに感じられた。二人の心臓が一刻み一刻み時間を運んでいって、うちつづく空襲警報下の闇をついてどんな未知のところへ行くのか？　こういう根本的な、そして答えのない疑問をもたらすものこそが愛というものなのだろうか。

「恋愛ではなかったかもしれないけれど、妙な風だったが、愛ではあった……」

伊沢は相変らず自分のことばの時称《テンス》を意識していないらしかった。

——それは、そう……。

と答えようとして、また康子はぎくりとした。これで終った、と心のうちのなにかがはっきりと断定していたからである。そして、これで終った、というものの投じた波紋が次第に心裡にひろがりはじめると、はじめて彼女は自らもそれが愛であった、と確認出来るのを感じた。戦争は、家と家とのあいだの垣や塀を取り払い、あるいは家々を焼き払って四方見透しにしてしまった、そのように、要するにあらゆるものが明るみへとり出された。その陽光、火炎、あるいは闇の黒光りする光に堪え得るものこそが愛ではないか、一つのものが終ったところで質を変え、なりたちを変えて、また何かが生れ開始されてゆく筈だ――、と、何かを跨ぎ越すか乗り越えるようにして考えつき得る力が、まだのこっていたことに彼女は自ら感謝した。もしこれが終りきりだったら、愛のかわりに破滅という黒いものに呑まれてしまう。誰にとっても、乗り切ってゆくことだけが問題な時間が既に訪れて来ていたのだ。彼女は、初江さんが、満洲事変以来すでに十三年も続いている戦争と、そして初江さんが信じている〝人民大衆〟との、その両方から来る二重の苦痛に黙って堪えている心中をおしはかった。

伊沢は、いまさっき、相手が直ちに受継いでくれなければ饐《す》えてゆくしかないようなことばを発した。しかもなお、自分の腕のなかの相手は黙っていた。

「御免なさい、なんだかぼんやりしていて……結婚してくれって云われたのは、ずいぶんありがたいことだと思うの。わたしはいまのままでもいいんだけれど、とにかく戦争が終ってからにしましょう。戦争はもうじき終るわよ、きっとよ」

「確信があるみたいだね」

「ええ」

「何だかあなたは犯しがたい信仰があるみたいだな」


……………………

まだ薄暗いうちに、ふと物音を聞きつけて康子は眼覚めた。伊沢はやすらかな寝息をたてていた。雨戸の隙間から水のような光がさし込んでいる。表の戸をあける音がして、階段を上って来る音がする。信彦の弟さんのお嫁さんと子供たちが帰って来たのか。

——そうではない!


不意に起き上って机の抽出しから書類と原稿を入れた紙袋をとり出し、咄嗟に思いついて襖を押しあけ、低い柵を跨ぎ越してお婆さんの寝床の下へ押し込んだ。お婆さんは明かに、ぎらりと光る眼を見ひらいて下から康子を見詰めた。人間の眼とは思えぬような、熱っぽくてしかも固定した視線であった。身体は微動もさせない。再び柵を越えて襖をしめ、床のなかへ潜り込んだとき、足音は廊下を踏んで来て二人の部屋の前でとまった。

「ここだな?」

「はい」

と爺やがおろおろ声で答えるか答えぬうちに、

「警察のものだが――」

伊沢は、おっ、と声に出して起き上り、机の方を見た。その視線の流れた方へ二人の私服が踏み込んで来て、先ず抽出しをあけた。康子は伊沢にしがみついて、大丈夫、と耳に囁いた。カバンの中身をさぐった。康子のバッグも。バッグのなかから、安原大佐の手記ノート三冊が出て来た。

「これのことじゃなさそうな話だったがな、とにかく、な」

ということで取り上げられた。ここでもまた安原大佐のガダルカナル苦闘記は身代りになった。

二人は廊下に正坐させられた。額の裏はもとよりラジオの内側まで精密に捜し、一人が畳をあげようか、と云ったが、もう一人がそれには及ぶまい、と制した。あけはなたれた襖の向うでは、お婆さんがあおむけに寝たまま首だけをかたむけてじっと私服の振舞いを凝視していた。

年寄りの方の私服がお婆さんに気付いて、

「おや、まだ生きてござったかい。桑原、桑原だな」

とひとりごとを云った。

「何しに帰って来たのか」

「食べにですよ。そのほかに何があるものですか。東京じゃあなた、腹が減って」

というような訊問があって、他の部屋をざっと捜してから私服二人は来たときと同じように廊下を踏み鳴らして引揚げて行った。帰りぎわに、

「東京の方でな、そのうち呼び出しがある筈だ」さきに桑原桑原と謎のようなことをいった年寄りの方が、「な、信《のぶ》さん、東京から方々中継で来た電話でやったことなんだ、悪く思わんでな」

と囁いた。幼馴染みか小作関係の人か、と思われた。

いったいどこへ隠したんだという伊沢の問いに康子が答えると、伊沢は眼をまるくして、

「そりゃまったく桑原、桑原なわけだよ」

と、木柵のなかのお婆さんについて手短に説明した。お婆さんは、三十年ほど前に極道者だった夫を両の指で絞め殺した。

「莫迦力があってね、お婆さんをつかまえに行ったいまのあの刑事もね、かけ出しの頃だけど、実は咽喉を絞め上げられたんだ」

以来、気が変になったが、三十年間、決して乱暴もせず、柵からひとりで出たりも決してしないが、柵を犯して入ってくる者に対しては、誰によらず、こうやってゴリラみたいに両手をさし出してかかってくるのだ……。

「まあ、するとこの柵のうち側は、神聖不可侵、なわけね?」

「そうなんだ、僕も野球のボールが転り込んだのでね、何気なく越して入って、やられたことがあるんだ」

「まあ……。だけど」

しかしとにかく書類をそっくりそのままお婆さんのお尻にしいていてもらうわけにはゆかなかった。

「わたし、やってみる。見ててよ」

康子は柵の前の廊下に坐り、手をついて、

「お婆さん、先程はありがとうございました」と鄭重に礼を述べ、「でもお婆さん、どうにも仕方がなかったのですから、どうかお許し下さいませ。その書類は、わたしたちの、いえ、皆……、皆様のためにどうしても必要なものでございますから、もういちど、いちどでいいのですから入らせて下さい、一生のおねがいです」

と祈るように云った。

気のせいか、お婆さんがかすかにうなずいたように思われた。けれども、暗い、堅い、真直ぐな視線はどこへもそれてゆかず、柵の前に坐った二人を刺し貫いていた。

康子は思い切って立ち上り、両手の指を握りしめて柵を越えた。床の上にちんまり坐ったお婆さんは微動もしなかった。康子のするがままに任せて、彼女が柵を越えて再び廊下へ出たとき、煙管をとって竹筒の灰落しをぽんと叩いた。その甲高い音に、康子はとび上らんばかりにおどろいた。お婆さんは、すぱすぱと朝の煙草を吸い出した。このひとは気狂いではない。もしそうだったとしても完全になおっている、普通の人間として振舞うより、こうしていた方がいい、このまま死んでいった方がいいと悟っているのだ、見透しているのだ、と、康子は断定した。

書類は、どさくさのあいだに帰って来た弟の嫁があずかってくれて、近々上京するからそのときそっと届けてくれる、ということになった。

「なに、安いことですよ」

というのがこのお嫁さんの返事であった。このひとも、伊沢の弟が父にそむいて農民運動でかけまわった頃に、一緒に暗夜の畔道を辿り歩いたことのあるひとだった。

午後二時すぎ、二人は上野駅へついた。昨夜の空襲のため、電車は二十分おきぐらいにしか動いていなかった。電車のホームで、三人の女学生がしゃがんでお手玉をしていた。そのまわりに数人の大人が立って、ぼんやりと眺めていた。どうしようかとホームをうろうろしていると、A新聞の編輯局長に出会い、その自動車にのせてもらった。この局長は上野駅へ北方にいる高位の軍人を出迎えに来たのだが、汽車は予定より遅れて夕方でないとつかぬということだった。大新聞の編輯局長は、実際に新聞を編輯することよりも、高位の軍人や参謀の機嫌をとるために、送迎に出たり、酒や女をあてがったりすることなどに時間をとられていた。二人は日比谷で下ろしてもらい、伊沢はそのまま社に向い、康子はホテルへ帰った。

たった一晩か二晩東京をあけただけでも、まったく変り果てた姿を見なければならない。自動車の通る道々には、まだ燃えさかっているビルや電柱があり、銀座では三越ががわだけのがらんどうとなり、松屋はまだ煙を吐いていた。

空には暗い雲が重々しく犇《ひしめ》き合っていた。あやめやかきつばたがきらきら光る水のなかからのび上り明るい陽に紫の顔を向けている水郷から帰って来た眼には、空模様の変化とともに、東京は、人々がおのれ自身の運命に聞き耳をたて、あたりをそっと見廻しながら動かねばならぬ、なんと云えばよいか、たとえて云えば敵に占領された都会のように思われた。またその反面、焼け焦げた枕木の上をなんの事故もなく走る電車を見ると、不思議な落着きが感じられもした。まだ煙の消えぬ焼跡を掘り起して埋めたものをとり出し、焼トタンの小屋をつくる、小屋の端と焼けた樹木に綱をひきわたして物干をつくる。そこにおしめを乾す。子供たちは自分でおもちゃを作り、たのしそうに遊んでいる。激動の底の方から、積極的には覚悟といわれ、消極的には諦めと呼ばれるものが、じかな土の上に、雑草のように滲み出している。

ホテルに近づくにつれて足取りが早くなった。潮来で買って来た米を、これまで何度も御馳走になったかえしとして邦子にわたそうと思い、捜したが、ホテルにはいなかった。そしてロビイの奥の方のソファには、井田一作が運命のように坐っていた。ゲートルをはいた足をひろげて毛のすりきれた絨毯を踏みしめ、体をのり出して左膝の上に肘を突き、右手の拳を左手の掌に押しつけ押しつけしていた。眼は充血していた。井田一作も昨夜は多くの仕事をしなければならなかった。鹿野邦子の取調べから帰ると、別の一件が、白金事件といわれるものが待ちかまえていた。空襲のために書類の廻付が遅れていたのであった。その別の一件も、不思議なことに石射康子と関係のあることであった。

「待っていたんですよ」

という呼びかけに対して、康子は、

――そうでしょうね。

と答えそうになった。

「あなたの差金《さしがね》でしょう、潮来でひどい目に遭いました」

「そうですか、鄭重に、って云っといたんですがね」

「まあ、鄭重、って云うんでしょうかしら」

「ところで、困りましたね。鹿野邦子が闇であげられちゃったんですよ。愛宕山で不審訊問にひっかかったんです。あの愛宕神社でこのごろ右翼の集会がときどきあるもんで、張り込んでいた猛者にやられたんで。まだね、とめてあるんです」

「かえしてあげて下さいません？　無邪気な娘なんですから。あなたも御存知でしょう」

「ええ。ところがですよ、闇の米や何かの、一部は傍受所で徹夜をされる筈のあなたに差上げ、のこりは深田顧問官に差し上げるものだ、って云い張るんですよ」

「はあ……？」

それは初耳だった。菊夫、夏子、邦子という取組み、夏子と邦子という組合せが頭に浮んだ。邦子にバターなどを依頼するにしても、康子は深田顧問官とか夏子とかの名を出したことはなかったのだ。少女の、油断のならぬ賢さが見えていた。

「もし本当でしたら、とにかく微罪ですから、説諭だけで今日中にも出しますがね？」

「ええ、本当です。わたしたちは物を手に入れるルートをもっていないものですから」

井田一作は康子が手にした手提げを眺めていた。まるくふくれている。二人の視線はかち合って、しょうことなしににやにや笑い出した。

「潮来でもらって来たんです」

「ところがね、もう一つ、これは見逃せない事件があるんです」井田一作の発音によると、この事件ということばは、世の常とは異なった感じを帯びて来る。「去年の十二月に、白金事件というのがあったんです。それは、浮須という伯爵が上海から帰って来て、華族や金持たちのもっている白金や貴金属、ダイヤなんかを買いあつめて、そいつを近頃上海へ自分で密輸して一儲けしようとしたんですが、満洲国の安東駅で検挙されたんですね。いまは礼遇停止になっていますが、ところでこの浮須伯が、上海へ帰る前に国府津の深田顧問官の邸を訪ねて大陸土産の煙草や何かを差上げ、それで、どうも深田さんのところの服飾品やダイヤを政府の強制買上げの二倍の値で買入れたらしいんですな」大陸土産の煙草は、たしかに康子も深田老人からもらったことがあった。大前門という珍しい名の煙草であった。「それがね、全体のなかで占める割合が、ちょっと大きいんですよ。そしてそのなかには、あなたの指輪類も少しあるようです」

「まあ、浮須さんは伊沢さんの友人で、わたしも知っていましたが、そんなことは初耳でしたわ」

そう云えば、夏子が去年の十二月に日比谷公会堂で第九シンフォニイの演奏会があったとき、お義母様の指輪類出しましたわ、と告げたことがあった。彼女は嵩ばった荷物は邦子の田舎へ疎開し、細々したものは国府津であずかってもらっていた。

「じゃ、深田さんが御自身でその貴金属類を浮須伯爵に売ったと云われるんですか」

「いや、それがどうもね、お嬢さんの夏子さんじゃないか、というんです」

「というのは、深田さんに傷をつけないためですか」

「いや、それは……」

井田一作はことばを濁した。それで康子は、わたしの指輪が浮須伯の手にわたったとは知らなかったけれども、その分については責任をもちます、と答えようとして、はっと気付いた。井田一作が唇をとがらせて、妙に腰を浮かすような恰好で下から彼女の眼をのぞき込んでいるのである。狙っている、ということばがぴったりするような眼つきであった。

すなわち、鹿野邦子の闇事件については、これは自分が依頼してやらせた、白金事件については、これも、深田顧問官にも、また夏子にも傷がつかないように、彼女自身がはからったことだと、一切をひっかぶったならば、井田一作の妙な工合に浮かした腰は再びソファの奥に落着いて、困ったことになりましたなあ、というようなことを云って一応同行を求める、とこんな段取りになるのではなかろうか。こうして、がんじがらめにからめておいて、闇、白金などのスキャンダルを地雷のように伏せておき、それから一挙に伊沢信彦と深田英人をはじめ、和平派グループ乃至英米派といわれる人々を狙い射ちにうつ。もし潮来で書類と原稿をとられていたら……。

ふと、康子は、あのお婆さんの、すべてを透視していながら、しかもなおそれまでの柵のなかに凝っとしている姿と、その刺すような視線を思い出した。そして、これを想起したということが、焼跡で天皇に行会ったときの邦子流に云うならば、〝みんなあたしが悪いのよ〟という、日本の女がかかりやすい罠から彼女を救い出した。

「わたしが、偶然に、二つの全然別な事件の両方ともに出て来るっていうのは妙ですわね」

「ええ、でもよくあることですよ」

この返答を康子は、もしそういうことがなかったら自分たち、つまり井田一作等の世界は成り立たないのだ、という風に裏返して受取った。彼女は、自分が黒いズボンをはいて立っていて、井田一作がソファの端に不安定な恰好で掛けているという、この偶然の態勢に感謝した。

二つの問題をいっしょくたにして答えた。

「指輪の処分は夏子にまかせていましたから何も知りませんが、もしわたしが責任を負わねばならぬものがありましたら、仕方がありません、その分だけは、負いますけれど、邦子さんは何とか微罪釈放ということにしてくれませんか？　おねがいですから」

とひとつづきに云ったが、白金事件と邦子のこととを別々に切りはなして云ったら、どうなったか。ポウコちゃん、邦子の屈託のなさがひとつの救いであった。

「あの娘のことは大した問題じゃないんで」

たとえことば半ばででも、すかさず切り込んでゆかねばならぬ。

「じゃ、おねがいしますわ」

「食糧は没収になりますけれど」

「食糧も惜しいですけれど」

重さが次第に減っていった。康子は軽く笑うことさえ出来た。そしてそれが井田一作の苦笑を誘い出した。

井田一作は場所を変えたかった。石射康子は、ソファに坐れとすすめても一向に坐ろうとしない。しかし、場所を変えるといったところで、いったいどこへ行くところがあろう。枢密顧問官の秘書を、たとえ私設でもやたらにひっぱったりすることは面白くない。といって、地下室のグリルには、昨夜の空襲で焼け出された人たちがごろごろしているし、外は、これまた焼跡のほかに何がある？　ちょっと一緒に歩きませんか、と云いたくてむずむずしていたのだが、話しながらぶらぶら歩くなどということは、誰の生活にももう存在しなくなっていた。けれども、井田一作は、前々からこの石射康子と一緒に少し歩いてみたいという慾望を強く感じるようになっていた。とにかくこの女は、鋏で布地を切ってゆくみたいに、わざと漠然とさせてあるものを、さっと切りわけてしまう。こっちは方々に布石したままわざと漠然とさせておいて、そのうち一挙に全体をつかもうとしているのに。いまも白金事件と邦子の件とをからませて網を張ったのに、二つは別々のものとなり、重みが一瞬のやりとりでぐっと減ってしまった。鋏か剃刀みたいだ、しかしもしそうだとして、その刃を研いでいるものは何だろう。深田顧問官か、それとも実弟の安原克巳か……？　それを横に並んで歩いてみて把握したい。お互いに対岸に立つのではなくて、並んでみて、それで伊沢信彦を、ひいては深田英人をどこまで庇護しようとするか、それをつきとめたい。通信社のなかに張った網からは、伊沢については相互にまったく矛盾した報告しか来ない。書類が手に入らぬとすれば迂路を辿って人間の把握からはじめねばならぬ。右翼係の連中が右翼と肝胆相照らしているような風に。

「私が云うのも妙なものですが、深田さんにしても――」そこでちょっと口籠った、恐らく伊沢にしても、ということばが入る筈、と康子は解した、「気をつけて下さい、何が起るかわかりませんし、方々から狙われてもおいでだと思うのです」

それが真実であることは、康子にもわかっていた。が、それを口に出して云う井田の真意はつかめなかった。真実であるということと信じるということが、彼の場合にはどうしても一致しなかった。この男を信じるようになるということは、自分にもう戦う力がまったくなくなったと認めることにほかならない……。そして彼の真実と真意が一致するためには、潮来においてて来た書類が必要なのだ。それが手に入らないために、井田一作は自分に対して統一された像になりえないのだ……。

「ところで」と云って井田一作が上着の内ポケットに手を入れたとき、五つになる男の子の手をひいてリュックサックをかついだ安原克巳が、

「姉さん、ここにいたのか、おう、井田さんも……」

と云って近づいて来た。克巳の後には、赤ん坊をおぶったモンペ姿の初江もいた。焼かれたのだ。初江は手に火傷をしたらしく、白い軟膏を塗っていた。彼女の青黒い顔は、井田一作を見てさっと緊張した、が、克巳の方はほとんど表情を動かさずに、一見、妙に晴れやかな風を装って、

「とうとうやられましたよ。B29が近所へ落っこちたんですよ。大分奮闘したんだけど、だめだった。仕事はね、無事にとり出して、いま参謀本部へ届けて金をもらって来た」

と参謀本部を強調した。二人は夜の汽車で長野県のM市在にいる、いまは翼賛壮年団の仕事をしているむかしの同志のところへ疎開をする、その挨拶に来たのであった。克巳は疎開先でその同志と何をやるかについては何も云わなかったが、眼には異様な光があった。康子は潮来からもって来た米を頒けてやった。

「疎開先は届けてあるんだろうな」

と井田一作が克巳に話しかけたとき、給仕が康子に電話だ、と云って来た。電話室に入ると、伊沢が息せき切って、

「リュシイが焼け出されて、死んだ。……それが鉄道自殺なんだ、貨物列車に……引取人がなければ、焼死者といっしょにして燃やしちまうって警察が云うんだ……お互いに疲れているけど……行ってやろうじゃないか」

リュシイが自殺した、そう、やっぱり！　――ことばに出来るものは、これだけだった。衝撃の先の方にあるものは、これから後の時間とともに彼女が背負ってゆかねばならぬ。出征中の夫に知らせようにも、区役所自体が焼けていた。

電話室のガラスを通して、克巳と初江と井田一作の方へ、国府津で夏子と同じ病いを養っている筈の菊夫の友人の久野誠が、きょろきょろと人をさがしながらやって来るのが見えた。来るときにはなにもかも一時に来るものだ、と思わないわけにはゆかなかった。次々と彼女の急場を救いにやって来るのか、それとも次々と罠にかかりに来るのか。

「とにかく……牧師をさがさねばならんのだが、見つかるかしら……」

ひょろりとして背の高い久野青年は、吸い寄せられるようにして克巳、初江、井田一作等のいるところへ近づく。井田一作が眼ざとく久野誠をつかまえた。そして、芝居がかって、これはこれは、というように両手をひろげた。ええと、こいつは所謂富士山事件でつかまった奴だったな、肺病で出されたんだったっけ。富士山事件というのは、ある左翼歴のある映画監督が、「富士山」という文化映画をつくった。ところが、それは霊峯富士をではなく、岩だらけの、ただの火山としての富士山を精細に写し出した。これは霊峯に対する日本国民の信仰を現実暴露によって打破り、国民精神に影響を与え、ひいては国体を破壊せんとする思想傾向を示すものである、として、治安維持法違反に問われた。久野誠はこの上映禁止映画を未然に見物し、これを称揚する文章を書いた、それで検挙されたのであった。また久野青年は、若い癖に安原克巳のところへ出入りしたこともあった。井田一作は意地悪い興味で克巳、初江と久野青年の対面に立会った。腹をかかえて笑い出したいような気もした。

電話室の周囲には、地下のグリルからロビイまで溢れ出て来た罹災者たちが坐り込み、今夜はどうだろうか、今夜はきっと都心の残りがやられるんじゃないか、ビラにそう書いてあったそうだ、それじゃ、こんなところにいちゃ危いな、などと話し合っていた。

康子が沈んだ顔つきで人々のすき間を辿ってやって来ると、克巳は手を振り足を振りして、いかに自分が消火に奮闘したかを、井田一作と久野誠に話してきかせていた。ばつの悪さをごまかすためか、と思われた。久野誠は、夏子の容体が思わしくない、腹は大きくなるし、病状は進む一方だし、進退谷《きわ》まったようで見ていられない、自分も熱があるけれど、ひさしぶりで大学にフィルムが入ったというからレントゲン写真をとってもらいに二三日前に上京したので、ついでによってみたのだ、と云った。

「それから、菊夫君からはもう二ヶ月も便りがないでしょう、だから夏子さんは――」

克巳と初江が子供をつれて出ていった。新宿から今夜出る列車に乗るためには、たとえ罹災証明書があっても六時間くらいは行列して待たねばならない。初江は、この間誰にも一言も口をきかなかった。帰り際に、康子の耳許に口を寄せて、

「義姉さん、御機嫌よう」

と云っただけだった。子供たちも、眼を据えたように、じっとしていた。

久野青年にも帰ってもらった。どう仕様があろうか。

再び二人だけになったとき、

「あなたもなかなか大変ですな」

と井田一作が同情した。

「わたしがまるで万事万端の結び目みたいに見えるでしょうね？」

さっと切りかえして来た。これには彼もいささかむっとしたが、抑えて、

「わたしもね、いつかお話しましたが、沖縄出身でしてね、母が長生きしていたんですが、もう、きっと駄目ですね」

誰もが何かの悲惨を背負っていた。惨苦は既に飽和状態に達していた。

「そうですか……。わたし、知り合いに自殺をしたひとがありますので、そっちへ行かなければならないのですが」

「じゃ、とにかく……」闇やら白金事件やら、いまここで偶然に（？）会した安原克巳、初江、久野誠、それから——とにかく、そのかなめとなるべき書類が手に入るまでは、とにかく「鹿野邦子は支配人に注意した上でかえします。もともとあの娘自身は大したことはないんですか

ら」

背景があるというのか。暗々裡にお互いの虚を衝き、実を切り裂く、これが井田一作の云う〝つき合い〟であった。

「ところで、あの娘がこんなものをもっていたんです」と云って井田一作は内ポケットに手を入れ、先刻とり出しかけて安原克巳一家に妨げられたものを康子に手渡した。「犯罪を構成するようなものじゃありませんけれど、これも気をつけなけりゃ危いですよ。憲兵隊の手に入ったらいっぺんでやられますよ」

偽名をつかってあったが、封筒の表書きは菊夫の筆跡と見て誤りはなかった。彼女は異常な胸の鼓動と眩暈の来そうな、吐気に似たものに堪えながら礼を云って受取り、ハンドバッグにおさめた。汗が流れそうであった。が、我慢して別れ際にかすれ声で一言つけ加えた。

「ところで、またわたし、兄の手記を取られてしまったんです。潮来の警察の方に。かえして下さるでしょうね」

彼は苦笑して、

「なんだか大分おつき合いが深まって来たようですな。お兄さんの苦戦の手記が何かの身代りになってくれたんじゃないでしょうかね。はっはっは」彼が康子の前で声に出して笑ったのは、これがはじめてだった。「あなたのお守りみたいなものですな。はっはっは。承知しました。

とりかえしましょう。そのためにはしかし、一つ条件があるんですが、それは今度また話しましょうや。では」

と云ってから、井田一作は失敗《しま》った、と思った。官僚機構のなかで、未熟な案件についてはいつも、今度またということにして先の機会まで引延ばすことに彼は馴れていた。けれども、連日連夜の空襲下に、今度また、などという日はもう存在しないに近くなっていたのだ。

菊夫の恐ろしい手紙をハンドバッグに入れたまま、康子はもう一度電話室に入って、知り合いの二三人の牧師に電話をかけてみた。リュシイの宗派などもうかまってはいられない。はじめの電話は通じなかった。焼けてしまっているのであろう。二番目は、通じたが教会に牧師はいなかった。投獄されていた。三番目は、死者が米国人だというと、曖昧なことを云って断られた。四番目は通じなかった。そして社へ行ってみると、死者はリュシイだけではなくて、もう一人いることがわかった。これは自殺でも爆死でもなくて肺炎で死んだのだった。海外局の二世の娘であった。

社の、所謂縄莚挺身隊に頼んで莚を二枚わけてもらい、日比谷公園の、まだ野菜畑になっていないところから貧しいアネモネの花を盗み採り、二人は相乗りで自転車を走らせた。夕刻近く現場に達したが、屍は既に近くの彼女の家のあとへ移されていた。焼跡の防空壕の中に、赤ちゃけたトタンをしいて、その上に血にまみれた、ばらばらの白い手足が投げ込んであった。

真黒に蠅がたかっていた。手には指輪をしていなかった。しおれかけた花を投げ入れ、牧師もなくて警官立会いのもとに、防空壕を埋め、焼けた木の十字架をたてる。それよりほかのことは出来なかった。

「パンどころか、米も味噌も満足に食べられず、その上、家まで焼かれたんでは」

「どうにも我慢がならなかったのね」

伊沢のことばをうけて、そう云ってみると、からだが硬くなって気が遠くなりそうになった。警官は平気なもので、ある人の父が死んだが棺桶がないので葛籠《つづら》に入れてお通夜をしようとしたところへ空襲になり、家といっしょに焼いては困ると思ってリヤカーに積んでもち出しておいたところが、どさくさまぎれにリヤカーもろとも盗まれてしまった、と届け出た人がある、などと話した。そこにも長くはいられなかった。

この荒涼とした大都会には、日が暮れたが最後、行けなくなるようなところが既に方々に出来ていた。再びペダルを踏んで急性肺炎で死んだ二世の娘の通夜に行かなければならなかった。海の向うではペニシリンの量産がはじまっていたが、日本では、軍の病院にでも行かない限り、ズルフォン剤も手に入らなかった。葡萄糖がない、リンゲルがない、カンフルがない、病人は見る見るうちに死んでいった。大阪では、憲兵隊長が老人は死んでしまえ、と演舌したということだった。

通夜の席で、亡くなった娘についての話がいろいろと出た。死者は、二世の〝皇道化〟を促す再教育機関の励志社を最優秀の成績で出て、伊沢の反対にも拘らず、アメリカ国籍を一方的に放棄してしまっていた。彼が反対すると彼女は、あなたは米国のまわし者かスパイじゃないか、と罵った。肺炎になった原因というのが、早朝自発的に水垢離を取って沖縄の皇軍必勝を祈ったことにあるということだった。そして、高熱を出して床についたとき、日本語でアメリカに帰りたい、と云ったとか、臨終近くの譫言《うわごと》は英語だったとかいう話を聞かされた。二人が席を立とうとしたとき、放送局につとめる二世の男が伊沢の傍へわざわざやって来て、She couldn't take it with her! と吐き出すように云った。死者が何をもってゆくことが出来なかったというのか、itの意味するものがうまくつかめなかったが、恐らくはアメリカに帰りたいとか、英語で譫言を云ったとかいうことから察して、我々二世は結局はアメリカ人なんだ、そのほかのものじゃないんだ、と云いたかったのであろうと思われた。

無慙な埋葬式と、とげとげしい感情の渦巻く通夜から愛宕山の傍受所まで帰りついたのは、午後九時を過ぎていた。途中、交代でペダルを踏み、二十分ほど走っては五分休むという風にし、焼けてぶら下った電線にからまれたり、石垣の崩れ落ちたのにぶつかったりして何度も顚倒した。まだくすぶっている廃墟の只中の暗闇で休みながら、いろいろな話をしたが、埋葬と通夜の帰りでは、話題は矢張り死の方へと傾いていった。あるいは、死の方が、二人を含むあたり一帯の闇へ侵入して来ていた……。

「菊夫君から便りある？」

この一言が、康子を刺し貫いた。井田一作から手渡された菊夫の、邦子あての手紙をまだ見ていなかったのだ。芝公園のなかの、灯のもれている家の軒先で休んだとき、恐る恐る取り出して読んでみた。

『……離陸せんとせし刹那、なんと、投下器より爆弾、離脱落下す……もう一度爆弾を吊らんとするに、全然故障して吊ること出来ず、自分は泣いた。それより三日後、再び出撃命令を受く。懸命の修理を加へしに、またまた投下器故障。分隊長の叱責を受け、生命が惜しくなつたか、二度三度も爆弾を離陸前に離脱させるとは何事か、生命が云々、と罵られ、何と思つたか、自分でも逆上してゐたらしく、覚えてゐないのだが、生命は惜しいです、こんなやくざなのではなく、もう少しちやんとした棺桶を下さい、と自分は絶叫したと云ふ……。攻撃隊よりはづされ……練習隊へ戻される……』

日附は消えて見えなかったが、消印は東京中央であった。

風が吹いて来て公園の老樹がごうごうという音をたてた。ことばにつくせぬものが康子を押し潰そうとした。見るもの、触れるものの何一つとして本当のもの、という感じがしなかった。誰もかれも、どうかしている！　慄えの来る手を無理に押し上げて額に当て、鉄兜がじかにさわらぬように、いつもかぶっている菊夫の登山帽を頭の後の方へ押しやった。

「慰めたらいいのか、どう云ったらいいのかわからないが……」

彼女にもそれはわからなかった。攻撃隊からはずされるということは、恐らく不名誉この上ないことなのであろう。しかし、死は、たとえただの一歩にすぎなくとも、退いた……。が、この一事は、菊夫にとって最大の打撃、精神的な打撃であったろうことは容易に察しられる。この苦しい便りを、病床の夏子にではなくて、恐らく菊夫が最初に生身《なまみ》の女性を知ったその当の相手であるらしい、邦子によこしたということは……。菊夫の、押し潰されて歪みに歪み曲りくねった意地が、苦しみに曲りくねり歪みつくしたその果てに、あてどを夏子でも母親の康子でもなくて、そんなこと、名誉不名誉なんということを気にしそうもない、邦子に求めていったのだ。そうとすれば、いまとなっては夏子の持ち物は、正視出来ないものだけである。

だから伊沢が、

「それで、夏子さんの容体はどう?」

と訊ねてくれても、

「見ていられないのよ」

と答えるしかなかった。

「しかし、妊娠中絶をどうしてしなかったものだろうね」

「本当のところは、夏子にその気持はないでなかったらしいけれど、菊夫があんな風で〃皇国の赤子だ〃なんて云うから夏子が怯えて」

「皇国か！」

「破局《カタストロフ》は、もう眼に見えているのよ。……みんな死ねばいいんだわ！」

菊夫は練習隊へ、霞空へ戻っているとしても、ひょっとして意地を張り通して自決したりしないとも限らない。三月下旬に来た、いかにも遺書らしい、すべてを許しかつは許されたいという優しい調子のものではなくて、邦子へのこの屈辱に圧しひしがれた手紙こそが、本当の遺書であるかもしれなかった。

「みんな、死ねばいいのだわ！」

愛宕山の石段の下で休んだとき、康子は自分たち自身に襲いかかっている破局についての一切を、今日早朝の潮来までのことを伊沢に打明けた。彼女は、伊沢に秘特の書類や原稿、メモなどをもって外出しないように、と何度も念を押すこと以外は、井田一作のことはそう差し迫ったものとしては話してなかったのだ。話すことによって、伊沢の挙動が、却って不自然なものになることを恐れもしていた。賢明なことであったかどうかはわからなかったが、彼女は、事態の急迫を知らない伊沢にも、じっと堪えて来たのであった。

「そうだったのか。だとすると、このところ、僕たちは本当に二人だけでいたということはなかったわけだね。いつもその、井田一作という男があなたの傍にいて、あなたがその影を背負っていたのか」

そういう風に云われると、何となく自分が、堪えて来たのではなくて、裏切って来たみたいな気がして来るのが不思議であった。それが、日本の警察が知らず知らずのうちに日常の生活に影を落して来ている、そして民衆のあいだに蓄積して来た一種の心理作用のようなものなのかもしれなかった。

「そんな風じゃないのよ。わたしが感じていることくらいはあなたも感じていらっしゃるでしょうから」

どうにも覆すことが出来なかった。自分で自分が仕掛けた罠に落ちた、という感じを免れなかった、また、こうして二人のなかに水をさす、これこそが井田一作の〝つき合い〟の目的だったのか。

そのとき丁度石段を下りて来た社員の一人に自転車をわたし、康子は前のめりになった伊沢の後に従って、絶望の一歩手前で、一段一段、硬わばって痙攣でも起しそうな足で石段を登っていった。急な石段は、登っても登っても尽きなかった。二人の足音は、乱れていた。

登りきったところで、伊沢は急に振り向いて立ちふさがった。康子は危くのけぞりそうになった。伊沢のゲートルがとけて、ぱっくり口をあけていた。

「わかった。僕が盲目だった。何だかあなたの態度にわからぬものがある、と感じていたんだ、あなたがカバーしてくれているとは知らないで。結婚の話だって、僕は真剣だったんだ。こんな生命懸けの苦労をともにして、その後で、どうしていったいアメリカでのうのうとしていたローラなんかといっしょに暮せるものかね」

「…………」

なにか違う、違う、と康子の心の底にあるものが叫んでいた。伊沢の云ったことは、たしかに康子を石段から突き落すようなものではなかった。しかし、なにか違う、それでは、菊夫の心が苦痛に際して夏子から邦子へ移りゆく、或は夏子自身が久野誠と親しくなってゆく、また克巳と初江さんが違った心を抱いて黙って暮しているのと、どこか似たところのあることになってしまう、なにかが違っているのに、違ったまま全体が破局へ突入していってしまうことになる。

「僕が悪かったな。心配をさせて」

「…………」

それも違う――、いたわりのことばが、却って心の奥深いところに傷をつける、そのときはただ何となく痛いような、疼くようなことを云われたな、と思っただけだったが。そして表面的には、愛がここでもう一度確認された、或は（まったくその反対なのか）――うまく見当をつけることが出来ないだけのように思われたが。

傍受所に入ってしばらく二人とも机にうつ伏して休んでいると、鹿野邦子から電話がかかって来た。

「あたし、邦子よ。おほほっ。……出て来たわよ。……うん、福井中佐によ、出してもらったのよ。……中佐がよ、お米もよ、取ってくれたわよ。うふふっ。……ううん、菊夫さんの消息がよ、あたしにわかったからね。それで昨夜思いついてそこの段々上っていったの。そうしたらね、途端にふんづかまっちゃった。あたしはよ、土浦から伯母さん、夜になればもどっていらっしゃるだろうと思ったから、寄ってみたのよ。……お泊りになったのね、イーさんと、いっしょにでしょ、うふふっ。……それでよ、菊夫さんの手紙、取り上げられちゃった……」

その夜、東京掉尾の大空襲で、愛宕山は集中攻撃を食い、二百五十キロの焼夷爆弾九発をくらって、山の樹木も愛宕神社も一時に炎上し、山全体は火につつまれた。東京の火の海のなかで、愛宕山は島のように盛り上って燃え熾《さか》った。が、傍受所もアンテナも、奇蹟的に無事だった。伊沢は消火作業に挺身して、首の左側から頬にかけて黄燐を浴びてひどい火傷を負い、傷がなおってからも左眼は、眼球自体に故障はなかったが皮膚がひきつって瞼が眼球の半ばを蔽って動かなくなり、不自由の身となった。康子は三人の二世の娘をはげましながら地下室で慄えていた。あまりの恐怖に、眠気さえ催した。
後になってからそのときのことを思い出そうとしても、地獄の三時間、何がどうなっていたのか、印象をまとめることが出来なかった。ただ、かえりみて怒りがないということが不思議であった。一言で云うとすれば、あわれあわれ、とでも云うしかなかった。しかもそのあわれは、凍りついた物質のように、また焼跡の灰のように冷たい、いささかのあたたかさも人間味もないものだった。あわれという、宮城の石垣のように冷たい、叩いても撲りつけても鈍い単調《モノトオン》な反応しかない、敵意に満ちた黒いものだった。伊沢は顔を焼き、康子は心を焼いた。

康子は四日に一回ほどずつ、邦子の工面してくれた食べ物をもってK大学病院の伊沢を見舞にいった。伊沢の火傷は、首の左側から顳顬にかけて焼夷弾の黄燐を浴びたためで、面積は広くなかったが、火傷では第三度といわれる、手ひどいものであった。焼けただれた部分の皮膚の再生がきかなくなり、首はどうにかまわせたが、左眼の瞼が強直《ごうちょく》し、ひきつってしまって眼の半ばを蔽って動かなくなった。左眼だけ、眼ばたきが出来ず、眠るときでも閉じることが出来なくなったのである。左眼を、半眼あけて眠らなければならなかった。そのため、一種の神経障害を起し、ひどい不眠症になって平衡感覚すらがあやしくなり、ホテルの階段を踏みはずして顚倒し、軽い脳震盪に襲われた。その上、火傷の痕にも再び傷をうけ、傷はすぐに膿をもった。皮膚に再生機能がなく弾力が失われているので、下から肉が盛り上ってくれれば、盛り上っただけ凸型に突出し、醜い形相になるほかなかった。頰骨の上に、もう一つ肉の突起が出来るのである。伊沢は首から顳顬まで国防色の繃帯にぐるぐるまきにまかれて、

「仕方がないなあ、これが、僕の、戦争の記念か」と、皮膚のひきつりのために発音も不自由な唇をゆっくりと動かして云った。「そろそろ馴れて来たようなんだけど、片眼をあけたままで眠るってことがね、どんなに奇妙なことか、ちょっとわからないだろうな。ホテルでね、あなたがどんなに親切にしてくれても駄目なんだ。この世の中でね、寝るときにさえ、片っぽの眼を半分あけたままで眠るやつは、そう沢山いやしないだろう、なんて思うとね、妙に気が沈んでくるのさ」

伊沢は、負傷以来ぱったりとそれまでの活動をやめてしまっていた。それまでは、毎日愛宕山の傍受所と日比谷公園のなかにある国策通信社の海外局に出勤し、一週に三日は夜勤までするという勉強ぶりだったのである。それだけでなく、新聞に出ない、あるいは出せない傍受情報やそれに基づく研究を情報局を通さずに秘かに重臣と呼ばれる人々に配布したり、和平を意図していると目される人々を訪問し、連絡の仕事まで引受けていたのだ。

それが、負傷以来、病院のベッドがあくのを待つ数日のあいだ、昼も夜もホテルの部屋にこもってうつらうつらしているという風に変ってしまった。外へ出る力がなかったわけではない。不眠のせいよりか、恐らく見栄坊なため、傷痕の醜さを人に見せたくないせいだろうか、などと、はじめは康子も考えていたのだが、どうやらそれだけではなさそうだった。ある夜、煙草がまったくなかったので、炒り豆を噛みながら話していたとき、伊沢は不意にこんなことを云い出した。

「僕も矢張りね、昭和の初年に大学を出た人間なんだな。だから、心の底の方では、基本的対立というものを信じて来た。いまでも信じているとは思うけれどもね、しかし、あれからちょうど二十年だ、とにかく、何だか知らぬがこの基本的対立というものを中和してしまうような作用が、この日本の社会には、どうにも否定しがたく、存在するように思うのだな……」

伊沢がそのときどきの現象についてではなく、心の底などというものについて語ることなど、まったく珍しいことだった。

「基本的対立って？」

「それは、あなたの弟君の、克巳さんの考えることとそう差のないこと、つまり階級という考えさ。中和したり消去したりするのは、言論弾圧ということの物凄い効果もある、けれども、それだけでは説明しきれないものがある。ひょっとすると、中和したり消去したりするものの元兇は、知識階級そのものなんじゃないかという気がすることがあるな。立身出世に片足つっこんでいるせいもあろうが、とにかく、基本的対立感は、むしろ支配階級の方に濃厚なんじゃないか、いつも先を越されているみたいな気がするんだ」

「だけど、初江さんのようなひともいるわ……」

伊沢は、しばらく考えてから、

「そうなんだ」とうなずいた。「それなんだよ。けれどもね、孫文は中国人民は散沙の如し、と云ったけれど、いまや日本人民の方が散沙の如きことになっている」

「そうかしら？　空襲とか、おなかが減るとかということなんかで、物凄い共通の経験をいましているから」

「だからさ、そこのところがうまく云えないんでもどかしいんだけど。初江さんや克巳君にこの共通の経験を組織する力があるかしら。いまのいまだよ、それを思うと、がたがたわいわいと動きまわるのが、実はいやになったんだ」

「という意味は、あなたが動けば動くほど、それが、その、支配階級の」康子は云いにくそうにこのことばを発音した。舌が口のなかでねばるみたいだった。「……ためになる、というわけ？」

「それも考えた。また、そんなことにこだわっている場合じゃない、ということも勿論考えた。

が、とにかく少し休みたいんだ。あなたは僕が火傷して年甲斐もなく恥ずかしがって出歩かなくなったんだろう、と思ってるかもしれないけれど」

「見栄っ張りだから、多分そうじゃないかな、って思っていたのよ、悪かったわ」

「いや、それもあるんだ。とにかく自分で消火に奮闘してみたら途端にいやになっちまったんだ。これ、どういうんだろうね？　自ら解体すべくして出来なかった都市がさいわい敵の手によって解体されたのである、なんて投書があったけれど、この、国民の愚劣さというものは、底知れぬみたいじゃないかね。とにかく、自分でも焼夷弾攻撃を経験したんだから、これ以上、惨禍を拡大しないように、一生懸命に和平工作を進めるべきなんだろうけれど、ところが、途端にいやになっちまったんだ。決定的瞬間に身を退く、身を避ける、決定的な瞬間だけは他人にまかせて、後からゾロゾロと出て来てなんだかんだと文句をつける。悪性インテリの習性かな？」

「…………」

「それはまあ、それとしてもだね、しかし何か底流の方で変って来つつあるということもね、わかるんだよ。たとえばだよ。宮城が焼かれただろう、それから伊勢神宮が見事な照準で吹きとばされた。当局は、敵愾心を昂揚せよとか、米英は鬼畜だとか云っている。けれども国民一般は、実を云えば驚くほど無関心なんだ。宮城はともかくとして、伊勢神宮のときの秘特の輿論調査も、反響の冷淡なのには驚いているんだな。僕も交換船でアメリカから帰って来てからは、実際、ときどき、あなたに冷かされたが、大変な日本主義者みたいなものになりかけた。その日本主義者の僕自身、宮城が焼けようが伊勢が焼けようが別にどうとも思わない。いっそ……」

「思い切ってきれいさっぱり?」

二人は眼を見合せて、低い声で笑った。笑い声は、低かった。そして、二人ともの笑い声の裏側に、何か刺すような、棘《とげ》のような呵責が明かに存在した。更には、この呵責につけ入ろうとしている、狡猾で、冷たい眼が存在した。その眼は、かつて労働というものを一切したことがなく、国民の税金だけで食っている種族がもつ、猛禽類にときどきあるような鋭さをもっている。しかも、この高所にしかとまらぬ鳥の羽毛のつややかでやわらかい美しさは、眼や嘴や爪の鋭さ、残忍さを充分にやわらげ隠し了せて、鋭いとか残忍だとかということばからリアリティを奪い、それらのことばを、度を越した、不逞不敬なものと思いこませるだけのものをもっている。笑い声はすぐに涸れてしまう、笑った人はシニカルな気持に落ち込んでしまう……。

心のなかに異物が挿入されたような気持をはらうために、康子は珍しく長い話をした。

「あのね、このあいだ井田一作が白金事件なんてものをもち出して来たでしょう。ですからわたし、何かもち出して来さえすればわたしを脅かすことが出来るのじゃない、ってことを見せてやるつもりで、つかまってる浮須伯爵の弟さんのところへ実は会いに行ったの。深田さんから石油のことを聞いて来い、と云われていたことのついでに、わたしの指輪や、深田さんや夏子さんの貴金属は、夏子の話だと、たしかに浮須さんに公定の倍で夏子さんが売ったらしいんだけど、しかし、本当にそれが井田一作にわかってるのかどうか、あの人たちは、カマをかけることが仕事なんですから、とにかくたしかめに行ってみたの。そしたらこの白金事件の方は、たしかにその通りでグウの音も出ないのだけど、そのときね、浮須さんの弟さんが、こんなことを云うの。窓から宮城の方を指さしてね、あいつらが京都から公卿なんかといっしょに出て来やがって、おれたちを華族なんてものにまつりあげておいて、それで兵隊どもといっしょになって政治なんかに手を出しやがって、とうとう日本を潰してしまいやがる、局《つぼね》、つまり妾の騒動か嫁取り騒ぎくらいしか経験のなかった奴等が政治に手を出すからこんなことになったんだ、って云うのよ。はじめはわたし、何のことかわからなくてぽかんとしていたの。あいつらあいつらって云うのが誰々のことなのか、見当がつかなかったのよ。ところが、浮須さん一族は、御三家でも御三卿でもないけれど、ね、驚いたわ、わたし、あの人たちは矢張り、浮須さんの云う京都のあいつらと公卿さんたちが、浪人やごろつきなどを勤皇だって煽りたてて、それで江戸に攻めて来て、自分たちのあの千代田城を、自分たちの国、日本を奪ってしまった、そして今度の戦争でとうとう潰してしまった、という風に、牢固として考えているのね。自分たちを飛び越して、もっと下の身分の、下層出身の軍人や官吏たちと握手して、それでとうとう国をここまで落してしまった、というのよ。わたし、その話を聞いて、ほんとにびっくりしてしまったのよ。でもね、浮須さんは浮須さんで、ほんとに心の底から、われわれは政治については三百年も揉まれ抜いて来たのだから、もしあの三百年がもうちょっとつづいていたら、決してこんなへまなことはしません。あいつらはいまに惨酷な革命をおこしちまいますよ。そうなっても身から出た錆です、と云うのよ。もう、こうなってはあけすけでいいです、そのまま深田さんに伝えて下さい、石油の方は、戦艦大和を沖縄へ水上特攻隊として出すとき、片道分しか石油を積まさないつもりのところ、給油の現場の連中が、それではあんまりだというので、独断でぎりぎり往復分を積ませて出したというんで問題になったくらいのものです、タンクはどこもかしこもからからで、いまはタンクの底にこびりついた糟を絞っているところです、とこうつたえておいて下さい、と云うの」

「そうかあ。なあるほどねえ。明治以来何年になるかしらんが、あの連中には矢張りそういう気分があるんかねえ、われわれ平民にゃ想像もつかぬ気分だな。京都から出て来て、あそこを奪《と》っちまいやがったと云うんだね。深刻だね、これは。自分等政治の専門家にまかせとけばうまくやっていったものを、京都から政治の素人どもが出て来て下民たる軍人どもといっしょになって国を潰しやがるというわけか。要するに、国民というものを疎外した、単なるお家騒動みたいなものに見えているわけだな。われわれ忠良なる臣民には、皆目見当のつかぬ感覚だが、案外、上の方へ行くというと、それがあたっていると云えるのかもしれんな」

「わたしもね、それを聞いて、はっとしたのよ」

「そう、ねえ。国体、国体と云うけれど、あいつらにとっては本音のところはお家大事というものなんじゃないかな。大体、人間の感覚というものが、そう無制限に下々にまで無辺際にのびてゆくわけがない。B29にどしどし焼かれて、いろんなものが本性露呈して来ているわけだ」

かくて康子が、

「じゃ、あなたの本性はどう?」

と、冗談めかして云ったとき、伊沢は、右の眼をとじた。出来ることならば、両眼をとじたかったのであろうが、左眼はどうにもひらいたままだった。

そしてそのときは、伊沢はなんにも答えなかった。ひらきはなしの眼で、しきりと何かを模索している、と看えた。

食べ物の包みを枕許の小机の上に置き、日比谷公園の、まだ菜園になっていないところから盗んで来たダリアの花を、特配の牛乳瓶に挿し込んだ。

「このあいだ、あなたは僕に云ったでしょう、あなたの本性は、それじゃ何だ、っていう意味のことを、ね?」

「ええ」

「それをね」伊沢は、これもまた火傷のあとのある左手の指を、ゆっくりと屈伸させながら、天井を眺めたまま語りつづけた。「このあいだから寝て、考えていたんだ」

「………」

「本性なんてないんじゃないか、結局ガランドウの虚無みたいなことになってるんじゃないか、とそう思い出したんだ」

「虚無?」

それは十数年にわたって内地と海外とを往復してあるいた記者には、まったく似つかわしくないような、文学的なことばであった。

「そうなんだ。四十を越してからこんなことに気付くなんて辛いことだが。とにかく僕は、理由もなく、またその資格もないくせに、何となくあなたの弟君の、克巳君を軽蔑と云ったら強すぎるが、とかく軽んじるような気持があったのだが、入院して、政治やら軍やらからはなれてみてはじめて、克巳君の気持がいくらかわかるような気がして来たんだ。というのは、片目がね、二十四時間どころか、ずっとずっとひらきっぱなしで、もう片っぽの眼だけが夜は眠るというのは、実に辛いことでね。僕は寝るときは眼帯をするわけだが、この眼帯というやつが、実はいつかあなたが云った、克巳さんにとっての濠洲にあたるものなんだな、言い換えれば克巳さんの戦争肯定にあたるものなんだよ。そして二六時中眠らぬ、つぶらぬ眼は、克巳さんに即して云えば共産主義者としての時代に対する判断や批判というものになるんじゃないか、とこんな風に思い出したのさ」

「そうすると、どういうことになるの？」

と、自分の眼のことから出し抜けに、弟の克巳のことにうつって行く伊沢の思考がうまくのみこめなかったので、康子が反問した。「眠る眼の方が自然で、眠らぬ眼は不自然だということ？」

「いや、その反対なんだよ。いや、そんなことじゃなくて……」伊沢はもどかしげに、火傷した手の指の屈伸練習をしていたのを急にやめてしまい、眼の上ではげしく左右にふりまわした。「つまりね、眠る方の眼、自然な方の眼はだね、眼覚めているときにはだよ、これは転向してからずっとこのかたの生活の方法、つまり満鉄や参謀本部の嘱託としての暮しの立て方、戦争に対する積極的な協力の方だとするとね、もう片っぽの眠らぬ方の眼、転向を肯《がえん》じない方の眼、これは片っぽだなんて云うより、胸の底の方にある眼と云った方がいいかもしれないんだが、この方の、つまり眠らぬ眼の方は、国民生活の崩壊の底に、上は天皇から下はその手先の井田一作まで、重たい重たい歴史的な碑《いし》みたいなものの礎石になっている国民生活がゆるぎ出したので、次第に、少しずつ、誰のせいでもなくて碑自体の重みのせいでもって段々とゆるぎはじめている。ひょっとしていまに米軍が上陸して混戦になったとき、打ち倒し得るかもしれぬということを、この眠らぬ眼の方は、見ているかもしれないんだ」

「すると、眠らぬ方の眼は、いつでも眠る方の眼を監視し、否定しているというわけ？」

「うん、チャチな議論に聞えるだろうが、割り切って云えば、だよ。右の眼にとっては左の眼が触るべからざるタブー、左にとっては右の眼がタブーということになって、その矛盾に引き裂かれていて、同時にこの二つの反極がそれ自体でお互いに中和作用を営むみたいな、そういう恰好になっているんじゃないかな。克巳さんに例をとったけれど、これは他人事《ひとごと》じゃないんだよ」

康子は、手提げのなかから、小魔女のような邦子がどこからか手に入れて来た麦飴をとり出して伊沢の手の上にのせた。伊沢は眼をまるくして、しばらく飴をまじまじと見てから口に放り込んだ。

「それと、本性がないというお話とは」

「どういう関係だと云うんだろう？　それはね、いまたしかに情勢は変りつつあるんだな、戦局が絶望的になっているのに、たとえばN飛行機工場では、職工、特に企業整備による徴用工たちが、滅私奉公だなんて云いながら資本家どもや軍の監督官は、おれたちの滅私奉公を利用して金を儲けてうまいものを食ってやがる、というんで、ひどいのになると飛行機のおしゃかを作ったり、大砲のたまに砂を入れたりまでしているというんだな。極端な例だけれど、こういうサボ気分が結局は、革命の端緒になるんだろうが、これにいったい克巳君にしても、小は僕にしても、実践的にどれくらい参加しているのかね、まったく参加してなんかいない。このことは支配者にとっては、身から出た錆というべきものだろう。それほど自然発生的なんだよ。労働運動は事前に圧殺してしまってある。インテリは弾圧されて、胸の底の底で何か考えているだけで分散してしまっている。分散して現実には戦争に協力して暮している。まったく分裂そのものだ。自己分裂のその谷間で生きていて、この二つのものを統一するものがないんだよ、統一するものと云えば、あなたのことばじゃないけれど、みんな死ねばいいんだわ、というようなことになる。破滅だけが人格を統一するものとして存在するんだな。誠実ということは、結局、破滅とか没落とかに対してどれだけ真直ぐ眼を向けているかということになってしまう。誠実っていうのは、営々と刻苦して物事を積極的に創り上げてゆくということの筈なんだがな。そして破滅っていうのは、結局、虚無、次第に虚脱してゆくということじゃないのかしら」

「…………」

「そして、この虚無に映っている最大のものと云えば、これは、戦場で死んだ若い人たちに対する念々と、特高だとか憲兵だとか、保護観察だとかいうものなんだ、ひっくるめて云えば、要するに恐いんだ、動物的恐怖じゃないのかな……。これは、さっき話した徴用工にとっても同じなんだ。大切な兵器のおしゃかを作ることが悪いってことくらいは百も承知だ。けれども、もうこうなると働くことが義務以上の重荷、奴隷労働になる。つまり、莫迦らしいことになって来る。一番よく働くのがまだ若い動員学徒だということになるのも当然なんだ……」

しばらく沈黙してから、伊沢は康子の手を求めて不自由な左手で握手の稽古のようなことをはじめた。彼の左手の手触りは、これも点々と黄燐で焼かれていたので、従前のような感じではなく、一変していたが、いまの話は、康子にへんに肉体的なまでの影響を与えて、伊沢の求めるままに唇をさし出したとき、むしろ彼女はぎょっとして、身をひきたくなったのに自ら愕いた。気をそろえて活動していたその方向から、伊沢が反れてゆくにつれて、彼の肉体までがうとましいものに思われて来ることに、ぎょっとしたのであった。伊沢信彦も弟の克巳も、そして我が子の菊夫でさえが、つまりは男たちは何か過去現在との連続、持続を断たれたずたずたの、従って、次の曲り角では、時代時世の変化とともに、何を仕出来すかわからぬようなものになっている、と思われたのであった。菊夫の極端な国体崇拝は彼自身を追いつめていって新婚間もないのに夏子とのあいだに気まずい溝を穿ってしまった。三年前の、昭和十七年の夏から秋にかけて全国を講演してあるいて次第に日本主義みたいなことになりかけていた伊沢から、今日の伊沢の姿をひき出せぬことはなかった。また、空襲で負傷して、それがきっかけとなって、突然深田顧問官などの和平運動の手伝いを放棄してしまって、異様に内省的になってゆく伊沢の姿は、それとして連続したものとして理解出来ぬことはなかったが、矢張り方々にひとつづきの人生としての持続性を断ち切るような断層がはさまっていた。唇をあわせていても、救われない、何かの抜け殻である、肉体だけの肉体の、その肉にじかに触れているような、気持の悪いものしか感じられないことが口惜しかった。唇をはなしてから、康子は、初江と克巳との夫婦生活の、初江の側の辛さ加減をしみじみと思いやった。相抱く相手の肉体さえが、思想によって感情によって何度でも発見しなおされるものなのだ。それは、不快なものとして、不幸なものとして発見しなおされることもある筈である。初江さんは一貫してその信条をつらぬいている。昭和十七年の、あの日本の景気の絶頂に於て、ひそかに〝いまに人民大衆が起ち上ってこんな戦争なんか叩き出してしまいます〟と云い切っていた、いまにその信《まこと》はかわらない。五月末に家を焼かれて信州のM市へ疎開して行くとき、ホテルへ康子に別れの挨拶に来て、そこで井田一作にぶつかったあのときの眼の色がそのことを物語っていた。克巳と初江の二人の場合は、普通の転向者の家庭とは事情を異にしていた。逆であった、と云ってもいいかもしれない。普通の家庭では、大体夫は家庭外の生活からその思想を培《つちか》って来、家庭にとじこめられた妻は自己の家庭生活を保護してくれる現存の社会秩序の存続をねがうということになり、従って夫がその秩序に対して尊敬を欠くということは、妻にとって不安の種となるものであろうが、克巳はしかし、転向によって現存の社会秩序を一応認めてしまい、初江さんは、飽くまで否定しようとする。ここでは家庭自体が逆方向に引き裂かれていた。では引き裂かれた二人を結びつけているものは何か、単に肉体だけだとして限定することは、矢張り無理というものであろう。康子は、五年ほど前に予審判事から呼び出されて克巳の転向声明書を見せられ、これでどうにか執行猶予にはなるでしょう、実刑とまではゆかないでしょう、と云われたときのことを思い出した。弟の声明書なるものは、康子の予想に反して、――つまり康子は政治的な議論が展開されているものだろうと思っていたのだが――家庭的なことを縷々として述べたものであった。両親の死や子供の疫痢のことなどを述べたあとで、祖先や子孫という、この縦の系列によって成立った「人倫の構造」のことを述べ、予審判事の「お言葉」に対して「恩義的反省」をもつとし、この「人倫共同体」の日本的中心こそ天皇制である、と書いてあった……。五十を越した、恐らく家庭に戻れば好々爺であるほかないような予審判事は、厳粛な顔つきで、読み進んでゆく康子を見下していたが、彼女は、この弟の書いたものから、苦《にが》い、アイロニカルなものをしか読みとれなかった。弁証法を捨て、マルクス主義を捨てる、――弟が本気でこんなことを書いたのだとは、到底思えなかった。厳粛な、血と涙の滲んだ滑稽とでも云うものを垣間見なければならなかった。そして彼女は、それを苦いアイロニイとして見る自分は、そういう見方をどこから引き出したのかとそのとき考えてみて、それが外交官であった亡夫と直接結びついていることを自覚した。官僚というものに特有の棍棒のような神経と自惚《うぬぼれ》と無責任さ、亡夫が外交文書をシベリア鉄道で紛失して自殺した、その自殺の理由を噂としては康子の不行跡のせいという風に云いふらす巧みな保身術、機構の擁護のためには人間などどしどし踏みつけにしてゆくことの出来る、そういう根性を憎むところから彼女の判断は由来していた。……克巳は執行猶予の〝恩典〟に浴して未決監から出て来て以来、康子の眼にも声明書通りに実践し、満鉄の調査部に入ってからも参謀本部へ移ってからも横道（？）へそれるようなことはまったくなかった。では、そういう克巳といっしょに、まったく異なった信を持した初江さんはどうやって暮して来たのか。未決を出てから子供も生れていた……。康子は、次第に克巳の表情から彼の本心を読みとることが本当に出来なくなっていった。一切を清算してしまったのだろうか、それとも――、いや、一体清算などということがこの人生で果してありうることかどうか？　本心を読みとることが出来ないということはつまりは本心、伊沢の云う本性というものなど、存在しないのだ、ということか？　転々とし、そしてただ転々とだけしてゆく男性と、どうして相抱いて子供を生んでゆくことが出来るのか。ただの動物にとどまることの出来ぬ人間は、その肉体は、思想によってこそ発見されてゆくものなのだろうが。初江さんが、もし本当に出口を天皇制でふさがれてしまった思想を克巳のなかに発見したとするなら、初江さんはそれと自分の思想とどのようにやりくりをつけているのか。またもし、克巳の転向が偽の、便宜的なものにすぎないとしたら、声明書というかたちになった暗い既成事実は、処理しがたいコンプレックスを克巳に強い、生活もまた陰惨なものになるであろう。その悲惨を、初江さんは未来に対する希望と、〝人民大衆〟に対する信頼だけで堪えぬいてゆくのであろうか。

かつて康子は井田一作と相対していて、戦争になってから出て来た特別なものでも、結局、みな戦前からあったものばかりですわ、と云ったことがあった、が、いまとなってみれば、果して、〝戦後〟というものがあるのかどうか、それまで生きていられるものかどうかもわからなかったが、もしあるとして、戦後とは、戦争中に出て来たものが幹を張り枝葉を伸ばすということではないか、と想像された。そうとすれば、男と女との、夫婦の生活の核芯にまで突き透って来ている戦争の影響、いや戦争そのものが、どういうかたちをとるのか。克巳と初江にしても、また菊夫と夏子にしても、どういうことになってゆくのか、皆目見当はつかなかったが、それでもなお、よいことはないだろう、とは考えられるのであった。自分と伊沢とのことにしても、いま伊沢が、火傷をしたからとはいえ、妙に内省的になってそれまでの活動を殆ど放棄したに近いのは、何の徴候だろうか、訪問や使走りには自分を使えばいいのに、と疑わないわけにはゆかなかった。康子から見て、いまのいまこそ実は決定的な瞬間な筈だったのだ。

深田顧問官はこのところずっと新橋ホテルの八階に滞在して、夜遅くまで外出していた。そして戻って来ると、その日の要項をまとめて口述し、康子に覚書をつくらせるのであったが、それによると、老人は伊沢と康子が潮来で製作した文書をふりまわして、ドイツでは米英占領軍はナチ指導者は逮捕しているが一般民衆の反ナチ的な、革命運動は断乎として弾圧しているから聯合軍がたとえ日本を保障占領するとしても、恐らく革命的な変革はありえないだろうという、上層部にとっては、この際は、ほほう、それは耳寄りな……という風に受取られる筈の楽観的な見透しを放送してあるいているらしかった。海軍は、発言権を確保するために陸軍化し、兵ばかりを召集し、とか、参謀総長の御前会議欠席は、この会議にて万一和平決定せる場合、陸軍部内の反対を一身に受くるを避けたきせいならん、とかということも簡潔な箇条書き式の云い方で口述した。軍も官僚も重臣も、みな三すくみのような状態なのであった。そしてこの状態に対してこそ、海外情報を扱っている伊沢などは側面から打撃を与え、和平気運を促進してゆくべき筈なのに、またそれは可能な筈なのに、と康子は思っていたのだ。三すくみのなかで、すくんでいないのは、憲兵だけだった。深田老人の口述を筆記し了せて、原稿を顧問官にわたして出て来ると必ず憲兵が康子を訊問した。その際は、時事的な要項筆記と前後して筆記する、三年も四年も前の枢密院会議の際の要項の方を答えることになっていた。

では、伊沢は憲兵を恐れていたのであろうか。そうでもあるであろう、誰しも、憲兵を恐れぬものはなかった。下は徴用工から上は重臣まで、憲兵の管理権は国防保安法によって拡大されていた。伊沢は何を考えているのか。彼の枕許には、岩波文庫が七八冊以上も積んであった。

いずれも、病院の図書室の印が捺してあって、みな国文学関係——菊夫ならば国学と云うであろう——の本ばかりであった。それを眺めて、康子は、ああ……、と思わざるをえなかった。そして、便りのまったく絶えてしまった菊夫のことを思い出した。邦子に聞いても、さっぱりその後消息はないとのことであった。夏子のところへは、もとより（？）便りも何もなかった。

「こんなものを読んでいるの？」

と、思い切って訊ねてみた。そして手近な一冊をとり上げた。それは方丈記であった。

「ああ……。ね、あなたは、みんな死ねばいいんだ、って云ったけれど、四十の手習いでこんなものを続けて読んでみると、日本人ていうのは実に死ぬことばかり考えて来たみたいな気がして来るね。近頃は天皇陛下のおんためにだよ……。死の方が余程明かな実在で、生きているということの方が仮象みたいに思えて来るから妙だね。ゆく河のながれはたえずして、しかももとの水にあらず。よどみにうかぶうたかたはかつきえかつむすびて、ひさしくとどまる事なし。世中《よのなか》にある、人と栖《すみか》と又かくのごとし——、なんて云われると、妙な工合だね、するするっとまきこまれてしまうんだよ、基本的対立も何もなくなっちまうみたいに、一見、見えてくるから不思議だよ、それにははじめは、どんなにかじめじめしたものだろうと思っていたんだが、案外ドライなんで、変な気がするんだよ。ね……」

と云って伊沢は康子の手から文庫本を取って、一夜のうちに京を塵灰の巷と化した大火のくだりを読みはじめた。康子は、やめて、やめて、と叫びたかったが、声に出せなかった。空襲のときのことを考えあわせると、自分自身の、災殃と人の生死に対する観念も、鴨長明のそれを出るものではない、と思われたからであった。彼女は眼をつぶった。伊沢は低い声で朗読をつづけた。

「火のひかりに映じて、あまねく紅ゐなる中に、風に堪へず、吹きをられたるほのほ飛ぶが如くして、一二町を越えうつりゆく。其中の人うつし心あらむや……。本当にね、三月十日や五月二十五日の空襲は実際この通りじゃなかったかな」しかし、と康子は思った。それでは誰がそれをやったのか、やらせるように仕向けたのは誰か、ということがまったく抜けている、と。伊沢の云う中和作用とかというのは、ひょっとすると、事の理由や原因を、理性的に、理詰めでもって、どこどこまでも、必要とあれば人民が直接天皇にでも、あくまでも問い詰め問い詰めしてゆくという、執拗な努力を中途で放棄する、あるいは放棄せざるをえなくなるという、ただそれだけのことかもしれない……。「或は煙にむせびてたふれふし、或はほのほにまぐれてたちまちに死ぬ。空襲そっくりそのままじゃないかね。家はこぼたれて淀河にうかび、地はめのまへに畠となる。人の心みなあらたまりて……これはね、家屋や町筋の強制疎開や、家庭菜園だ。二年があひだ世の中飢渇《けかつ》して、あさましき事侍りき。京のならひ、なにわざにつけても、みなもとは田舎をこそたのめるに、たえてのぼるものなければ、さのみやは操もつくりあへん。念じわびつゝさま〳〵の財物《たからもの》かたはしより捨つるが如くすれども、更に目見立《めみた》つる人なし……。このあいだ渋谷の駅前でね、ピアノを道路の傍に放り出して百五十円で買って下さい、とはり札してあったよ。たまたまかふる者は金《こがね》をかろくし、粟をおもくす。前の年かくの如く辛うじてくれぬ。又おなじころかとよ、おびたゞしくおほなゐ、ふること侍りき。……こないだから地震《おおない》つづきだ、関東大震災以上さ、空襲よりももっと災害があったんだ」

伊沢の読む声は、康子には死者枕頭の読経のようだ、と思われた。しかし、死ぬのはいったい誰なのだ？ そして、京のならひ、なにわざにつけても、みなもとは田舎をこそたのめるに云々というところでは、自分でもいささか意外であったが、不意に克巳と初江のことを思い出した。みなもとは労働者や農民をたのめるに、たとえ抵抗がそこに分散して、散沙のように存在していたとしても、それは明かな、人の心に大きな衝動を与えて一つの転機を準備するようなかたちとしては存在していない——たえてのぼるものなければ、さのみやは操もつくりあへん……、ということになるのであろうか。転向——、すなわち、念じわびつゝさま〳〵の（精神の）財物かたはしより捨つるが如くすれども、更に目見立つる人なし……。それが世の中の大部分から当然事と看做され、更に目見立つる人がなければ、それによって日見立つる人をもとめて、つまりは身近な親や子供に目を向け、ひどいことばで云うならば親と子供をダシにして倫理的人間を装う、そして〝恩義的反省〟などと云ってこの縦の系列の倫理に頭を下げるとなると、結局は天皇にあやまらねばならなくなり、お辞儀をしてしまうことになる……。お辞儀をした上で、なおかつ克巳が労働運動や農民運動に従事するとなれば、それは直接食糧や労働力の強制徴発を励ますことになる……。克巳がいつまでも、濠洲、濠洲などと云っていたことの意味が、康子にはやっとおぼろげながらつかめるような気がして来た。濠洲など占領出来る筈のないことは、昭和十七年当時、彼はもう知っていたのではないか。知っていたからこそ、御題目のように濠洲、濠洲と称して魂をやすめ、心底の歴史的な自覚を養っていたのではなかろうか。まして、妻の初江が、むき出しのことばで、信用出来ると思った人に対しては、〝いまに人民大衆が起ち上って〟ということを云う、それをもカバーしてゆく必要が克巳にはある。かくて、ときとしてそのカバーがあまりに分厚いものに見えることがある、すると初江は克巳の心底のものをすら、見失うとまでゆかなくても、疑いをもつにいたる……。家庭が面白くなくなれば、その不快さを克服するために、ややもすれば時世を、世間をたてにとることになる。それが度重なると、本人自身も時世、世間と本当にかかわりのないものになることは、ずいぶんありそうなことであった。日本の乱世を生き抜いてゆくためには、本性などない方がいいのか。流れに浮かぶ泡沫のように、そのときどきの流れと風向きに従ってゆく方が自然なのか、おのずから、なのか。そして、

「羽なければ、空をもとぶべからず。竜ならばや雲にも登らむ……」

と云われれば、康子は矢張り、戦時下にも拘らず労働争議や小作争議が何千件起っても、要するに起っても起ってもいつもそれは散発的なものに終ってしまわざるをえない、羽なければ、すなわち組織がなければ、空をもとぶべからず、として黙って見過してゆかなければならないのか、と暗い思いにとざされるのであった。ハワイから、康子も伊沢も熟知している俘虜になった報道班員の若い声が、『日本の皆様、日本の皆様』と切々と呼びかけていた。その若い声の呼ぶ日本の皆様とは、いまの政治家や高位の軍人ではない筈なのだが。羽なければ、空をもとぶべからず、竜ならばや雲にも登らむ……。不平や不満が歴史的な何物かに結びつき、結集されることによって力と智恵が生ずることを、官憲の弾圧だけではなくて、口惜しいことに民衆自体のなかにある何かが阻害し、解消してしまう……。

伊沢は相変らず、ゆっくりとした口調で、この死者枕頭の読経をつづけていった。

克巳と初江夫婦のことを離れて、伊沢の朗読を聞いていると、そこには、東洋的な諦念とか仏教的な厭離《えんり》の念々とかということはまったくかかわりのない、天変地異や乱世の生死に対する日本人の、むなしく、口惜しい鎮魂歌のようなものが漂っている、とも思われるのであった。そう思い出すと、その黒い鎮魂歌のようなものが身をつつみ重い重い墓石ののった地の底の闇から、身をゆるがすようにしてひびいて来る、その黒い声、中世以来の日本人の黒いうめきが鼓膜を圧して来るように思う。しかもその黒い鎮魂歌は、康子の耳のどこかにこびりついている、かつてローマの、薄暗い僧院で聴いたグレゴリア聖歌の、あの暗い、不気味な西洋の深淵から立ち昇る、一条二条の煙のような、身の毛のよだつ、ラテン語の独唱合唱の記憶を呼び覚ます。あのときは、康子は亡夫の不身持ちに悩み抜いていた。あの、罪深い西洋の鎮魂歌もまた、いまとなっては救いもなくて歴史を経てゆかねばならぬ頼りない人間の、神に対する呪詛ではなかったか、と疑われた。そして、ついには、誰が悪いわけでもないという、宿命的な陥穽に落ち込みはまり込んでゆきそうな自分を見出して、康子ははっとしなければならなくなる。

伊沢の読み進めるのを中断して、

「ね、ところであの潮来工作、結局どうしたのよ」

と、そう訊ねた。

どんな物思いにしても、それが深かろうが浅かろうが、生身の生き方と結びつかなければ何の意味もない、ナンセンスにすぎない。克巳の転向声明書を見せられて、そこに親と子供をダシに使って、既往十何年間、自分には日本人としての歴史的人倫の自覚がなかった、獄にとじこめられて、一朝それがかえって来ると、自分の不忠不孝さ加減が自覚される、いまは心を空しうして天皇陛下の命を待つ境地にある、と書いてあるのを読んだときの、苦いアイロニカルなあの感じがよみがえって来る。現実を少しでも動かすのでなければ、ただそこへ呑みこまれてゆくだけならば、神も深淵も何の役にたとう……。

「潮来工作?」と伊沢が聞きかえした。二人が潮来で作成した文書は伊沢の弟の嫁が肌にしばりつけて東京まで運んでくれて、無事伊沢の手に入った。以来その文書を二人は、潮来文書とか潮来工作とか呼んで来たのであった。「ああ、あれ、ね。注文通りに深田さんにわたしたんだけれども、わたした途端に妙な気がして来たんだ。途端にというのはね、あれを材料にして、僕も出席して深田さんやそのほかの顧問官や重臣の秘書みたいな連中で秘密に会議をやったんだ。そのときの話によると、御前会議なんかでも、結局はだね、みな陸軍の徹底抗戦派が恐くて、皆誰かが戦争終結について強く発言する人を、つまり云い出す人が出て来るのを待っている状態なんだな。誰が猫の首に鈴をつけにゆくか、というあれだよ。そして云い出したが最後、殺されるだろう、と思っているわけなんだ。だから、ぎりぎりのところ三すくみみたいなもんで、連中はみな、誰かが出て来て軍の抗戦派の主だったところを一網打尽にテロでやっつけてくれぬものかな、と空頼みにしているという、この辺が結論なんだ。五・一五、二・二六と同じにさ、実際は天皇とそのとりまきだけが政治をやっていて、民衆がちっとも参加していないんだから、いざとなると、いつでもテロだけしか手がないんだ。東条の末期もそうだったんだ、あのとき最上層部は、テロを真剣に考えていたんだ。僕はテロは」

「いやだというわけ?」

「いや、五・一五、二・二六のことを考えてごらんよ、ああいうかたちのテロをやってその結果どういうことになったか、あんなことの後では必ず一時的に言論暢達《ちょうたつ》とか何とか云われた、けれどもそれは一時的なことで弾圧はすぐに一層きびしくなる。それにドイツの例がある、ヒトラー暗殺の失敗以後、どういうことになったか。民衆の、この耳も眼も口もふたがれてしまった巨人が政治に参加することを恐れていて、深田さんなんかの終戦工作にしたって結局は、この巨人をそっと疎外しておこう、眼をさまさすまいということなんだから、あの工作がテロなどによって――それしかないんだからね――進展していってどうなるのかね、根本的にはどうということにもなりはしないだろうよ。アメリカが来るまでは、矢張りなんとも仕様がないんじゃないのかね」

「なんだか、絶望してるみたいね？」

「虚脱したみたいに見えるだろう……」

「じゃ、結局、その、耳も眼も口もふたがれた、その、巨人が、家を焼かれ工場を焼かれて、食べるものもなくなって、ひどい悲惨なことになって、いまでももう充分悲惨なんだけど、もっともっと、悲惨の極に達しないと駄目、っていうわけ？」

「結局そうじゃないのかなあ……。絶望的だけど。海軍は艦隊をなくして、しゅん、としている、陸軍の首脳は、天佑だとか、神機だとか、理外の理とかによって勝つ、とかと云っている。とすれば、ピラミッドの頂上にいる奴等の、そのピラミッド自体を支えている巨人の生活が、悲惨で絶望的なものになって崩壊する、それしかないんじゃないかな」

「………」

戦争によって利益を得、栄達の道につき、戦争がつづく限り地位が安全であって威張っていられる連中に、戦争をやめようという方向に向けとは、云うのも無理であろうし、そんなことに情熱がもてるわけもない、それはわかる。またそういう人達には、戦争をやめようという努力をする権利が、実際にはありえないのではないか。宣戦布告の詔書に署名した責任者が、終戦工作にも従事するということは、矛盾したものを感じさせる。伊沢に、明かにそう云われてみると、康子にもおぼろげながら、自分の生きている、あるいは明日爆弾で殺されるかもしれぬこの国がどういうことになっているのか、何となくわかってくるような気がした。しかし、それはそれとしても、一言だけ、康子にぐっと来るものがあった。それは、アメリカが来るまでは矢張り何とも仕様がないのじゃないか、という一言であった。康子にとってアメリカとは、その全映像は、極言すれば伊沢の、アメリカにいる妻のローラという、未知の女性に引絞られて来るものになっていた。そのアメリカが、白い顔のローラがB29に乗って、あるいは水陸両用戦車のキャタピラーの音をたてて、いま次第に近づいて来ているのだ。そして伊沢の心は、三年前に交換船で帰って来たそのアメリカにいま再び誘引されている。

「じゃ、あなたの考えっていうか見透しというのかしら、それによると、いまの悲惨で絶望的な状態を救うものは、結局、軍人や官吏でない、一般民衆のこうむる悲惨と絶望それ自体でしかない、というわけ？」

「たしかに、それこそ悲惨で絶望的なことで、人を悲惨な思いに突き落して絶望させるに足るだろうけれど、それが現実だと云うほかに、言い方も考え方もないんじゃないのかな……。民衆の方に、奴等を打倒すべき底流と必然性があったとしても、底流にとどまっている限りでは、どうにも仕様がない……」

それを組織する者という、深田顧問官らとは別な意味での、猫の首へ鈴をつけにゆく者、ここで両者ともに壁に、憲兵と警察という壁にぶつかってしまって、ここでも三すくみにすくんでしまう。その意味でも、伊沢が奇妙に内省的になって、すっかり沈んでしまうことはわからないではなかったが、康子には矢張り、決定的な瞬間になると、前列からひょいと後列へひっこんでしまう、気の弱さという以上の、何か根本的なものの陥没か不在が感じられてならない、それこそが本性なんてないんじゃないかという所以のものなのだろうか。そしてある時代思想が、たとえば戦争のそれがやって来るとそれに染め上げられ、それが退潮気味になると、別の時代思想の方へ流れてゆく、存在するものはつねに時代思想であって、その人の思想というものがいつまでも出来上らない、世間ばかりがあって、倫理がない、人間がいない……。

井田一作は来会した約四十人の沖縄出身者に向って涙をぽろぽろ流しながら演舌をしていた。東京在住沖縄県人会の会長である亜江夕助男爵や代議士の嘉那法和なども天井を仰いだり机と睨めっこをしたりして、涙が出て来そうになるのをどうにか我慢していた。

「都下の某鉄工所に、約一年前から勤労動員で東京へ割当てられて来ている十六名の少年少女がおります。いずれもみな年は十六歳及び十七歳であります。不肖、井田一作は、昨年来ずっとこれらの子供達の面倒を見させてもらって参りました。はじめは、本州の風物の珍しさや、生れてはじめて雪を見ることが出来るなどといって喜んでおりましたが、その雪も見ぬ、昨年十月十日、初の沖縄大空襲がありました。そのときは、工場から徒歩四十分の距離にある寮の自室で、しくしく泣いているものも、何人かありました。無理からぬことであります。けれども、醜敵の沖縄上陸が報ぜられました頃には、忍び泣きをする者などは一人もなく、また欠勤をする者もなく、何を聞きましても、凜々しく、はい、とか、いいえ、とかとしか云わぬ、まったく無口な少年少女となっておりました。少女の一人である我如古《がちょこ》フミは」と云って、井田一作はおもむろにポケットから手帳をとり出した。丸ビル六階にあるこの沖縄県東京出張所の窓から見える東京駅は焼け落ちたままで、ぽかりと口をあいた赤煉瓦の窓からは、はるかに東京湾さえが見えそうに思われた。「既に占領されました沖縄北飛行場について、あの飛行場まで私の家から歩いてたった五分でした。飛行場をつくるときには、毎日朝四時から夜の七時までブッ通しで働きました。それが敵に占領され、そこから五分のところにわたしの家があったかと思うと、もう涙も出ません。十月十日の空襲のあとでお母さんから、すっかり用意ができたから安心なさい、という便りが来たが、どんな用意が出来たのか、わたしにはわかります。ただ九つになる妹がどうしたかと思うと眠れません、とこんなことを私に申しました。今朝もちょっと寮へ寄ってみましたら、今日は六月三十日で、妹の誕生日なのですが、と云って、けなげにも机の上の花瓶に向って合掌をしておりました。ここで私は、官職をはなれまして、一《いち》井田一作として、年老いたる母を沖縄にのこして来ておる者として、在島同胞の敢闘の詳報を、せめてわれわれ沖縄県人にだけでも教えて頂きたい、と軍の方におねがいいたしたいのであります」

井田一作は本心を語っていた。沖縄の軍は、市民を邪魔者扱いにしているという風評があった。涙を流したりしたので、ついつい思わぬことまで云ってしまったのである。それで、本土に沖縄県庁を設け、知事を新たに任命せよ、とか、孤児を救うことなどを決議して散会したとき、廊下で会議に列席していた少将の軍人と憲兵に呼びとめられ、「君、警察の仕事をしているものが、そして君、いかに沖縄の知事が警察関係の出身者だとしても、われわれにだけ知らせろなんて非常識なことを公衆の面前で云っちゃ困るじゃないか。いくら老母がおられたところで、また君までが、自分の直接関係したことだとすぐに詳しく教えろなんて云い出すとは、少し不謹慎じゃないか、以後気をつけ給え」

と、たしなめられたのだ。

叱られているあいだ中、井田一作はそっぽを向いて、廊下の反対側の、或る事務所のドアーを怪訝な顔つきで眺めていた。そのドアーには、何と、「マルキイースト研究所」と大書してある。糞ッ、こうなってから不謹慎もへったくれもあるものか、おれの、母親が死んだのだぞ、手前等兵隊どもが手ぬるいからこんなことになったんだ。何だ、ベタ金の襟章なんぞ見たくもないわい、何が憲兵だ、派手な腕章などつけて、おれたちの仕事にまで近頃は嘴を、それこそ根本まで突込んで来やがって……。しかし、いまどき、マルキスト研究所とは、こんなものが堂々と丸ビルに開業しているなんてけしからん！　ベタ金と憲兵が御託をならべおわって行ってしまうと、腹立ちまぎれに井田一作は勢いこんで、ドアーを押して飛び込んだ。ガランとした事務所には、二人の女の子と、四人ほどの老人がいるだけだった。机の上には、天火式のパン焼器みたいなものがいくつも積みかさねてあった。

「おい！」

と大声をあげると、近くにいた十三四の給仕らしい女の子が、精のない声で、

「はい」

と云った。

「何だ、ここは」

「はい、マルキイースト研究所です」

「マルキストだと？」

「イーストです」

「イーストたあ、何だ？」

「パンなんか焼くときの酵母菌のことです」

「なにい？　酵母菌だと？」

「はい？」

「それじゃ、イーストじゃないか」

「だから、そう云っています。本社は京都の宇治にあります。ここは東京支店です」

「莫迦！」

声のない笑い声を背に感じながら、井田一作は部屋からとび出した。とぼとぼと六階から階段を下りながら、近頃はまったくけったいなことばかり起りやがる、と腹をたてていた。

まったく、腹の立つことばかりだったのである。それこそ櫛の歯を挽《ひ》くように課員は応召してゆき、仕事は次第に増えてゆき、未処理のものだけでも一人で何十件も抱えこむということになって来ていたのだ。応召者から引継がされたものには、少し時間がたつとどこから手をつけたらいいのかわからなくなるようなものが多かった。それに特高政策の変化も、ある部分では著しいものがあった。井田一作は主として和平派グループの監視を担当していたのであるが、これが、年末から今年の三月頃までにかけては、やいのやいのという上からの催促で、毎日書く申報の種に困ったことも再三再四であった。尤も、井田一作は、年末から三月頃までにかけての、つまり年度末に近づくと予算獲得のために検挙者を水増しするといった事態には、例年のことなので馴れていた。特高関係の検挙は、年度末になるとぐっと増えるのが常態であったのである。だから五月を越えてからはあまりやかましく催促されなくなったことはわからぬではなかったのだが、近頃では、和平工作グループに対しては監視、及び検挙の機会を狙うことにどうやら主眼がなくて、何となくこれを保護せよとでもいうような工合に風向きが変って来たらしいことが、腹立ちの一つの理由でもあったのである。方針がはっきりしなくなって来たのだ。白金事件までが押えられてしまった。元来、戒厳令のときに、憲兵どもに頭を抑えっ放しに抑えられてしまわないように、事前に実績を上げておくということで着手した仕事であったのに、近頃では反対のことをしなければならなくなって来たのだ。段々と、施策の一切が矛盾しはじめて来ていた。これはどうも次第に一切が崩壊しはじめているということじゃないかな、とは、内々、井田一作の考えていたことであった。そして、そう思いつくと、彼はこれまでのような立場ではなしに、伊沢信彦や石射康子といっぺん懇談をしてみたいものだ、あの連中がどう考えているのか、またアメリカ人というものは、本当にはどういうものなのかということも聞いてみて重苦しい気分のはけ口を見つけたいものだ、と思うにいたるのだが、しかし、これも自分の立場上、あけすけに云い出すわけにはいかない。二重三重に事がこんがらがって来て、時には、暗澹とした気持になることがあった。おまけに彼は、近頃産業報国会関係の仕事まで持たせられていた。もとより、決戦下唯一の労働者と資本家の組織、つまりは労働者組織である産報の指導権は、特高警察のものであった。産報は、社長工場長から全社員を労働者とともに〃一体として〃組織したもので、労働者側の役員は工場長の指名によったものであったが、戦争の中期頃、労働者側から、次第にこの指名制を選挙に変えろとか、その他様々な要求が出されるようになっていた。そして労資懇談会と能率及び安全委員会というものが、公然として労働者が発言する唯一の機会だったので、これが催されるときには、特高からは必ず一人二人、秘かに列席することになっていた。各方面からの報告によると、戦局の劣勢化と食糧衣料事情の悪化とともに、この懇談会なるものも次第に尖鋭化して来て、進歩的分子の活潑に利用するものになりはじめていた。井田一作等にとっても腹立しいことの一つは、労働者の側から福利施設についての具体的な要求があっても、資本家側は精神論を高唱するばかりで、具体的な問題については、いつでも、追々にそうするつもりだ、とか、研究中だ、善処する、とかと議会の答弁のようなことしか云わないことであった。あんなことだから、おれたちを産業戦士だとか応徴士だとかおだてておいて、自分たちだけうまい汁を吸っていやがる、などと云われるのだ、事実その通りだ、と、井田一作ならずとも思わないではいられなかった。そして、戦前に、あるいは戦争勃発直後に検挙された者のうち相当な部分は既に出獄して、大部分は工場に入り込み、ひそかに産報の実体の暴露と啓蒙をやっているという情報が頻々として入って来ていた。京浜地方のある工場の懇談会では、公然と産報運動に対する特高の直接干渉に反対するという発言をして検挙されるものさえ出て来た。また産報内に、別に消費組合を組織して、そこに進歩的分子を集めようという企図が暴露して検挙しなければならぬという事態も発生していた。朝鮮人だけ別に、朝鮮人委員会をもとうというのも出て来ていた。資本家の方は、商工会議所や重要産業協議会その他の、沢山の組織をもっているのに、労働者が産報一本とは不公平だという声もあった。だから、というわけで、産報以外に、親交会だとか、職場委員会だとか、中央委員会だとかというものを勝手につくって、別の工場とのあいだに委員会同士の隣組をつくり、聯合して本給値上げを要求し、ストライキめいたものをやり出したところもあった。それらのいちいちぜんぶが検挙者を出していた。だから件数はいつになったら処理済みになるのかわからぬほど多数に達していた。井田一作は既にうんざりしていたのである。A工場で図書文庫を開設して科学知識の昂揚をはかった、というので出先が検挙して来る。と思うと、B工場で、壁新聞をつくって増税や公債の解説をした、C工場の産報機関紙に「美しい小説や詩の基礎になっている其の時代の歴史や地理を知ったり、どんな生活様式、特に経済機構をとっていたかを知ることは人生生活にとって重要なことである、だから夫等基礎智識を得るように努力しよう」という投書や、「苛烈な戦局下、我等産業戦士は一致団結しガッチリ手を握り合って一つの光明、労働者の大きな理想へ向って撓まず前進しなければならない」という投書がのった、それ検挙しろ、D工場では、E工場では――こんな有様では、事の最終的な処分などいつのことになるやらわかったものではなかった。空襲が激しくなってからは連絡も不充分だし、第一警察が焼けてしまって、何がどうなったか見当のつかなくなったものまで数多く出ていた。なかには、工場の首脳部が退避した防空壕が直撃弾でやられ、首脳部のととのわぬあいだは産報ではなくて、自主的な労働組合と同じものが結成され、これが全部を管理しているところまで出て来ていた。そうこうしているうちに、東京は焼き払われた、そして罹災した労働者たちの就職や援護などの事務までおっかぶされてしまった。国民勤労動員署と同じことを警察がしなければならなくなって来たのである。特高課、労働課、検閲課、外事課、内鮮課などの仕事が重複ごちゃまぜになって来た。やりきれたものではなかった。不敬罪や造言蜚語で検挙されて来るものも、一日に何人となくあった。訊問してみると、四月の十八日に戦災者に対する勅語というものが出て、勅語といっしょに御内帑金《ごないどきん》なるものが一千万円出た、それで内帑とは何のことだ、と人に聞いた、そしたら手許の金ということだ、と答えてくれた、手許の金が一千万円か、ずいぶんな金持ちなんだなあ、と云った――と、たったこれだけのことであった。密告されたのであった、造言蜚語の方は、焼跡の壕舎に、英語教えます、という看板の出ているのを見た、そうだ、いまのうち習っておいた方がいいかもしれんぞ、と云ったとか、あの人の家が焼けなかったのはキリスト教だからだ、とかという愚にもつかぬものであった。いちいちとりあっていたら、きりがない……。人々は空腹に堪えかねて、一様に餓鬼病《がきやみ》を患っているような有様であったが、毎日毎日いささかも変り栄えのせぬ新聞やラジオにも飽きて、情報に対する餓鬼病をもかねて患い、造言蜚語の方をむしろ好む有様になっていた。捕えてみたら警官だったという例もないではなかった。更にはまた、産業報国会や労務報国会などの労働関係機関の会議などに出て来る軍人どももまた、このごろではその悉くが井田一作の癪の種だったのである。彼は考えていた、奴等はまったく式場の御神体になることしか知らない、反対意見や疑義の表明に対しては敵意を示して、会議が済んでから憲兵に密告したり。何故ああいうものを取締らぬのか、と自分たちに呶鳴りつけるだけである。反対意見をも勘考して全体の構想をまとめ上げてゆく〝構想力〟というものがまったくない、大体〝アンチテーゼ〟というものがこの世にあるということさえ知らない、というのが彼の意見であり、むしゃくしゃの一つの理由であった。彼はいつとはなく構想力とかアンチテーゼとかということばを、彼が検挙して来た左翼関係者から収用していた。このごろの軍人どもの演舌を聞いていると、比島も硫黄島も沖縄も、いや、これまでの太平洋や南方北方の全作戦は、まるで本土作戦の前哨戦か下準備にすぎないようなことになってしまう。本土を滅茶滅茶にして焼野原にしてしまう、そのためにこそ戦争をやったのだ、といわぬばかりの口吻が見える。国体の精華を発揮し、とか、皇土を護持しとかということは、本土を滅茶滅茶にしてしまうことと同じみたいに思えて来るのであった。ついこのあいだまで、予算の年度で云えば十九年度までは、特高や思想関係官憲に対しては、対敵対内思想戦ヲ強化シ、皇土侵入ノ絶対不能ナルコトヲ反省セシムル如ク努ム、というのが根本要綱だったのに、いまはがらりと一変なのだ。夜になって眼をつぶると、年とった母の面影が眼に浮かぶ。母は眼がわるい、とめどなく涙が流れ放しなのだが……。サイパン玉砕のとき、マッピ岬という断崖から、在留邦人の女子供までが海に飛び込んで自決したとか、子供を先に海へ投げ落してそれから父母が相抱いて入水したとか、あるいは手榴弾で兵隊に殺してもらったとかという話が思い出された。サイパンへは行ったこともないが、沖縄のきらきら光るあの海が眼に浮かぶ。母のことは諦めるとして、女房子供のことを考えると、疎開先の警察の手で農家の納屋を借りたのだが、水道を納屋までのばしてくれと役場に云ったら書類が三通も要り、工事屋が「承っておきましょう」と云ったきり、まるで来てくれぬという葉書が来ていたが、土建屋までが、承っておきましょう、などと官吏面をするなんて、なんということだ。それで井田一作は役所の用紙封筒を使って地許の警察に強要した。それでようやく工事をやってくれることになったが、人足に来てもらうには町の労務事務所に届出て許可をうけなければならない、いざ人足が来るとなると、三人の人足に一人の監督がついて来て、どの仕事はやってよい、これはいけない、といちいち干渉する。人足賃は一人一日八円が公定だが、十円は普通で、中には一日八十円よこせと云ったのがいたと云う。彼の東京の家は私物だったが、強制疎開でこわされてしまった。学生達が綱をかけてひき倒したのだが、彼がぼんやり立って自分の家のこわれるのを見ていたとき、監督に来ていた学校の先生が、土地は陛下のものなんだからこわすのに何の遠慮もいらない、と高言した。学校の先生などという、官費で食っている連中は何を云い出すかわからぬものだ、と井田一作は何だか恐くなった……。丸ビルを出て井田一作は、がらんどうの東京駅へ入り、省線に乗った。彼の乗った箱にはほとんどガラスがなく、腰掛けの布も切り裂かれていた。お茶の水近辺で電車がとまって動かなくなった。乗客が怒ってわずかに残っていたガラスに鉄兜をぶつけてこわしはじめた。彼は、これからある代議士の意見聴取にゆかなければならない。その代議士は深田英人の子分で、三月十日の爆撃のとき、議会で被害について質問し、内務大臣が家屋二十三万余戸、死者三万二千人、行方不明は不明だ、と返答したところ、更に突込んで行方不明は何人かと聞いた、内務大臣は声を荒げて不明だから不明だと云うんだ、と答えたところ、莫迦野郎と呶鳴った、それ以来要注意人物になっていたのであった。内務大臣は井田一作等の親玉である。それが侮辱されたとあっては奮起せざるをえないのだが、井田一作は、しかし、憂鬱だった。英米的なものを根こそぎ追放してしまって、ローマ字を漢字に変え、悪の根源は一切絶たれて純日本に帰一した筈なのに、不愉快なことが後から後から出て来るのである。むしゃくしゃすればやけ酒でも飲みたくなる。ところが、内務省や特高関係者は、他の官庁のように飲み代《しろ》を出させる外郭団体というものを持たない。それで出版関係に文句をつけ、悶着を起しては人を変え、都合のいい人物を送り込んで恩を着せて飲むということになる。出版者いじめの好きな連中は、奇妙に文学好きな連中であった。しかし、出版界も、右翼だけしかいなくなり、文句のつけようがなくなってしまった。代議士の家などへ行く前に、帝国劇場の国民酒場へよって一杯ひっかけて来ればよかった……。郊外の駅で下りて、井田一作は駅の柱にはりつけてあるポスターを眺めて、殺せ米鬼も糞もあるものか、と呟いた。代議士に面会して、井田一作は威儀を正して、云った。

「聞くところによりますと、深田顧問官は陛下にお目にかかられて、講和の御意志はありませんか、と申し上げたところ、陛下は無条件だろうな、と仰せられ、暫くして、それぐらいなら、朕も第一線に出て玉砕すると、畏れ多くも仰せられたそうですが、どう思われますか」と。

代議士は暫く黙っていて、「大分古い話だな」と呟いた。「あのときわしは深田さんに云うた、閣下どうしてそのとき失礼ながらお考えは正しくございません、一億玉砕の手本を示されることより、いかにして生きる道をひらくか、を示されることこそ御義務でございます、と奏上しなかったのですか、とこう云うたのじゃ」

井田一作は代議士の家を出てから隣組や町会の事務所を歴訪して、隣組の常会でもこの代議士が同じ趣旨のことを云って居る旨をつきとめた。彼はがっかりして駅に向って歩いていった。これでこの代議士も検挙しなければならない。彼は数日前、壕舎に住んでいるある右翼の巨頭を訪ねて意見を徴した。その右翼は天皇と皇軍さえ存続したら降伏してもいいのじゃないか、と云った。皇軍さえ存続したら金が出るというわけであろう。井田一作は、憂鬱であった。彼も個人としては家庭内のごたごたなどで憂鬱になることはあった、が、一人の吏僚として心から憂鬱になるのははじめての経験であった。腹も減っていたのだ。今日の昼は、無理して手に入れた米を飯盒でこっそり煮たのだが、ちょっと油断をしている隙に飯盒ごと盗まれてしまったので、役所の食堂で雑炊を食べなければならなかった。役所ですらこの通りであった。代議士が蒸しパンを一つ出してくれたが、餓鬼病の腹はふくれる筈もなかった。三十分も電車を待たねばならなかった。駅員は、電車は続々来ますからどうぞゆっくり待って下さい、と云った。続々来る電車なら、なんでゆっくり待たねばならんのだ……。嘘にきまっているのだが、そしてそれをみんなが知っているのだが、誰も文句を云わず、なかには気が利いているとしてこの駅員をほめる者さえあった。嘘とわかっているのにほめるとは、一体どういうつもりなのか、気持がわからなかった。がしかし、と井田一作は考え出した、実際そうではないか、嘘さえつけば気が利いている、とほめられているのだ。特に近頃は、誰も、日本が勝つなどとは思っていないのだ。それなのに、口さえひらけば勝つ勝つという。この分ではいまに必勝の信念だなどと云う者を検挙しなければならなくなるかもしれんではないか。まったく、必勝の信念に徹せよというが、徹したらその後どうするのか、楽観に流れず悲観に陥らずと云う、また敵を侮らず恐れずと云う、その中間の心境とはいったいどんなものなのだろう。要するに、有耶無耶で過せ、考えるなということか。考えれば必ずそのうちどちらかになるのだから、どちらかの心境に徹した者は検挙せよということか。いったいぜんたいどういうことになるのだろう、この戦争は、勝つことはない、ということは、負けるということだ。負けるということは、どうなることか。それは、憲兵情報が特に重要視している公衆便所の落書の云うように、貧乏人にはどうということはない、つまり貧乏人は相変らず貧乏ということで、金持や権力者だけが痛い目を見るということか。権力者が痛い目を見るということは、ひいては自分たちの立場も、最悪の場合、崩れ落ちるということではないか……。もしそうならば断乎として戦い抜かなければならぬ。死なばもろともというところまで行かねばならぬ。それとも敗戦とは、つい三四日前に検閲課で激論をひき起した、大新聞の論説にあったように、今にして誤らんか、紙幣は一片の紙屑となり、昨日の重役は清掃人あるいは米兵の靴磨きとなり、最愛の子女を紅毛白肌の米鬼に虐まれるの悲境に顚落するであろう、ということになるのか。彼は伊沢信彦のところへまわる以前に、もう一軒意見聴取に行かねばならぬところがあったのだが、それはやめにして特高仲間の寮へまわってそこで夕食をとった。同僚たちは勝つとか負けるとかということなどまったく考えていないらしかったので、彼はへんに劣等感を感じた。それで黙々として食事を了え、再び外出して伊沢の病院へ廻った。

モンペに草履ばきの、顔見知りの看護婦に目くばせをして病室へ入ると、伊沢は両眼ともに閉じて眠っていた。

そうだ、この前来たとき来週整形手術をすると言っていたっけ、成功したらしいな、と思ってしばらく待っていると、二三分して伊沢は眼を覚ました。

「やあ、失礼しました。いつお出でになりましたか。やっぱり隠密ですな」と皮肉まじりの挨拶をして、床に起き上った。「手術がうまくいって、今日繃帯がとれたんです」

しばらく雑談をかわしてから思い切って井田一作が云った。

「ところでいったい戦争はどうなるんでしょうな?」

「へえ、あなたまで……。みんなそう云っていますよ。僕とずっと一緒に仕事をして来た石射女史さえ、いまさっき帰ったばかりですが、繰りかえしそう云っていましたよ」

「まさか内地を沖縄みたいにするつもりじゃないでしょうな、軍部は」

「いや、するつもりじゃないですか。大本営は本土決戦一本槍らしいですから」

「しかし、対ソ工作や対重慶工作が進んでいるということは、我々のようなものでも聞いていますが」

と、井田一作は真面目な口調で訊ねた。

「日本人は、相手のあることでも、工作さえすればどうにかなるもの、と思っているようですな」

というのが伊沢の返答だった。それが、意外に井田一作にぐっと応えた。事実、彼の官についてから二十年というもの、何かの工作をして結果を見なかった、ということはなかったのである。権力とは、いかなるものについても、ある一定の結果をもたらすもの、というのが井田一作の不動の信念であった。それを妨げ得るものは、予算だけであった。例外、つまり長くかかって、まだ何等の成果を見ないものは、石射康子、伊沢信彦の線から深田枢密顧問官を一員とする和平グループを衝くという、この事件ぐらいのものだったのだ。彼は諦めてしまったわけでは無論ない。しかし、情勢の推移があまりにも激しかった。

「僕は、米国のことを迷利犬《メリケン》、英国のことを暗愚魯《アングロ》なんて云ったり、いまは米鬼だけでは足りなくて、ケモノ偏をつけて英狽だとか米獣だなんて云い出した頃から、——今日は一つぶちまけて語りましょうか」伊沢は練習でもするみたいに、或は井田一作に対する警戒を露骨にむき出してみせるように、パチパチと何度も眼ばたきして云った、「あの頃から危いものだ、という風に思っていたんです。国民に向って米鬼宣伝を主にやっているのは、その中心はアメリカにかつていたことのある人たちです。僕のところへも、米鬼の悪虐無道の写真がないか、なんて訊ねて来るんです。それから僕といっしょにアメリカにいたことのある記者が、このあいだも日本兵の頭蓋骨をアメリカの少女が机の上に置いて楽しんでいる、なんてことを得々としてラジオで喋っています。また、アメリカでもハリウッドなんかでは名の通った舞踊家まで、米鬼宣伝のお先棒をかついでいる。アメリカの知人が聞いたら、びっくりするでしょう。いったい、戦争がどうなるかなんてことよりも、日本人というものはどういう人間のなりたち様をしているのか、僕はまあそんなことを考えていますよ。何分、このごろでは入院でもしないとものを考えるなんてことは出来ませんからね」

「とするとですな、対ソ工作や対重慶工作というものも」と云いかけて、井田一作は、自分が真面目に、仕事のことを離れて話し込もうとしても、どうしてもそれの出来ない人間になっているらしい、そういうなりたち様になっているらしい、と感じた。

「日本人というものが、向うの方の眼から見て信用ならんから、成功しないだろうという見透しですかな」

「あなたは、真珠湾攻撃以後に、来栖大使のことをアメリカ人が何と呼んだか知っていますか」

「いや……」

「クルス、クルス、ダブル・クロスと云うんですよ。ダブル・クロスというのは、ペテン師とか裏切りとかという意味ですよ」

「ははあ……」

ははあ、なるほど、と云ってしまったのではおしまいだ、と気付いたので、井田一作は、はあ、と相槌をうつにとどめておいた。が、なるほど、とまで踏み切ってしまえば、このお調子者は、もっといろんなことを喋ったかもしれないな、とも思った。もはや忠義の心までが一種邪魔っけなものになって来ていた。もうあの、毎朝やる徒手格闘術という、唐手と柔道のあいのこみたいなものをやるのも億劫になったな、と思っていた。

「僕もね、交換船で帰って来て以来、何回も何回も講演に出てほとんど全国をまわって国民の戦意を昂揚するような話をしましたが、いくら何でもアメリカ人を米鬼だとか米獣だとかは云えませんでしたよ。彼等も鬼やケダモノじゃなくて人間なんですからね。そうでなかったら、いくら僕でもアメリカ人の妻をもったりしませんよ。日本人はまったくアメリカでも英国でも、何でもかでも日本的に解釈することが好きですな、妙な工合ですね」

伊沢のことばは、井田一作に妙なことを思い出させた。思想担当の判事や検事は、よく彼などに云ったものだった、左翼だ共産党だと云ったところで、彼等ももともと天皇陛下の赤子なんだ、赤いケダモノなんかじゃなくて人間なんだからね、肚を割って話し合えば、必ず転向するもんだよ、と。してみればアメリカ人も白いケダモノなんかじゃなくて、人間である、話せば分るだろう、問答無用というのでバッサリやったりはしないかもしれない、いまの日本の統治機構、つまり警察機構をバッサリやったりすることはないだろう。軍隊や軍人はやられるかもしれないが、おれたちは元来、民間警察なのだ。もしおれたちまでやったら、日本は革命だ。安原克巳のような奴等に天下をわたしてなるものか。おれたちは奴等の転向証文を握っておる……。しかし、もしそうなったらどうなるか。産報や労報の内情なども、実はあまり良くない。赤の連中のあいだでは、再転向、つまり共産主義から皇国主義へ転向して、もういっぺん共産主義へ再転向するということがひそかに問題にされている。自分たちがバッサリやられたら、それは、再転向や革命はありえないことではない。現に対ソ交渉の条件として、極秘に共産党の公認をもち出すかもしれないから、監視を一層厳にせよ、毎日の申報提出にしても、近頃は赤の方の報告がのっていないと文句を云われる始末になっていた。けれども、その赤の面々はほとんど申報に書くほどの行動も言論もしないので井田一作等は弱り切っていたのだ。それに、信州のM市在へ疎開した安原克巳が、急に姿を消してしまったのだ。何でもM市の特高がしょっぴなが大切だというので、疎開して来るとすぐにしょっぴいて手痛い目に遭わせたというのである。どこへ行ったかについて、細君の初江を拷問してみたが、どうやら本当に知らないらしいという。この事件は直接彼の責任ではなかったが、面白くないことにかわりはなかった。それにしても配給通帳か移動証明がないことには、絶対に食えぬ世の中によくも潜ったものだ、と感心させられた。配給制度はあらゆる地下運動を糧道の方から断ち切る作用を果していた。

「お聞きになりたいことがあったら何でも答えますよ。どうせみんなすんだことですからね」

「みんなすんだこととは」

「皮肉に聞えますか。ははは」

笑っても左の頰も別にそうひどくひきつらなくなっている。

「あなた方の監視だけでなくて、憲兵隊が深田さんを監視していて、夏子さんが病気だもんでやっと雇い入れた女中まで憲兵隊のスパイなんですからね。大体、いまどき女中があるというのが変なんだが」

「………」

「僕の考えだと、いま和平運動をやるということは、叛逆行為や何かじゃなくて、一種の批評的な行為なんですよ。それを、批評は一切許さない、ぜんぶ帰一して一億一心になれということになったら、破滅ですよ」

伊沢信彦は、これと同じことを康子に話してみたことがあった。そのとき康子は「批評なの？　そう？　それだけ？」と云った。そうしてそれだけだったが、そのことばは妙に伊沢の頭のしこりとなってのこっていた。

「実際、なんですな、軍人というのは、ほめられてだけいたいようですな」

と井田一作がいった。伊沢は、おや、というような眼つきで井田一作を注視した。

「軍人だけじゃないでしょうよ。日本人というのは、批評には物凄く敏感ですね。敏感なだけで、一向に聞きゃしないんだから」

そこで二人は、低い声で笑い合った。井田一作は、伊沢信彦と肝胆相照らす仲になったことが、何となく嬉しかった。そして、朝来のむしゃくしゃが幾分慰められたが、病院の門からの出掛けに、暗闇から飛び出して来た何者かのために、鈍器で頭を痛撃され、井田一作は舗道にのけぞり、書類や警察手帳などまで一切の持ち物を剝がれてしまった。そのこともあって、また深田顧問官をめぐる事件で憲兵隊に先を越された——というのはまったく無理難題というべきものだった、何故なら途中から方針が追求から保護に変っていたのだから——というので、定期異動では特高からはずされて、労務動員の方へまわされてしまった。


チューリッヒからポツダム宣言の全文が入電しつつあったとき、伊沢はある私立大学の総長に面会にいっていた。その大学は菊夫が途中から動員されていった当の大学で、明治以来学風のリベラルなことできこえていた。そして康子は、米国大使館裏へ戦車壕掘りに駆り出されて汗を流していた。もっこをかついでいると、息切れがして、何度もめまいに襲われかけたが、そのたびに焼跡にちろちろと出放しになっている水道の水を飲んだり頭を冷やしたりして、どうにかしのいでいた。彼女は靴に穴があきかけていたので、草履をはいていた。「まったく、これじゃ国策通信の墓掘りをしているようなものだね」と、壕掘りの仲間が云った。すると、「わが社の墓だけですめばいいがね、日本の墓になりゃしないかな」と応じた者がいた。康子がふりかえってみると、そう云ったのは、コジキ居士だとかショキ居士だとかという沢山の仇名のある古手の報道班員であった。あの狂信的な国体主義者が、あんなことを云う……。近頃彼女は、このコジキ居士が、かつては左翼の歌人だったということを聞いてびっくりしたことがあった。にわか仕立ての土工たち、その正式の名称は国民義勇隊国策通信社支隊というのであったが、土工たちの軽口は次第に甚だしいものになってゆき、無傷でそびえ立っている白壁の米国大使館が話題にのぼっていった。誰も米国の悪口を云うものなどなかった。

海外局から出ているものは、全員社へ戻れという指示が伝えられたとき、土工たちの全員が一斉にシャベルや鍬を地に置いた。既にみながみな敏感になっていたのだ。康子たちの背後では、対ソ交渉が成功したんじゃないか、とか、いやそうではあるまい、とか、ソ聯と手を握るふりさえ見せればアメリカはあわてるにきまってるんだから、とかという話題が土工仕事を一瞬のあいだに奪ってしまっていた。彼等は、ずっと以前から勝つ見込みのないことを明かに承知しながら、それと反対の論説や記事を毎日書きつづけているのである。

チューリッヒからの電報の飜訳はまだ出来ていなかった。伊沢は会見して来た大学総長のことを、

「あいつらは、みなナリブだ」

と云って罵っていた。ナリブとは何だ、と訊ねられて、

「ドイツでナツィヨナル・ゾチアリストを略してナチスと云っただろう。日本の大学総長だとか、オールド・リベラリストなどと云われている連中は、要するにナショナル・リベラリストだ、だからナリブだよ。戦後に、社会体制の変革があって軍が退場してみろ。きっと奴等がしゃしゃり出て来て、我々は弾圧されていたというようなこと云い出すにちがいない。またそれに違いもないが、とにかくあのリベラリストども、あのナリブどもほど曲者はないよ」

伊沢が会見した大学総長は、戦争はどうなっても米国の奴隷になるよりいい、と云ったので、伊沢が奴隷になるとはどういうことか、あなたは米国の大学を出られた筈だが、米人がそんなことをすると思うか、と反問すると、それは講和の条件による、と云ったという。もう一度、しかしこれ以上戦争が続いたらどうなるか、と問うと、生活程度が低くなるだけで戦争はやれる、と答えた。

「僕はね、あの人などもっとも強靱なリベラリストだと思っていたんだがね。みんなナリブか

滑《スベ》ラリストだよ。大した紳士たちだよ。京のならひ、田舎よりのぼるものなければ、さのみやは操をもつくりあへん、かな。会見を終って出て来ると、玄関のところにお嬢さんがいてね、それが、父はあんな右翼みたいなことを云ってますが、あれでいいんでしょうか、と心配顔をして云うんだな」

「そりゃ君、保身の術だろう。大学総長とか内閣顧問なんかになりゃみんなそうさ」

と誰かが口を入れた。

「ここにいたってまだ保身かね。僕は閣下なんて奴等にはもう望みをもたないんで、奴等は保身そのものなんだからね、リベラリストといわれている連中に連続して会ってみているんだが、どいつもこいつもナリブで滑《スベ》ラリストだよ。いまにこのナリブどもがもういっぺん国を亡ぼすぞ」

では、そういう伊沢自身はどうか。康子は見ていいもの、聞いていいことだけを見聞きして、それで事をすましてゆくことの出来ない女であった。

チューリッヒからの入電が終ると、つづいて同文のものがサン・フランシスコの米軍放送局からも入りつつある、と川越に疎開した傍受所が伝えて来た。タイプでコピイをとると、伊沢は自転車で外務省へ出掛けていった。訳文が各新聞社にまわすガリ版になってから、康子はちらりと見ることが出来た。彼女の眼にふれた頁に、基本的人権の尊重は確立せらるべし、という一節があった。それを見たとき、何か涼しいものが眼をかすめてゆくのを感じた。その夜、十二時をすぎてから伊沢がホテルへ戻って来て原文を見せてくれた。伊沢は、第十二項目の日本国民の自由に表明せる意志に従ひ、というところを指さして、にやり、と笑ってみせた。が、康子は笑えなかった。彼女は、各国民はおのれの姿に似せた政体をもつ、という西洋の格言を思い出していた。朝の四時頃になると、再び電話がかかって来て伊沢は出て行った。降伏が決定するまで、伊沢は一日に五時間以上まとめて眠ることがなかった。軍が〝降伏〟ということばはいやだ、〝服降〟ということにしてもらいたいと申入れたとか、総理大臣がこの宣言文を〝黙殺〟すると云ったのが、〝イグノア〟と訳されて放送され、これが甚だしい影響を及ぼしたとかと云って二六時中昂奮し、外務省や軍の宮内省の友人知己のあいだを自転車で駈け廻った。昂奮するための材料には、事欠かなかった……。

伊沢が昂奮しはじめると、しかし、康子は次第にぽかんと放心しているような時間が多くなっていった。そういう虚ろな心に、ときどき〝基本的人権〟ということばがよみがえって来たが、それがいったいどういうことなのか、疲れて、放心し虚脱しているようでありながらも、矢張り昂奮している頭では、うまくつかめなかった。ソヴェトが参戦し、原子爆弾が投下された頃、康子は国府津へ行っていた。夏子のお産が近づいているからであり、深田顧問官が来てくれと云って来たからであった。が、深田英人はしびれをきらしたのか、康子と入れちがいに上京していた。

夏子の休んでいる離れの部屋に近寄ると、話し声がした。久野誠が来ているのであった。女中の話によると、久野青年はほとんど毎日入りびたりだとのことであった。康子が入ってゆくと、彼は、一見肺を患うとも見えぬほどに丈夫そうな、日焼けした顔を見せて、とびつくようにして戦争はどうなるのか、と訊ねた。そして深田老人の書斎から新聞の綴り込みを持ち出して来て、宣言文ののっている頁をひらいた。深田老人がひいたらしい赤線が、言論、宗教及び思想の自由並びに基本的人権という項と、日本国民の自由に表明せられたる意志に基く云々の項にひかれ、同じ頁の別の記事、良き政治あるところ必ず戦争に勝つ、大日本政治会総裁言論の自由を強調、というところにも赤線がひいてあった。康子は久野青年の問いには答えずに、ぱらぱらと綴り込みをまくっていった。このところ、彼女は新聞をほとんど読んでいなかった。非国民的行為の一掃、検事局立つ、という記事のすぐ下に、配給はあてにすまい、各家庭の創意と工夫で、という記事があったりした。あらゆるものが、康子には、埃っぽく感じられた。何か巨大なものが崩壊して、埃と灰が舞い上っている……。この埃と灰が吹きはらわれたとき、どんな風景があらわれるものか……。

久野青年がしつこく質問をつづけた。が、康子はじっと夏子の眼を見詰めていた。

「赤ちゃんの名前はね、この前菊夫さんに会ったとき、去年の暮にね、あの音楽会のときね、きめてあるの、男だったら救《すくい》、女だったら、洋子、というの……」

久野誠は新聞から眼をはなして、

「女のひとって不思議ですね、お腹がふくれて来るにつれて、だんだん夏子さんは恢復して来ているらしいんですよ、もう大して心配はないだろうって医者が云ってるんですよ」

しかし、分娩後に、がたっと来るであろうことは眼に見えていた。そして夏子の眼は、相変らず菊夫から何の便りもない、ということを問わず語りに物語り、久野青年とは、同病相憐むという程度以上に親しくしているということも、その眼は物語っていた。

菊夫は死んだのか、それとも足の早い航空隊のことである、満洲か大陸へでもうつったのか、何もわからなかった。この前、ひそかにホテルの鹿野邦子に便りをよこして、事故があって特攻隊からはずされたといって来たことは、特攻隊の基地へ行った報道班員からの伝言で知ったのだという風につくりかえて夏子に知らせてあったが、その後のことは一切不明だった。そして邦子は、ほとんどホテルにいなかった。どこへ行っているものかよくわからなかったか、ときどき彼女は米や油やバターの類を届けてくれたので、康子は、例の霞町にいる陳さんとかという中国人のところに出入りしているのか、と思っていた。わたし井田一作さんと親しくしてるのよ、この頃、と云ったこともあったので、愛宕山での一件以来、恐らく井田一作にも食物類を補給してやっているもの、と想像された。近頃最後に会ったときは、邦子がホテルの廊下

をスキップしながら小躍りして歩いていたときだった。邦子は、

「あたし勝札にあたったのよ、一万円よ。伯母さん、わあーッ」

と云って康子に抱きついて来た。勝札とは、公認の富籤のことだった。邦子は九本ある二等のうち一本にあたったのであった。康子は邦子に、

「そのお金、何に使うの？　そんなにあったって使いようがないじゃない？」

と訊ね、

「陳さんといっしょで、地面を買うのよ」

という答えを得たとき、いつものことながら、まじまじと邦子のまるい顔を見詰めたものだった。中国人や朝鮮人が、神田や銀座の焼跡の地面や焼けビルなどをどしどし買い占めているという話は聞いていたが、この小娘が？　と思ったのであった。邦子はいつも康子に端倪《たんげい》すべからず、ということばを想い出させた。それは、康子の、外交官であった亡夫が情報の文案をつくるときに毎度使うことばであった。例えば、某国政府の某派の動きは端倪すべからざるものがある。という風に……。

久野青年の執拗な質問に辟易して、

「わたし、口止めされてるのよ。だけど、もう終りが近いらしいってことだけ、そっとよ……。誰にも云ってはいけないわ」

とだけ云うと、久野青年の若い顔に、急に血がのぼって来て涙がごぶごぶと湧いて来たので、康子の方がかえってびっくりした。彼は赤くなったかと思うと、急に血がひいたような工合になり、座にいたたまれなくなったのか、縁側から庭に飛び下り、下駄をつっかけて裏木戸から海岸へ出て行った。両手をあげたり下げたり、伸びをしているか、それとも体操でもしているみたいな恰好をして波打際へ駈けてゆくのが見えた。

「誠さんたら、毎日ね、新聞をもって来てわたしにどう思う、どう思うって議論をふっかけるのよ。ときにはお爺さんとさえ、やってたわ」

夏子は、父の深田英人のことを、既にお爺さんと呼んでいた。腹の中の子供が前面に出て、夏子自身はその後へ位置しているのである。

「あんなに新聞の好きな人、見たことないわ。菊夫さんも新聞に書いてあるようなことを云うのが好きだったけれど」

康子は奇妙にことばの時称に敏感だった。久野誠には現在形、菊夫には過去形が与えられていた。

「新聞に書いてあるようなことって？」

と云って、康子は消息不明の菊夫に対する夏子の感情をさぐろうとした。

「ほら、悠久の大義だとかって、お題目みたいに云ってたじゃないの」

「ええ……」と云って少しとまどったが、「だけど、大義だとか新聞に出てるようなことだけが人生じゃないわ」と思わずつけ加えて、なにがなしぎくりとした。

「あら、お義母さん自身、新聞……」

「矛盾してるわね。だけど、本当にそうよ」

「そうかもしれないわね。誠さんたら、僕は反戦、反軍、反政府、三反主義だなんて」

「男のひとってものは、そういうことを云って日を過して」

「女は子供を生んで、なの?」

と云ってかすかに夏子が笑った。黄色く変色した歯に血が滲んでいた。

「でもね、女でも凄いのがいるわよ、誠さんの隣組の女の人で、いつでも誠さんの顔さえ見れば、こんなときに男のくせに病気なんぞしくさって、って呶鳴りつける人がいるのよ」

「そう……でしょうね」

夕刻、二人で食事をしていると、電話がかかって来た。伊沢信彦からであった。局面が急転回して来たから手伝いにすぐ上京してくれ、と云うのであった。が、康子は病気だ、と云って断ってしまった。夏子が、電話口から戻って来た康子に、

「新聞だけが人生じゃないってわけ?」

と、ひやかすように言った。

いまこそ、俘虜になってハワイから呼びかけて来たあの若い報道班員の切々とした呼び声、『日本の皆様、日本の皆様』という声にこたえるべく努めるべきときではないか、という声が康子の胸の底からつき上げて来た。が、それと同時に彼女の胸底にはもう一つ、黒い淵のようなものがあった。それは、音もなく一切をのみ込んでしまうのである。この淵が、鼎《かなえ》にたたえられた油のように、煮えくりかえり湧きかえって、あの初江さんが云ったように、井田一作や深田顧問官などがかたちづくり、大義だとか皇道だとかいうことばで武装をしている重い重いあの碑がピラミッドのようなものをひっくりかえして無限の淵に打ち沈めてしまうことが、果して出来るか、否か。口で云うだけの三反主義などというものが何になる……。次の日の朝、深田英人から矢張り上京してほしいという電話があったが、康子はこれも断ってしまった。何故自分がきっぱりと断るのか、断ることが出来るのか、はっきりわかっているわけではなかった。ただ、動きたくなかったのだ。夏子というただ一人の人間の生死の方が大切だという、そういう考えが、動かしがたいものとなって胸の底に、あった。

八月十三日の夜に入ってから陣痛がはじまり、十四日朝、夏子は女の子を生んだ。菊夫の意志通り、石射洋子という名がつけられた。

八月十五日、康子と久野誠はラジオを夏子の床の傍へうつして天皇の放送を聞いた。夏子も久野誠も、途中から声をあげて泣き出した。夏子は、天皇陛下がお可哀相だ、と云った。久野誠は、右手で膝小僧をごしごしこすっていた。康子は、放心したようになって、もし生きているとすれば、まだブーゲンヴィル島あたりにいる筈の兄、安原武夫と、どこにいるかわからぬ菊夫のことを思っていた。拡声器から出て来る声は、切実なところの少しもない、奇妙に間伸びのしたものだった。

天皇の放送が終り、内閣告諭がはじまったとき、康子は泣き崩れている二人をその場にのこして海辺へ出ていった。

浜には、誰もいなかった。

見わたす限り、誰一人、いなかった。

沖合は濃紺一色に塗りつぶされ、岸近くは緑色をしていた。

なぎさで、土用波が砕けていた。

そのねっとりとした沖の方に眼をやっていると、不意に、

ひさかたのひかりのどけき
はるのひに　しづごころなく
はなのちるらん

というたが口をついて出て来た。

それは人の世のありとあらゆる争いや闘いをひとのみにのみ込んでしまうような、不気味なものをもっていた。そこへ行けば、そこまで行けば、一切が意味を失ってしまって、花びらだけがはらはらと散りかかる世界、そういうしんとした世界が、この日本にある。兄にしても辞世のうたをのこして死んでいるかもしれぬ。

しかし、そういう日本人の純粋な優情を利用したり、武器にしたりして生き延びているものがある……。それを打ちたおすには、まず自分自身のなかのそれを、その優情を剔出し踏み越えてゆかなければならぬだろう……。そして、限度以上の手術はつねに死を意味する。それを踏み越えて、しかし、どんな世界があるのか。伊沢の云った基本的対立というものを、あるいはこの生死無常の感が中和し解消するようなことも、たしかにあるに違いない。しかし、知識階級をも含めて、生死無常の感でなくて何がいったい人を救うのか。

これが本性だったのか、これが本音だったのか、康子は四十五歳であった。二十代からの二十年、昭和の二十年、――それはほとんど一生だ――が、重なりあって押し寄せて来る白波のその上を、すっと通り過ぎてゆくのが、瞭らかに眼に見えた。踏み越えてゆくものは菊夫や夏子や久野誠や鹿野邦子たちであろう。

しかし、何という口惜しさだ。限りない口惜しさが彼女を砂の上に打ち倒した。

やがて再び立ち上って、粒の荒い砂、砂よりも砂利の多い浜に砕けている高波の方へどしどし踏み込んでいった。生ぬるい水が下駄ばきの足を濡らした。彼女は久野青年の下駄をはいていた。波は、眼よりも高く、康子よりも高く十米ほどの向うで砕けていた。くらくらと眩暈が来て、一瞬あたりが暗くなった。白波のその向うに、何か招くようなものがいる。この海のおちこちで多くの年若い勇士たちが、死んだ。あのように数多くの若者を殺しておいて、自分たちの世代のものは、いったいどんな鎮魂歌をうたうつもりなのか……。

なぎさから引きかえして、石の多い浜辺をつたい歩きながら、しかし何故、一体自分はこのようなときに、唐突にも、ひさかたの……などというあわれなうたを想い出したりしたのだろう、と考えたが、理由らしいものは何一つ思い浮かばなかった。

ただ、菊夫が、まだ学生だった頃、日本の美しいものってのは、みんな物凄い乱世の産物なんですね、と云ったことが思い出されただけだった。乱世の苦しみと民衆の口惜しさの大部分が、日本の優情のなかに収斂されてゆくとしたら、それは二重に苦しく口惜しいことではないのか。あの火田民のような軍人や政治家や官吏たちが、人の心のなかにまで踏み込んで来て荒廃させ、若者たちを硬直させ、その火田民の統率者が、堪へ難キヲ堪へ忍ヒ難キヲ忍ヒ、と、国民の優情に訴えかけると、夏子はお可哀相だ、と云う。そして人みながそのように思うものだと信じて疑わない。うぬぼれも甚だしいものだが、しかし、といって夏子がひたっている情感のなかに自分が入れないというところから来る、一種の疎外された感じ、違和感が、これまた否定しがたく存在している……。その違和感がわたしの一生だったか……。

町筋の方へ歩いて行ってみた。人々は、空を仰いでぼんやりしていた。口をききあっている人々は、みな一様に「たいへんなことになりましたな」と云っていた。そのほかのことばは、なかった。康子は東京の方向にあたる山をふりかえってみて、いまこの国全体に、謂えばある種の魔群が通過して行ったのだ、と感じた。

八月十五日、鹿野邦子は、たまたまホテルにいた。彼女は〝伯母さん〟の石射康子を、二三日前からさがしていた。菊夫が七月の末に大連から転属になって厚木の飛行場に来ているということを告げたかったのだ。伊沢信彦に所在を問うと、夏子さんのお産で国府津へ行っているが、今日はきっと帰って来る、もう今日はきっと来る、今日は今日はで引きのばされていたので、電話もかけずにいたのである。

八月十五日、菊夫は、「軍ハ陸海軍共ニ健全ナリ、国民ノ後ニ続クヲ信ズ」という伝単を機上からまいていた。そして、機上でふと学生時代に久野誠から聞いたフランスの小説のことを思い出していた。その小説の年若い主人公は、第一次大戦のとき、独仏両軍の対峙している戦線の上空を飛び、戦争を止めよう、という伝単を撒いていたっけ……と。菊夫等の隊長は、ただの狂信者ではなくて、どうやら本物の気狂いのようだった。菊夫は、厚木に着任するとすぐに、ひそかに邦子に連絡したのだが、邦子は邦子で、どうせ菊夫さんは夏子さんにも連絡したものと思っていたので、そのことを別に康子にも話さなかったのである。が、八月十日以後、五階の空気は一変し異常に緊張しはじめ、二十四時間部屋にいない人が多くなり、たまにいても口をきかなくなっていることに、彼女もまた何か凄然たるものを感じて、妙に昂奮し、あわて出したのであった。そして彼女は康子を求めた。伯母さんと話がしたかったのだ。彼女が異常に昂奮したのは、七月中旬の事件以来はじめてのことだった。それは、海上護衛総司令部、いや、近頃は海運総監部とかという名になったところに出ている福井中佐が、邦子の田舎を、実際は東北の福島なのに北海道と間違えて、君に田舎へ帰れ帰れとすすめていたけれど、もう帰れんぞ、青函連絡船が十隻全部、キレイにいかれてしまったぞ、と洩らしてくれたときのことだった。邦子は、しかし田舎のことで昂奮したのではなかった、ホテルの支配人が北海道から統制外の塩魚を闇で取り込む算段をしているのを知って、邦子は霞町の陳さんと手をうって、別筋からそれに一枚加わる手筈をしていたのである。それが来ぬとなれば大損ということになる……。降伏の勅語放送は、従業員一同及びそのときホテルにいたお客の全員とともにロビイで聞いた。人々はみな声をあげて泣いていた。邦子も泣いた。そしてぼんやりとした頭で、ふらふらとホテルの外へ出た。通りを歩いてゆく人々は、みな一定の方向へ流れていた。彼女もその流れのなかに入った。宮城の前近くまで来ると、わーんというような音が聞えた。彼女は、何だろう？　と思った。

それは、人々の泣き声であった。

人々は、砂利原に土下座していた。長靴をはいた将校だけが立っていた。邦子も土下座して、またしばらく泣いた。泣いてみると、しかし、別に何ということはなかった。彼女はけろりとして戻って来た。何の反省もしなかった。日比谷の角のところに電車が一台とまっていた。まるで馬の死骸みたいだ、と思った。歩いているうちに、こうしてはいられないという気がして来た。それで、ホテルに戻ると、支配人に、やめさせてもらいます、と云った。すると支配人が、莫迦、ホテルはこれからだ、と云った。そうか、それもそうだ、と思って、彼女は再びホテルを飛び出して、霞町へ魚油でつくった鰯臭い石鹸をかつぎに出掛けて行った。その途上、彼女は考えていた、終戦だって？　負けたのとは違うのかな？　それとも、天皇陛下や軍人だけが終戦で一般の国民が負けたのか？　狐か、何かの魔につつまれたみたいだった。だから宮城前で、みんなが、申訳ありませんッ、なんて詫びていたのかな？　邦子はそのことをことばではなしに自問していた。彼女はそれまで一度も経験したことがないような気持になって、それが本当の自分なのかどうかさえわからなくなった。ふと、遠い遠い記憶がよみがえって来た、それは邦子の祖父なる政治気狂いだった人が、明治のはじめに会津民権なんとか運動というものに参加してさんざんな目にあわされたということで、倉のなかに、ぼろぼろの文書がしまってあった、そのなかに天皇様のことをいろいろに書いたものがあった、また三月十九日に深川の富岡八幡の焼跡でぶつかった軍服姿の天皇がありありと思い出された……。長靴がぴかぴか光っていたっけ。が、そんなことはどうでもいい、何にしても考えごとはホテルに石鹸を売りつけてから後だ……。彼女は両手をふりまわしてどんどん歩いて行った。菊夫さんももうすぐやって来るだろう。夏子さんには子供が出来たろう。菊夫さんとは、これまでのように、ちくちくとやっていればいい。

八月十五日、井田一作は憮然として放送を聞いていた。ここにいたる過程についての情報を彼は承知していた。が、承知はしていても、どうしてもまことには信じられなかった。彼にとっては、そんなことがあってはならないのであった。ある筈がない、のである。彼は何となく死にたくなった。労務動員の係に移っていた彼までが動員されて、閣僚や和平派の要人の護衛にあたらねばならなかった。十日以後、彼は新橋ホテルの八階に陣取った深田英人の護衛にあたっていた。その仕事をも、彼ははじめはふくれっ面をして、渋々とやっていたのである。しかし、宮中や軍部内の闘争が激烈になるにつれて、彼はあからさまに軍を憎み出していた。いくさのことしかわからぬ奴等がとてつもないいくさをはじめるからこんなことになったのだ、と思っていた。けれども、御神輿《おみこし》(それは彼等の隠語であった)が参ってしまったからには、矢張り駄目なのだ。憮然たる所以であった。同僚のなかには、涙を垂れているものも、無論いた。しかし彼は泣いたりはしなかった。憮然としていたのである。特高一同は、部長の、自由主義が復活して来るかもしれぬが、断乎として治安維持に努めよ、という訓示をうけていた。訓示は、いつものことながら、論理的にはまったく矛盾していた。が、とにかく彼は労務の方の係であった。かつての同僚がやって来て、一通の電報を突き出した。それは安原克巳が京都で検挙されたという通知であった。十三日夜の発電である。それが十五日になってやっとついたのだ。安原克巳なんかはもうどうでもいい、そんな気がした。彼はのろのろと立ち上って階段を登って屋上へ出ていった。ひとつ深呼吸がしたかったのである。しかし屋上まで、宮城前広場に集って来た千を越す人々の嗚咽の声が、静かな嵐となって届いていた。宮城の森を除いて、見渡す限り焼野原である。彼は突然階段を駈け下り、なおも駈け続けて二重橋前まで行った。橋の手前の木柵のところに立ちはだかって、「皆さん、日本の皆様」と号令をかけるように大声を張りあげた。「天皇陛下に申訳ありませんッ」すぐ近くの、砂利の上に正座した人々が一層高い声で泣き出した。「皆さん、苦難に堪えて、やり抜きましょう」

人々のなかから、海行かば水漬く屍、山行かば草むす屍、といううたがうたいはじめられた。

彼は、まだもう一つ、号令をかけたいことが胸のなかにあるような気がした。が、それが何なのか、つかみきれなかった。

八月二十二日、康子は夏子と赤ん坊が、いまのところはどうやら無事らしいのをたしかめてから上京した。国府津から横浜まで、彼女はデッキにつかまって何度か振り落されそうになった。そして横浜から新橋まで、満足な建物はほとんど眼に入らなかった。ホテルに寄ってみると、初江さんから手紙が来ていた。十六日の消印が捺してあった。文中、待つには長い月日でした、という一句が康子の胸を搏った。初江さんが待っていたものは、単に平和来だけではなかったであろう。克巳は依然として消息不明であった。

彼女はそっと海外局の扉を押し、人目につかぬ片隅に腰を下した。伊沢信彦は既に民主主義について語っていた。もうまつりごとはおしまいだ、政治がはじまってもらわねば云々、と。まったく、彼の、彼等の世のなかが来たみたいであった。それを聞きながら、康子は十五日から毎日、塩をつくるために海岸へ潮汲みに行っては考え考えしたことを、もう一度心の中でくりかえした。

彼が、途端に民主主義になるであろうことは、見透しがついていた。そして彼女は、自分が何故そのような彼を愛したのか、ということを毎日考えつづけたのであった。十数年前の、シシリー島でのことからをいちいち考えてみた。勿論、それは考えることだけで始末のつくことでは、到底、なかった。そして二十二日の朝、バケツを波打際に置いて、彼女は海に向って云った。「神様」、しかしその呼び声に、はっしと応えてくれるものは、なかった。半円の、白波を観客とする海の劇場に向ってひとりで叫んでいるようなものだった。「あなたがいないから、わたしは、時とともにぐるぐるかわる、そのようなあのひとが、好きだったのです」と。

日本語の時称は複雑だった。彼女の気持は過去形だった。まわりを見廻してみても、物云わず答えをせぬ白波だけで、初江さんただひとりを除けば、ほかに時世とともに転々としなかったひとなどひとりもいなかったのだ。

伊沢信彦は民主主義者となり、米国を知る者となり、いまに、もうすぐに、妻のローラが米国からやって来るであろう。ローラが陸軍《アーミイ》の軍属になったという赤十字通信が来たことは、伊沢はひたかくしにかくしていたが、康子は承知していた。何年ぶりかで、ところどころに燈火のともった、街とも云えぬ焼跡の街を二人は肩を並べて歩いていった。伊沢はいろいろなことを云った。有難い御仁慈の燈火だなんて云うけれど、電気つけるのまで御仁慈かね、日本人はどうかしてるよ、とか、ひょっとするとすぐアメリカへ行くかもしれないよ、とかと云った。男たちは実に無神経になっている、と康子は思った。ホテルには邦子の姿は見えなかった。

三十日、伊沢は自動車で厚木飛行場へ行った。康子は井田一作を訪ねて行った。京都の警察にいる克巳から葉書が来たのだ。葉書は、勝ち誇ったような気持と、それと正反対の陰惨な心境との混淆した異様な調子のものであった。井田一作は、

「わたしあ、あなたの方の事件がまとまらんかったので左遷されましてね、その方の係りじゃ

ないんですよ、いまとんでもないことをやってるんですよ」

とうそぶき、相手になってくれなかった。

窓外の空をアメリカの飛行機がとびまわり、エンジンの音で室内にいても話も出来ぬほどの低空にまで示威的に舞い下りて来た。

にやにや笑ってばかりいる井田一作と云い争って社に帰ってみると、初江さんが子供をつれて来ていた。昨日の夜新宿につき、駅で野宿をした、朝から何も食べていない、と云った。康子は電話で邦子に頼んで食べ物を用意してもらおうとしたが、夕方でないとだめだ、とのことであった。初江は、真黒に焼けた顔に白い歯を見せて、

「もういっぺんバスガールか電車の車掌にでもなるつもりで出て来ました。交通労働組合時代の知り合いがまだいる筈ですから、どこかの車庫の隅にでも寝とまりします。克巳は、きっともうすぐ出て来ます。京都の同志の方におねがいしましたから。それに言論等取締法はもうじき廃止です」

と、はきはきと云った。職場から運動を築きなおす決意が、はっきりと面にあらわれていた。

「いまの若い人たちは、なんにも知らないんですから」

とも云った。

初江といっしょに出ようとしていると、伊沢が厚木飛行場から帰って来た。

「負けた、本当に負けたよ、飛行機の腹から自動車でも何でも出て来やがるんだよ」

と云って部屋に飛び込んで来た。

その伊沢の背後に、菊夫がいた。丸腰で海軍保安隊という腕章をつけていた。

「ちょうどみつけたからね、かまわずにひっぱって来たんだ」

康子は突然、怒りの衝動にかられた。

「どうしたのよ!」

菊夫は、康子に挙手の礼をして、

「どうしたって……」

と口籠った。

「どうしたって……。どうして便りを寄越さないのよ。夏子さんは胸が悪くて、それでも無理に女の子を生んだのよ」

菊夫は顔をくしゃくしゃと歪めた。

「何だ、何だ、お母さんは怒り出したりしてさ」

と伊沢が仲に入ったが、康子の怒りはいよいよつのっていった、ぜんたい何に対して怒っているのかが自分でもわからなかったが、彼女の胸にはいまにも爆発しそうな熱いものが疼いていた。両手の拳をかため、わなわなとふるえながら、

「どうしたのよ、どうしたのよ!」

と、それぱかりをくりかえした。

「便りしなかったのは悪かった、お母さん。でも、特攻隊からはずされて、僕は恥ずかしかったんです、だからホテルの邦子さんには……」

菊夫は正直に云ったのであったろう。けれども、云いおわるかおわらぬうちに、母親の胸のなかのものが爆発した。

「なにがホテルの邦子さんですか。邦子さんなら恥ずかしくないの! 莫迦! そんな、そんな、莫迦……。大義だの、栄光だの……。あなたはそれでも自前で戦って来たつもりなの、自前で、持ち出しで、生きて来たひとや死んだひとが、いっぱい、いる……」

後はことばにならなかった。初江さんに抱き寄せられてしまった。広い編輯室にはタイプの音ひとつしかなかった。

自前で、持ち出しで戦って来たものと、官費で、官製のものの上にのっかって戦って来たものとの、人間としての差異がこれから大きくひらいてゆくのだ。

康子は出しぬけに、あるいは云い過ぎたのかもしれない。怒りの対象は、実は菊夫ではなかったのかもしれない……。菊夫は見る見る顔色を変えた。母の、いまにも爆発しそうな怒りと驚愕と喪失の感じが彼を搏ち、白い半袖ブラウスのボタンが氷の欠片のように光っていた。もう若くはなくて、それでも若い感じだけはのこっている唇が音のないことばを語りつづけ、右額の一房の白髪がまるで頭そのものに寄せられた皺のように見えた。母はどんな日に遭ったのであろう。近頃は菊夫自身、母に愛人があるのは、まずまずよいことだ、と結論し、心の中で祝福さえしていたのに……。菊夫は母の顔を注視したまま、しずかに後退りしていって、半長靴の踵でドアーを押し、姿を消した。

その菊夫と入れちがいに、今度は自動小銃をぶら下げた二人のアメリカ人の新聞記者が入って来た。二人とも軍装をしていた。

「イザーワ！」

と無邪気に笑いながら大声で呼びかけ、二人は同時に銃を机の上に投げ出し、両手を拡げて伊沢に抱きついた。二人は旧友を求め軍の禁令を犯して横浜から省線電車でここまでやって来たのであった。二人が両手をさし出したのは、間違いなく旧友に対してだった。しかし抱きつかれた伊沢の顔は、菊夫と同じように惨めに歪んでいた。

アメリカはどしどしやって来た。スチームローラーのように、海から空から重い音をたててやって来た。重い音——、しかし、そのエンジンの調子のよさ、その音の軽さとスピードは、人々の心に、不安定な、なじみのない明るさのようなものをもたらしたかに見えた。

九月六日、新橋ホテルの住人は一斉退去を命ぜられた。その日の夕刻、荒涼たるおわかれパーティがひらかれた。福井中佐は、軍の物資をお土産にもって、浮須伯爵の弟と話をつけ、さっさとある石油会社の重役になる手筈をつけていた。人に呆れる暇もあたえないような水際立った転換ぶりだった。石油会社はアメリカとの関係なしで成立するものではない。そしてこの日、康子は深田枢密顧問官の私設秘書をやめさせて貰った。八月十五日及び九月三日の二回にわたる枢密院会議の議事覚書を口述筆記したなかに、日本国民の自由意志により政治の形態を決するといふを不安とし、遺憾とす、とか、国民に必ずしも信頼し得ず、とか、無条件降伏したるは軍隊なりや、将又《はたまた》日本国なりや、とかということばが見え、顧問官どもはどうともあれ、自分のペンでそういう文字をしるしつづけることは、もう彼女には我慢がならなかった。伊沢がいつかリベラリストたちのことをナリブだと罵ったとき、呆れ果てて愛想が尽きたという意を、邦子の使うことばで、呆れもハーで愛想もツーだ、という風に云ったことが思い出された。秘書をやめたい、と云ったとき、しばらく深田顧問官は何のことかわからぬという風に口をぽかんとあけていた。口のなかで金歯だけが光っていた。

おわかれパーティでは、深田顧問官は、威儀を正して、戦争であまりいい目を見なかった大名華族連が今後君側にのさばることになるかもしれないが、これは警戒を要する。という演舌を行い、一同をびっくり仰天させ、何度目かの嘆声を発せしめた。明治の世に育った人々の苛烈な藩閥闘争の記憶が、この革命的な時期によみがえって来たものか、と思われた。ホテルからの退去命令をくったので、伊沢と康子は通信社で寝とまりすることにした。康子の高円寺の家は焼けのこったが、社の寮になっていて返還の請求をすることは、当分不可能だった。もし彼女がそれを要求すれば、そこに現在いる十人以上の社員がどこかへ行かねばならない。九月十四日、社は占領軍司令部から業務停止命令をくった。康子はこれを機会にやめたかった。がしかし、その後どうして食べてゆくのか。コレラか、奔馬のようなインフレーションが既にはじまっていた。今後何が起るのか、誰にもわからなかった。が、邦子にだけはわかっていた。

「わたし、ホテルに籍をおいたままね、飲み屋をやるの！」

と、引越しを手伝ってくれながら彼女は大きな声で云った。邦子は真新しい地下足袋をはいていた。

「わたし、地主よ。未成年じゃ登記が出来ないって云うから、陳さんの名前にしといたの。お金儲けたら、伯母さん、食べさしてあげるわよ。お世話になったからね。それから、昨日、菊夫さんに会ったわ。国府津へ行くって云ってた。この地下足袋、菊夫さんに貰ったのよ」

「そお……」

とだけ、康子は答えておいた。

アメリカは、ブルドーザーのようにどしどしやって来た。人々は焼跡を整理するブルドーザーの偉力に見とれていた。子供も大人も甘いキャンディやチョコレートに手を出した。チョコレートをもった子供の手を、ぴしりと撲りつける大人もいた。伊沢は、海外局の、極端な国体主義ではなかった二世だけを集めて新しい通信社をつくる準備にいそがしかった。やがて、ローラという白い顔の女性も来るであろう……。

十月六日、井田一作が訪ねて来た。

「危いところでしたよ。あのまま特高にいたら一昨日の指令で追放されるところでしたよ。労務動員の方へ左遷されていたおかげで助かりましたよ。おかげで我々は特高の残留要員ということになりましたよ。これ、戻って来ましたから」

と云って、潮来で身代りになってくれた安原大佐の手記ノート三冊をかえしてくれた。

「あまり大きな声じゃ云えませんがね、いまわたしゃ米軍用の女郎屋の女衒《ぜげん》みたいなことになりましたよ。思想警察の勇士もかたなしですわ」

しかし、その眼は、決してかたなしにはなっていなかった。相変らず鋭く光っていた。

「あなたの弟さん、京都の方のね、きっと十日頃には出ますよ。あの久野誠ってやつも、京都へ行ってますよ」

「じゃ、相変らず調査はすすめているのね」

「はっはっは。追放ちゅうのは形式的なもんですな。十月三日付で特高へかわって来た奴が追放で、十月三日付で特高から転出した奴が追放じゃないんですよ。アメさんていうのは妙なことをやるもんですな」
秋がふかまってゆくにつれて、伊沢がナリブだと云った人々がリベラリストとして、民主主義者として登場して来た。康子は、業務停止命令のためにがらんとして人のいない編輯室の片隅で、兄の手記を清書していた。夜深く、沈黙に、ではなくて、昼間よりもずっとずっと遠いところから運ばれて来る物音に耳をかたむけながら、一心に書き写した。

「ガダルカナル島は、もし平和な時代に訪れたとすれば、それこそ本当に南海の楽園といふ名に値しよう。紺碧のタサハロング海岸には白鳥が浮んで我々にはとれぬ餌をついばんでゐる。……

「全くの幽鬼である。横の方のものを見るために首を廻すその動作さへが歩き乍らでは決して出来ない……。魚のやうに白く力のない瞳。……

「お父さんはこの餓島で病気のために死んでゆく。長い間苦労をかけてすまなかった……。みんな元気で暮してくれ。……

「口のなかまで熱のために真白くただれた病兵が、猶も完全武装をしてゐる。この兵隊たちの姿をつくづくと眺め、溢れ落ちる涙を抑へかねた。……

「白い歯と見えたのは、口のあたり一面に湧いた蛆虫である。……

「生きて虜囚の辱を受けず。

「ガ島にて戦病死の将兵すべて四万六千、一片の遺骨もない。……

死んだ人々はどこへ死んでいったのだ。

眼をつぶると、ぞろぞろ、ぞろぞろ、と草履をひきずるような音が聞えて来る。また、どさ、どさ、どさ、と、重い軍靴をひきずって、暗い冥府を、暗い海の底を、不規則な足音をたてて行く足音が聞えて来る。亜細亜と南海の陸と海との隅々から、死んでいった若い人たちが、死んだときの、殺されたときの形相《ぎょうそう》そのままで、

ぞろぞろ

………

ぞろぞろ

………

どさ　どさ　どさ

………

どさ　どさ　どさ

………

死んだときの、殺されたときの形相そのままで、天の奥処《おくが》を限りなく、いまも歩いている。

P+D BOOKS ラインアップ

三匹の蟹　大庭みな子　●愛の倦怠と壊れた"生"を描いた衝撃作

水の都　庄野潤三　●大阪商人の日常と歴史をさりげなく描く

別れる理由1　小島信夫　●伝統的な小説手法を粉砕した大作の序章

別れる理由2　小島信夫　●永造の「姦通」の過去が赤裸々に描かれる

別れる理由3　小島信夫　●「夢くさいぞ」の一言から幻想の舞台劇へ

帰去来　―太宰治 私小説集　太宰 治　●「思い出」「津軽」太宰"望郷作品"を味わう

P+D BOOKS ラインアップ

ソクラテスの妻　佐藤愛子　●若き妻と夫の哀歓を描く筆者初期作3篇収録

女優万里子　佐藤愛子　●母の波乱に富んだ人生を鮮やかに描く一作

黄昏の橋　高橋和巳　●全共闘世代を牽引した作家〝最期〟の作品

堕落　高橋和巳　●突然の凶行に走った男の〝心の曠野〟とは

白く塗りたる墓・もう一つの絆　高橋和巳　●高橋和巳晩年の未完作品2篇カップリング

誘惑者　高橋たか子　●自殺幇助女性の心理ドラマを描く著者代表作

P+D BOOKS ラインアップ

居酒屋兆治　山口 瞳　●高倉健主演映画原作。居酒屋に集う人間愛憎劇

血族　山口 瞳　●亡き母が隠し続けた私の「出生秘密」

家族　山口 瞳　●父の実像を凝視する『血族』の続編的長編

単純な生活　阿部 昭　●静かに淡々と綴られる〝自然と人生〟の日々

青い山脈　石坂洋次郎　●戦後ベストセラーの先駆け傑作〝青春文学〟

夢の浮橋　倉橋由美子　●両親たちの夫婦交換遊戯を知った二人は…

P+D BOOKS ラインアップ

城の中の城　倉橋由美子　●シリーズ第2弾は家庭内〝宗教戦争〟がテーマ

交歓　倉橋由美子　●秘密クラブで展開される華麗な「交歓」を描く

アマノン国往還記　倉橋由美子　●女だけの国で奮闘する宣教師の「革命」とは

記念碑　堀田善衛　●戦中インテリの日和見を暴く問題作の第一部

花筐　檀一雄　●大林監督が映画化、青春の記念碑作「花筐」

小説　太宰治　檀一雄　●〝天才〟作家と過ごした「文学的青春」回想録

（お断り）

本書は１９７８年に集英社より発刊された文庫を底本としております。
あきらかに間違いと思われるものについては訂正いたしましたが、
基本的には底本にしたがっております。
本文中には原住民、乞食、特殊部落、女給、農夫、デカ、女中、百姓、
外人、第三国、妾、土工などの言葉や
人種・身分・職業・身体等に関する表現で、現在からみれば、
不当、不適切と思われる箇所がありますが、著者に差別的意図のないこと、
時代背景と作品価値とを鑑み、著者が故人でもあるため、原文のままにしております。
差別や侮蔑の助長、温存を意図するものでないことをご理解下さい。

堀田 善衛（ほった よしえ）
1918年（大正７年）７月７日—1998年（平成10年）９月５日、享年80。富山県出身。1952年『広場の孤独』で第26回芥川賞を受賞。代表作に『時間』『方丈記私記』『ゴヤ』など。

P+D BOOKS

ピー プラス ディー ブックス

P+Dとはペーパーバックとデジタルの略称です。
後世に受け継がれるべき名作でありながら、現在入手困難となっている作品を、
B6判ペーパーバック書籍と電子書籍で、同時かつ同価格にて発売・配信する、
小学館のまったく新しいスタイルのブックレーベルです。

記念碑

2019年9月17日　　初版第1刷発行

著者　堀田善衛
発行人　飯田昌宏
発行所　株式会社　小学館
〒101-8001
東京都千代田区一ツ橋2-3-1
電話　編集　03-3230-9355
販売　03-5281-3555
印刷所　昭和図書株式会社
製本所　昭和図書株式会社
装丁　おおうちおさむ（ナノナノグラフィックス）

造本には十分注意しておりますが、印刷、製本など製造上の不備がございましたら「制作局コールセンター」（フリーダイヤル0120-336-340）にご連絡ください。（電話受付は、土·日·祝休日を除く9:30~17:30）
本書の無断での複写（コピー）、上演、放送等の二次利用、翻案等は、著作権法上の例外を除き禁じられています。
本書の電子データ化などの無断複製は著作権法上での例外を除き禁じられています。
代行業者等の第三者による本書の電子的複製も認められておりません。
©Yoshie Hotta　2019 Printed in Japan
ISBN978-4-09-352375-2

P+D BOOKS